U0597597

广东青年
批评家
丛书

陈劲松 著

寻美的批评

THE CRITICISM OF BEAUTY SEEKING

南方传媒　花城出版社

中国·广州

图书在版编目（ＣＩＰ）数据

寻美的批评 / 陈劲松著. —— 广州 ： 花城出版社，
2024.7
　（广东青年批评家丛书）
　ISBN 978-7-5360-9953-1

　Ⅰ．①寻… Ⅱ．①陈… Ⅲ．①中国文学－当代文学－
文学评论－文集 Ⅳ．①I206.7-53

中国国家版本馆CIP数据核字(2024)第096826号

出 版 人：张　懿
责任编辑：黎　萍　肖潇雨
责任校对：张　旬
技术编辑：林佳莹
封面设计：吴丹娜

书　　名　寻美的批评
　　　　　XUNMEI DE PIPING
出版发行　花城出版社
　　　　　（广州市环市东路水荫路 11 号）
经　　销　全国新华书店
印　　刷　广东鹏腾宇文化创新有限公司
　　　　　（广东省珠海市高新区唐家湾镇科技九路 88 号 10 栋）
开　　本　880 毫米×1230 毫米　32 开
印　　张　9.625　1 插页
字　　数　211,000 字
版　　次　2024 年 7 月第 1 版　2024 年 7 月第 1 次印刷
定　　价　40.00 元

如发现印装质量问题，请直接与印刷厂联系调换。
购书热线：020－37604658　37602954
花城出版社网站：http://www.fcph.com.cn

擦亮"湾区批评"的青年品牌

张培忠

习近平总书记在文艺工作座谈会上的重要讲话中指出："文艺批评是文艺创作的一面镜子、一剂良药,是引导创作、多出精品、提高审美、引领风尚的重要力量。"文学批评是文艺批评的重要组成部分,是文学工作的重要一环,是文学发展的重要推动力,具有引导文学创作生产、提高作品质量、提升审美情趣、扩大社会影响等积极作用。溯本追源,"粤派批评"历来是广东文学的一大品牌。晚清时期,黄遵宪、梁启超倡导的"诗界革命""小说界革命"曾经引领时代潮流,对20世纪中国文学批评影响至深。二十世纪二三十年代,钟敬文研究民间文学推动了这一文学门类的发展,是20世纪中国民间文化界的学术巨匠。新中国成立后,萧殷、黄秋耘、楼栖等在全国评论界占有重要地位,饶芃子、黄树森、黄伟宗、谢望新、李钟声、程文超、蒋述卓、林岗、谢有顺、陈剑晖、贺仲明等也建树颇丰,树立了"粤派批评家"的集体形象,也形成了"粤派批评"的独特风格,即坚持批评立场、批评观念,立足本土经验,面向时代和生活,感受文艺风潮脉动,又高度重视

1

审美中的文化积累和文化传承，既追求批评的理论性、科学性和体系建构，注重文学史的梳理阐释，又强调批评的实践性，注重感性与诗性的个性呈现。

新时代以来，广东省作家协会加强和改进文学批评工作，弘扬中华美学精神，进行科学的、全面的文学批评，建设有影响力的文学批评阵地，营造良好的文学批评生态，在全国文学批评领域发出广东强音。10年间，积极组织文学批评家跟踪研究评析当代作家作品及文学思潮和现象，旗帜鲜明地回应当代文学发展的重大理论和实践问题，召开了一百多位作家的作品研讨会。高度重视对老一辈作家文学创作回顾研究与宣传，组织了广东文学名家系列学术研讨会，树立标杆，引领后人。创办了"文学·现场"论坛，定期组织作家、评论家面对面畅谈文学话题，为批评家介入文学现场搭建平台。接棒《网络文学评论》杂志，创办《粤港澳大湾区文学评论》杂志，中国作协主席铁凝同志为《粤港澳大湾区文学评论》题词："祝贺《粤港澳大湾区文学评论》创刊，希望这份杂志在建设大湾区的宏伟实践中，在多元文化的汇流激荡中，以充沛的活力和创造力，成为新时代中国文学理论创新、观念变革的前沿。"联合南方日报社、羊城晚报社等实施了"广东文艺评论提升计划"。推行两届文学批评家"签约制"，聘定我省22位著名文学批评家，着力从整体上打造骨干文学评论队伍，提升"粤派批评"影响力。总的来说，广东文学理论家、文学批评家思想活跃，秉持学术良知，循乎为文正道，在学院批评、理论研究、理论联系社会现实和创作实践方面，在探索文学规律、鼓励新生力量、评论推介广东优秀作家作品方面，在批评错误倾向、形成文学创作的良好氛围方面，均取得显著成绩，为繁荣我省文学事业做出了积极贡献。

2021年，为发现和培养广东优秀青年批评人才，促进广东文学理论评论多出成果、多出人才，推动新时代广东文学评论工作创新发展，广东省作协经公开征集、评审，确定扶持"'广东青年批评家丛书'出版项目"10部作品，具体为杨汤琛《趋光的书写：诗歌、地域与抒情》、徐诗颖《跨界融合：湾区文学的多元审视》、贺江《深圳文学的十二副面孔》、杨璐临《湾区的瞻望》、王金芝《网络文学：媒介、文本和叙事》、包莹《时代的双面——重读革命与文学》、陈劲松《寻美的批评》、朱郁文《在湾区写作——粤港澳文学论丛》、徐威《文学的轻与重》、冯娜《时差和异质时间——当代诗歌观察》。入选者都拥有博士或硕士学位，以扎实的专业素养、开阔的文学视野形成独到的文学品味、合理的价值判断。历经两年，这套"广东青年批评家丛书"如期面世。这批青年批评家从创作主题、作品结构、叙事方式等文学内部问题探讨作品的得失，从中国现当代作家的作品出发，从不同的审美倾向和美学旨趣出发，探讨现当代文学为汉语所积累的新美学经验，坚持以理立论、以理服人，敢于褒优贬劣、激浊扬清，有效展现了"粤派批评"的公正性、权威性、针对性和实效性。

党的二十大报告强调："坚守中华文化立场，提炼展示中华文明的精神标识和文化精髓，加快构建中国话语和中国叙事体系，讲好中国故事、传播好中国声音，展现可信、可爱、可敬的中国形象。"构建中国文学话语和叙事体系是构建中国话语和中国叙事体系的题中应有之义，是新时代文学批评家的新使命新任务。回望西方话语体系主导世界，其实也只是并不久远的事情：在殖民主义时代之前，世界是多元并存、相互孤立的；在殖民主义时期，西方话语逐渐成为世界的主导性话语；在冷战时期，西方话语体现为美苏两大阵营的意识形态竞争；在后冷战时代，以美国为代表的西方话语一度独霸世界。当今世界和西方国家内部面临的一些挑战，包括人口危机、环境危机和文明群体之间的矛盾，都很难在西方话语框架之中找到答案。中国在大国崛起过程中产生的种种现象，仅仅通过西方话语体系也难以解释。这些反映在文学领域同样发人深省。曾几何时，一些人误将西方文学话语和叙事体系奉为圭臬，"以洋为尊""以洋为美""唯洋是从"，丧失了中国文学话语的骨气、底气、志气。伴随着西方话语体系的公信力持续下降，构建客观、公正的中国话语和中国叙事体系恰逢其时，前程远大。

王国维《宋元戏曲考》称"凡一代有一代之文学"。与此相对应，一个时代必然有一个时代的文学批评。在全球化的语境下，迫切需要广大作家增强主动塑造和传播中国形象的自觉意识和行动能力，既要创作精品力作、讲好中国故事，又要传播好中国声音、阐释好中国特色。对文本的创作，更加要强调信息的含量、思想的容量、情感的力量，并对文学话语体系构建的深刻性、独特性、预见性、形象性提出更高要求，在国际舆论场上和文坛上彰显中华文化软实力、中国文学话语权，塑造中华民族和平崛起、伟大复兴的大国风范和大国形象。积极构建中国文学话语和叙事体系，我们就是要在独特的审美创造中形成独特的中国风格、中国流派，不断标注中国文学水平的

寻美的批评

新高度，让世界文艺百花园还原群芳竞艳的本真景致。

在新时代中国踔厉奋进的新征程中，粤港澳大湾区建设是一道风景线。"9+2"，11城串珠成链，握指成拳，美好愿景正变为生动现实，粤港澳大湾区文学融合发展也不断升温。与此相契合，"粤派批评"正逐步向"湾区批评"升级，以大湾区海纳百川、兼收并蓄的开放姿态，契合湾区的文学地理特质，重视岭南文脉传承，坚持国际眼光和本土意识相融、前瞻视野与务实批评结合，树立湾区批评立场、批评观念，面对中国当代变革中的新鲜经验和大湾区建设伟大实践的复杂经验，善于做出直接反应和艺术判断，注重批评的理论性、科学性和体系完善，突出批评的指导性、实践性、日常性，"湾区批评"在全国的话语权逐步凸显。文学批评是一项充满挑战，也充满着诗性光辉和思想正义的事业，需要更多有志者投身其中，共同发出大湾区文学的强音。从某种意义上说，青年批评家是文学大军中最具锐气、最能创造、最会开拓进取的骨干力量，后生可畏，未来可期。

"广东青年批评家丛书"集结青年批评家接受检阅和评点，对青年批评家研究、评论成果进行宣传和评述，是一次有益的探索。希望这套丛书激发更多青年批评家成长成熟，坚持开展专业权威的文学批评，弘扬中华美学精神，倡导"批评精神"，积极探索构建"湾区批评"的审美体系和评价标准，多出文质兼美的文学批评，发挥价值引导、精神引领、审美启迪作用，不断擦亮"湾区批评"品牌。是为序。

作者系中国报告文学学会副会长、广东省作家协会党组书记

好批评家的标准是什么

文学批评屡受诟病，是这个时代无可争议的事实。和小说、散文、诗歌的大众与喧闹相比，这一原本小众且寂寞的文体，随着自身的没落以及外界的误解，愈加显得茕茕孑立。久而久之，大家对于文学批评的态度，颇有些模棱两可的复杂情感。一方面，针对当下鱼龙混杂的文学现状，大家渴望听到批评家的声音；另一方面，批评家的急功近利或明哲保身，又难以满足大众的心理期待。凡此种种，直接带来了文学批评不如人意的矛盾局面：首先，文学批评难以让作家满意，在他们眼中，写作是个人的事情，用不着批评家说三道四，以致影响自己写作的灵感；其次，文学批评难以让读者满意，在他们眼中，阅读是个人的事情，用不着批评家指手画脚，以致左右自己读书的喜好；最后，批评家也不满意，认为自己为谁辛苦为谁忙，甘愿作嫁衣裳却落个里外不是人。平心而论，作家、读者和批评家因各自心境和角度的不同，出现相互不满意的尴尬情势在所难免。但归根到底，文学批评越来越不受人待见，我以为其因还是在于批评家，而非作家和读者。

试问，当批评家整天埋怨好作家难寻、好作品难觅的时候，又是否意识到，这个时代好的批评家同样匮乏？须知，大家面临的处境何其相似！又或者，当批评家总是将视野聚焦于名家大家，趋之若鹜地为之锦上添花的时候，又是否意识到：对那些新人新作的发掘和关注，更彰显批评的智慧、勇气和眼光？须知，雪中送炭远比锦上添花重要得多，也有意义得多。再或者，当批评家始终沉湎于一己之私，为个人名利得失斤斤计较的时候，又是否意识到：正是自己的狭隘、庸俗和浅薄，给整个文学批评事业带来严峻的信任危机？不必说社会情状如此，也不必说文坛如此，更不必说人心不古。任何时代，好的批评家和好的作家一样，无论身处何地、遭遇何境，都会时刻牢记自己的使命和担当，坚守自己的立场和灵魂。

好的文学离不开好的作家，同样离不开好的批评家。那么，如何才能改变作家、读者和批评家相互不满意的尴尬局面，从而确立文学批评应有的尊严和地位呢？这个问题虽然看似简单，却并非三言两语即可讨论清楚。简单来说，文学批评有其自身发展规律，涉及到作家作品、文学思潮、文学观念等多方面内容，因而文学批评的写作，也必将呈现出多样化特点。但无论如何多样化，好的文学批评，总是能够从作品本身出发，好处说好、坏处说坏，在审视中解读，在解读中升华。而好的批评家，则往往充当着两重角色：他首先是一位好的读者，这样才能具备鉴赏作品的眼光。面对浩如烟海的文学作品，他能去伪存真，取其精华，弃其糟粕，不遗余力地发现好作品，并能对其进行深入肌理的鉴赏。他能尊重作品，无论何时，文本第一。不虚妄，不武断，不褊狭，不捧杀，不自以为是，不人云亦云，犹如现代批评大家李健吾所追求的那样，在阅读、鉴赏作品时倡导一种"寻美的批评"。当然，他同时须是一位好的作家，这样才能将文学批评写得好读。面对批评对象，他能平等展开心灵的对话，少一分暧昧，多一分信任，少一分相轻，多一分理解，并将文学批评当成一种创造性写作，不断提高自身修养和写作水平，无论学究还是率性，都不言之无物抑或尖酸刻薄，都不生搬硬套抑或枯燥乏味，而是以一颗温润之心写下自己客观、独到的见解，由此形成独立、健康、个性的文风——这样的批评家固然难得，却无疑对促进文学批评的良性发展大有裨益，也对减少外界之于文学批评的奚落不无好处。

一言以蔽之，好的批评家，当以好的读者和作家这双重身份来予以自律、自勉，并当以毫无功利心地发现好作品、好作家为己任。

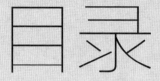

Contents

第一章

作家论

在喧嚣时代坚守梦想

——双雪涛小说论[*]

　　先从双雪涛这个名字说起。我不是算命先生，无法通过这个名字窥出双雪涛此生命运，但我还是从他长达三十八年的成长历程和短短十年的创作生涯，看到了这个名字背后的某种玄机。"雪涛"为名，大雪寂寂，大水涛涛，一静一动，动静结合，加上"双"姓，共同构成了其姓名蕴含的双重寓意：他是安静的，谦卑的，与世无争的；他又是热烈的，豪迈的，激情奔放的。这样的人，看似沉默，实则充满爆发力。回望双雪涛的人生履历和创作经历，基本印证了我的上述判断。

　　言归正传。我喜欢读小说，但长期以来都是比较随性甚至慢人一拍的读者，多数时候遵循个人兴趣。因此，当大家都在畅谈李洱的《应物兄》的时候，我在重品路遥的《平凡的世界》和老鬼的《血色黄昏》；当大家都在评论余华的《文城》的时候，我在细读余易木的《荒谬的故事》和南翔的《绿皮车》。我并无任何贬低《应物兄》和《文城》的意思，我只是想强调，在自己的阅读习惯中，尽量与市场和潮流保持一定距离。不过，这固然可以避免人云亦云，有时却难免错过某些值得一读的作家作品，譬如双雪涛。

---

* 原载《新文学评论》2021年第3期。

坦率地说，《平原上的摩西》发表并获奖当年，我就已知道有个叫双雪涛的青年作家，但也仅限于此，并没有着急去读这部小说，只是在心里想当然地自问：它和刘震云的《一句顶一万句》（小说主人公名叫吴摩西）、须一瓜的《太阳黑子》（推理、悬疑风格的"罪与罚"）有什么关联吗？现在我当然知道，这三者之间皆无关联。后来，当他相继获得"第十五届华语文学传媒大奖·年度最具潜力新人奖""第十七届百花文学奖""首届汪曾祺华语小说奖""第三届宝珀理想国文学奖"等国内诸多文学大奖，并因作品改编成电影《刺杀小说家》《平原上的摩西》而广受关注时，我还是没有读，我在等待一个合适机缘。终于，这个机缘到了，我找来他的所有小说通览。初读，看山是山，看水是水；重读，看山不是山，看水不是水；再读，看山还是山，看水还是水。我无意故弄玄虚，我想表达的其实是，双雪涛的小说难以一言以蔽之，充满了多种可能性，看似纷繁复杂，最终却归于宁静简单。如"第十五届华语文学传媒大奖·年度最具潜力新人奖"颁奖词所言："城市的历史，个人的命运，自我的认知，他者的记忆，见证的是一代人的伤感和宿命、彷徨和执着。他的小说创新讲故事的方法，也伸张个人在生活中的省悟。尤其那种历经苦难与挫伤之后一点点积攒下来的信心和暖意，即便被双雪涛纤密的叙事所深藏，也依然感人至深。"这段精准的评语，既可视为双雪涛小说写作的价值观，也可看作其方法论。据此，大致可以勾勒出双雪涛小说写作思维导图：扎根故乡，致敬青春，反思时代，以文学的方式讲述历史，以冷峻的叙事书写变幻的人生，通过个体与群体的塑像，表达命运的艰难与无常，进而彰显作家对于芸芸众生的关怀与悲悯。

一、为那些被侮辱被损害的故乡人塑像

"我写的小说开始被人注意。他们说在这座北方的城市里有个奇怪的作家，写了好多奇怪的短篇小说，他的小说总是一片黑暗，没有一丝光亮，人们在他的小说里死去，他好像无动于衷一样继续书写主人公死掉之后的世界。"[①]如果不加说明，读者多半以为这段话出自双雪涛之口，因为他曾谈及自己喜欢"以无休止的好奇写一切怪怪的东西"。但并不是。事实上，它的作者为李默，双雪涛长篇小说《聋哑时代》的主人公，此时的身份也是一位小说家。人物及独白虽是虚构，熟悉双雪涛小说的读者却不难发现，李默的话几近道出了双雪涛早期的写作风格：色调冷峭，迷恋死亡，惯于构筑一个幽暗、无声的世界，譬如处女作《翅鬼》、随后的长篇小说《天吾手记》、中篇小说《长眠》、短篇小说《跷跷板》等。这些作品之所以呈现上述特征，一方面和双雪涛师承余华、王小波、村上春树等作家有关，另一方面，则与他自己的写作抱负有关：为那些被侮辱被损害的故乡人塑像。

作为一个生于斯长于斯的东北人，双雪涛的写作不可避免地与东北大地发生密切关联。批评家谢有顺认为，作家应有自己的写作根据地。这个根据地，既是作家创作时面对的生活世

---

① 双雪涛：《聋哑时代》，广西师范大学出版社，2020，第237页。

界，也是作家思考时面对的精神世界（精神家园）。双雪涛的写作根据地，就是他生活了三十余年的东北，具体到城市是沈阳，再具体到更小的地标，则是艳粉街。双雪涛笔下的艳粉街，"在城市和乡村之间，准确地说，不是一条街，而是一片被遗弃的旧城，属于通常所说的'三不管'地带，进城的农民把这里作为起点，落魄的市民把这里当作退路。……好像沼泽地一样藏污纳垢，而又吐纳不息"①。这与福克纳的"邮票般大小的故土"、莫言的高密东北乡、贾平凹的棣花街、苏童的香椿树街、徐则臣的花街一样，带有浓厚的地域文化特色和个人情感色彩。双雪涛在小说中反复描绘的艳粉街，当然只是故事发生地或创作背景，映照的却是沈阳乃至整个东北地区的人情世故。换句话说，透过双雪涛的艳粉街，我们看到的是一个地域，抑或每个人的故乡。故乡的日新月异值得感怀，故乡的物是人非值得省思。自鲁迅以降，面对故乡，每一位作家的写作姿态、进入方式和表达经验各有差别，但彰显其中的真诚、悲欢和写作精神基本无异。无论是穿梭在沈阳的大街小巷，还是伫立于北京寓所的窗前，双雪涛对于东北的打量或回望，都时刻充满某种自觉和拳拳深情。文学中的"东北"在萧军、萧红时代已备受文坛关注，后来者迟子建的写作也极大丰富了东北文学，21世纪的今天，如何赓续这一写作传统并创造新的"东北叙事"，无疑是摆在双雪涛、班宇、张执等新生代青年作家面前的一个重要命题。对此，双雪涛的选择是，在历史中反思现实，在群体中创造个体，在浪漫中表达悲观，在冷峻中

---

① 双雪涛：《平原上的摩西》，北京日报出版社，2021，第236页。

体现温柔。而这一切，无不通过他笔下那些被侮辱和被损害的故乡人来落到实处。

　　弗兰纳里·奥康纳认为，写作是一种发现。双雪涛对于故乡的发现琐碎而深入："我身边有一些人确实是被忽略的，或者是被损害的，或者是没有被看见，或者是他们的一些牺牲和付出被遗忘了。"[1]被侮辱被损害的故乡人，大多都是底层小人物，他们苟延残喘于废弃的工厂、败落的街道，在工作中失业，在感情上失意，在生活里失败，在历史洪流的裹挟下逐渐成为时代边缘人，如果无人书写，他们注定成为籍籍无名者。故乡喑哑的现实，为双雪涛的写作提供了精神契机，也让他找到了自己作为作家的存在价值，这种发现在创作初期或许尚不明确，但随着创作和思考的成熟，一种为故乡小人物立传的写作抱负萦绕在脑海，无论如何也挥之不去。到了创作《平原上的摩西》时，这种抱负愈发清晰自觉："就是想反映一点东北人的思想、特有的行为习惯，尤其是几个大工厂，很少人去写。东北人下岗时，东北三省上百万人下岗，而且都是青壮劳力，……这些人找不到地方挣钱，出了很大问题，但这段历史被遮蔽掉了，很多人不写。我想，那就我来吧，没别的出发点。"[2]颇有一种我不下地狱谁下地狱的悲壮。书写被遮蔽的历史，需要勇气，更需要笔力，拨开历史的尘垢与迷雾，显露故事与人物的本来面目，就像其短篇小说《跷跷板》结尾所言："名字也许没有，话总该写上几句。"以此让无名者有

---

① ② 双雪涛，鲁太光：《纪实与虚构——文学中的"东北"》，《文艺理论与批评》2019年第2期。

名，为聋哑者发声。

于是，我们得以在《我的朋友安德烈》《北方化为乌有》《刺杀小说家》《走出格勒》《飞行家》《武术家》《杨广义》《长眠》《无赖》《心脏》《剧场》等众多作品中，看到走投无路的小说家、死于非命的工厂主、耽于幻想的小职工、迷茫困惑的中学生、穷困潦倒的诗人，还有被遗弃的孩子、女人或丈夫……各色小人物依次登场。他们的昔日生活虽不富足却也安稳，他们的未来人生虽不璀璨却也光明，可是，他们心中的安稳与光明，随着时代浪潮的击打戛然而止。经济改革、社会转型、城市变迁，这些宏大的词汇与他们曾经相距遥远，却仿佛在一夜之间和他们的命运紧密相连。"那是一种被时代戏弄的苦闷，我从没问过他们，也许他们已经忘记了如何苦闷，从小到大被时代戏弄成性，到了那时候他们可能已经认命。"这是《聋哑时代》中父辈们的生活遭际，无疑是那一代人的命运缩影。雷蒙德·卡佛曾说："对大多数人而言，人生不是什么冒险，而是一股莫之能御的洪流。"还有什么比这更能形容双雪涛笔下的故乡人呢？历史的洪流面前，无权无钱无势如他们，连随波逐流的机会都没有，就如《聋哑时代》中的李默、安娜、霍家麟，《光明堂》中的疯子廖澄湖、"少年犯"柳丁、姑鸟儿李淼，《刺杀小说家》中的小说家，《平原上的摩西》中的李斐，《我的朋友安德烈》中的安德烈，《间距》中的"疯马"马峰，《跛人》中的刘一朵，《长眠》中的老萧，《无赖》中的老马，《走出格勒》中的老拉，《终点》中的张可心，《起夜》中的岳小旗，等等，唯有听天由命、被侮辱被损害。需要指出的是，这些小人物的被侮辱被损害，不仅仅是物质层面、生命层面，还包括精神层面，不仅仅是生活由安稳转向困顿，还包括理想由高远转向幻灭。一如《聋哑时代》中的艾小男对李默所说："就算你付出很多，就算你对一个事情特别热爱和坚定，只要你是弱小的，纯粹的，天真的，生活还是会伤害你，毁灭你。"《飞行家》中的二姑夫李明奇，父亲"文革"前已是市印刷厂副厂长，"文革"来临，受批斗自缢。作为长子的李明奇，不得不承担起抚养八个弟妹的重担。尽管一直过着逼仄的生活，在军工厂工作的他却有一个伟大梦想——造飞行器。屡试屡败后，他倒腾过煤，开过饭店，去云南贩过烟，还给蚁力神养过蚂蚁，后又办过舞蹈班，卖过保健品，干过不少事情，始终没有成功。李明奇身上具有天真的理想主义色彩，但理想总是与他背道而驰。他最终决定为理想献身的那一刻，让人无比感动："气球升起来了，飞过打着红旗的红卫兵，飞过主席像的头顶，一直往高飞，开始是笔直的，后来向着斜上方飞去，终于消失在夜空里，什么也看不见了。"[1]理想坍塌的年代，又有多少生命和信念"消失在夜空里"，什么也看不见了？

但消失不等于毁灭，看不见不代表不存在。双雪涛只想努力记住他们，讲述他们的故事，分享他们的悲欢离合。这让我想起了长篇小说《天吾手记》中，安歌失踪后的年头里，李天吾恪守自己当初对安歌的诺言："一直在用自己的方式捍卫她，那就是无论如何不能把她遗忘，以后也不会，只要我还活着。"[2]恰如作家在小说正文前引述陀思妥耶夫斯基《卡拉马

---

① 双雪涛：《飞行家》，广西师范大学出版社，2017，第176页。
② 双雪涛：《天吾手记》，花城出版社，2016，第173页。

佐夫兄弟》中的那句话："最要紧的是，我们首先应该善良，其次要诚实，再其次是以后永远不要互相遗忘。"让那些小人物免于被遗忘，为他们被侮辱被损害的短暂人生留下一些印记，这是双雪涛的写作抱负，看似渺小，实则阔大。

二、在历史洪流中呈现复杂人性

双雪涛擅长讲故事。会讲故事的人未必能成为好的小说家，但好的小说家多半会讲故事。这和过去的民间说书艺人有着很大不同，其中重要一点就是，好的小说家在讲故事时，摒弃民间说书艺人对于故事人物非好即坏、非黑即白的二元对立论，更加注重在芜杂的历史情境、喧嚣的社会现实中呈现复杂人性。具体而言，故乡形形色色的小人物，为双雪涛提供了无尽的写作资源，但在为身处历史洪流中的故乡小人物塑像时，双雪涛秉持一种客观的他者视角，走近他们却又与他们保持一定距离，轻松对话，冷静观察，不虚美不隐恶，力求通过故事的精彩讲述呈现出他们人性的复杂。因此，双雪涛虽塑造了众多人物，但很难找出一个性格单调的人物。从早期的《翅鬼》《无赖》《我的朋友安德烈》《安娜》《大师》《刺杀小说家》，到后来的《天吾手记》《聋哑时代》《平原上的摩西》《光明堂》《飞行家》《北方化为乌有》，以及最近的《武术家》《Sen》《杨广义》《剧场》《猎人》《不间断的人》《刺客爱人》，无论直接以人物名字为题，还是以人物职业为题，貌似单刀直入，其实大有深意。

　　　　　　　　　　　　寻美的批评

人性的复杂源于人心的复杂，人心的复杂源于时代和社会的风云变幻。双雪涛的小说大多聚焦于20世纪末的东北城乡，彼时，伴随经济体制改革带来的国企倒闭和下岗潮，旋即席卷了整个东北大地，被时代"抛弃"的东北，逐渐步入历史的下半场，由此带给大厂工人们的现实打击和精神创伤，至今难以疗愈。对此，双雪涛无意还原那段同样不失波澜壮阔的历史，亦无意为那段历史中的失意者简单疗伤，他毅然放弃了传统文学写作中的宏大叙事，而是调动自己的内心情感，选择自己熟悉的历史，并尽可能以最小的切点进入历史现场，悉心体会那些失意者在历史洪流中如何举步维艰，人心究竟怎样叵测，人性到底多么复杂。双雪涛的姿态是举重若轻的，没有用力过猛，这或许因为他一直也视自己为小人物，以小人物的声口讲述小人物的故事，娓娓道来。

　　《翅鬼》虽是双雪涛的长篇处女作，却将历史洪流中的复杂人性呈现到尽致。小说以充沛的想象力虚构了一个雪国，在这个国家，一些人因为另一些人多长了一对翅膀，就要将这些人从大到小赶尽杀绝，须得一些人坐在另一些人的尸体上，才觉得安全。前者是雪国人，后者则被称之为翅鬼，从出生那天起就是囚犯，命不在自己手里。无论是雪国人还是翅鬼，都是谎话连篇。某天，国君遇刺身亡，太子婴野继位，对翅鬼实行招安，赐给他们名字和自由，将他们组建成翼灵军。然而，这不过是婴野的圈套，表面温文儒雅的他，内心十分阴险狡诈。他招安翅鬼的目的，不过是想将他们一网打尽。翅鬼萧朗，虽然表面侠义，却满肚子机心，凭着不择手段成了大将军和英雄，追求的只是牺牲其他翅鬼，让自己能过上正常人的日子。

婴野也好，萧朗也罢，"他们都那么聪明，不用看就知道这个世界是怎么一回事，可他们偏偏会把这个世界搞糟，他们对什么都没有悲悯，也没有一个时刻肯承认自己是软弱的，他们习惯于把别人摆在自己的棋盘上，你吃我的，我吃你的，输了的大不了掀翻棋盘，不玩了"[①]。这何尝不是今天的某种社会现实？《翅鬼》中的历史年代语焉不详，但这无关紧要，不管讲述的是过去、现在还是未来，历史是虚构的，贯串其中的人性之复杂却是真实的。

随后，双雪涛在短短几年内创作了《我的朋友安德烈》《无赖》《刺杀小说家》《安娜》《大师》《聋哑时代》《平原上的摩西》《天吾手记》《光明堂》等一系列长中短篇小说，在这些作品中，双雪涛几乎将所有故事发生的时间地点设置于20世纪末的东北城乡。一方面，他通过具有历史感的故事叙述，强调历史与现实原本不过是事物的一体两面，历史的车轮滚滚，对于现实的碾压无可阻挡，一切现实又终将成为历史。另一方面，他好奇并执着于身处历史洪流中的底层小人物，面对历史车轮的碾压究竟有多大的精神承受力，他们的人性又有多大张力。《刺杀小说家》中的小说家，生活困顿，毫无名气，之所以引来杀身之祸，是因为他写小说的能力相当好，在作品《心脏》里创造了一个新人物赤发鬼，而小说中发生在赤发鬼身上的事情，现实中都会发生在一位老伯身上，每一件事都会应验，这让老伯很困扰，于是雇凶杀人。"在我心里无论是地位多悬殊的两个人，生命的价值都是一样的，既然

---

① 双雪涛：《翅鬼》，广西师范大学出版社，2019，第143页。

一样，既然一定有一个要消失，我们希望你帮助我们让小说家消失掉。天平两端的东西一模一样，陌生人的生命，只不过其中一个上面又放了一笔钱上去，现在是这样的情况。"①荒诞的现实，潜伏着人性的贪婪与黑暗。《光明堂》中的林牧师，《圣经》读了七遍，但他说自己也是个罪人，曾经伤过人，断了别人一条手臂，在牢里待了七年。就在他皈依上帝、虔心布道的时候，"少年犯"柳丁残忍谋害了他。而柳丁原本并非恶人，他杀林牧师的原因，不过为了能和他的老师一起去北京。其他人物如安德烈（《我的朋友安德烈》）、安娜（《安娜》）、傅东心和李斐（《平原上的摩西》）、安歌和穆天宁（《天吾手记》）、老萧（《跛人》）、老马（《无赖》）、老拉（《走出格勒》）、岳小旗（《起夜》）、杨广义（《杨广义》）、吕东（《猎人》）等，就像我们身边一个个熟悉的故乡人，人性总是被善和恶、美与丑纠缠着，天真而又自私，朴实而又狡黠，温和而又偏执。

近两年，双雪涛的写作进入沉淀期，公开发表的作品唯有《不间断的人》《刺客爱人》两篇。《不间断的人》体现了双雪涛的探索精神，他转而选择当下市场较热的人工智能题材，通过人心与科技、现实与想象的紧密结合，思考当代人的意识、情感与灵魂，怎样和未来的科技社会接轨。小说力图与时代有所呼应，如批评家黄德海所言，"不经意间展现出对社会和人心的独特理解"。所谓独特理解，折射的其实是科技时代的人心嬗变，背后映照的，依然还是时代变迁中的复杂人性。

---

① 双雪涛：《飞行家》，广西师范大学出版社，2017，第231页。

《刺客爱人》回归到双雪涛熟悉的写作模式，复杂的故事蕴含着复杂的人性。男主李页，一位在京城打拼的平面摄影师，罔顾追随多年的恋人姜丹为他们设计好的婚姻生活，和别的女人上床、结婚又很快离婚，多年后他与姜丹再续前缘。女主马小千，表面上是一个不温不火的女演员、热衷平面摄影的女模特，私底下却是一个凭借身体赚取高额酬金的高级妓女。在李页和马小千身上，不难看到时代变化给他们的精神和心理打上的烙印，以及由此带来人性的复杂多变。

历史的洪流摧枯拉朽，而双雪涛写作的毕竟不是历史小说。在他那里，历史不过是一种个人记忆，一个引发写作灵感的契机，落脚到具体作品中，则是呈现复杂人性的一个视角、一种背景。大而言之，历史是由人创造的；小而言之，每一段历史都由个人史组成。故乡的亲人、爱人，曾经的同学、朋友、同事，还有听闻而没见过的陌生人，都在双雪涛笔下栩栩如生，他写出了他们的坚持与无奈，希望与失望，信念与迷茫，善良与邪恶，美好与丑陋。更重要的是，他潜入他们内心深处，发掘他们人性的多面与复杂。他们"用各种各样的方式在人世间行走……卖弄自己并不牢固的幸福，自以为是地与人辩论，虚张声势地愤怒，发自内心地卑微，一边吵闹着这是一个多么荒谬的世界，一边为这个荒谬的世界添砖加瓦，让它变得一天比一天荒谬"（《聋哑时代》）。正是这种矛盾的世相心态，照见并加深了父辈和我们人性的复杂。

　　　　　　　　　　　　　　　　　寻美的批评

三、让爱与梦想在卑微中重生

黑格尔曾说，历史是一堆灰烬，而灰烬深处有余温。对于双雪涛来说，为被侮辱被损害的故乡人塑像，进而在历史的洪流中呈现出他们人性的复杂，还只完成了写作的一半，剩下的另一半关乎心灵世界，有着形而上的哲思，那就是：寻找并留住历史灰烬深处的余温，让冬夜不再寒冷，让光明驱散黑暗，让爱与梦想、尊严与自由在卑微和绝境里重生。正如"第三届单向街·书店文学奖年度青年作家"颁奖词所褒扬的："身为小说家，他锋利地划开了阴谋之下的纯真，躲闪之中的深情，让衰落的城市、渺小的边缘人，双双收复他们失落的自由和梦想、爱与尊严。"这种哲思的重要性不言而喻，它是一个作家、一部作品的灵魂，体现深度，提升高度，让作家更加理性地思考："我们的社会存在一个重要的问题，就是出于历史的原因和机制的原因，……柔软的，沉默的，坚持了那么一点自我的人，很多都沦为失败者。而事实上，一个好的世界，是所有人都在自己该在的位置。这也是我老写的东西，当世界丧失了正义性，一个人怎么活着才具有正义？"①在正义匮乏的世界，给失败者找到活着的价值，这是双雪涛的温情与悲悯，也是他小说写作最核心的部分，他的绝大多数作品，都朝着这个方向努力。

《聋哑时代》里的艾小男，从李默家不辞而别后给他的短

---

① 双雪涛，走走：《"写小说的人，不能放过那道稍瞬即逝的光芒"》，《野草》2015年第3期。

信中说："在这个世界上，没有人能像自己希望的那样去生活，如果你不把你的灵魂交出去，它就消灭你的肉体。我终于认清了这个道理，活着就是一种交易。"信奉爱情一生只有一次的艾小男，最后选择离开自己唯一爱的人李默，并希望他"好好活着"，这是艾小男对爱与活着的理解，某种意义上，也传达了她对尊严和自由的向往。《天吾手记》中的安歌，同样在"恋人"李天吾面前选择了突然消失，而她之所以使自己义无反顾消失于熟悉的世界，只是因为"受不了当时的一切，如同割伤自己一样，以断然消失来表示对这个可笑世界的抗拒，而我也是她所遗弃的这个可笑世界的一部分，也许是使这个世界最终完整的一块拼图"。后进生安歌对这个可笑世界的抗拒，亦体现了她对爱与活着、尊严和自由的个人追求。消失前，安歌给李天吾留下了一封信，只有一句话："我希望我们都能活在自己最喜爱的时光里。"与其说这是安歌的希望，莫若说这是双雪涛对那些失败者的希望，就如语文老师黄国城给小久的信中所说："不要轻易为了一些事情改变自己，目的并不重要，活着本身就是一种价值，如果人生的意义无法确定，那人生的过程就成了意义本身。"得了怪病的小久，整个人逐渐变淡，直至彻底消融在台北这座城市里。而她能够和变淡对抗的唯一办法，就是留下一本记录自己有着清晰形象、慢慢变淡，然后消失的相册。多么卑微的想法！而那本相册，无疑成为小久人生的过程、活着的尊严最好的见证。在《天吾手记·后记》中，双雪涛自称"这是一部跟朋友和爱人有关的小说"。这部小说的确围绕朋友与爱情展开叙述，但我从中读到的，还有梦想的坚守、活着的意义，以及爱与尊严在卑微中的

　　　　　　　　　　　　　寻美的批评

高贵。

　　谈到自己的小说艺术时，双雪涛曾强调："我的小说里面存有某些执念，可能是关于人本身的，比如尊严和自由。"不要轻视双雪涛的这种执念，对他笔下那些各种各样被城市遗弃的人来说，并无尊严和自由可言。不仅如此，尊严和自由的缺席，反映的恰恰是一个时代的人性黑洞和精神萎靡。张扬人的尊严和自由，彰显了双雪涛作为一个作家的使命与担当。须知，"在一个罪感麻木的时代，写出恶的自我审判，在一个人心黑暗的时代，写出心灵之光，在一个精神腐败的时代，写出一种值得信任的善和希望，这是今日写作真正的难度所在"[1]。的确，存在一些罪感麻木、人心黑暗、精神腐败时，恶与绝望随处可见，但一个优秀的作家，必定能在恶与绝望之外，"写出一种值得信任的善和希望"。唯有善和希望，能催生人的爱和梦想，实现人的尊严和自由。《翅鬼》中，翅鬼们生来就是囚犯和奴隶，蜗居井下，受尽压迫，绝无活着的尊严和自由，但每个翅鬼心中都有一个飞行的梦想，这让他们在无边黑暗的幽谷中看到了一线光亮和希望。《飞行家》中，李明奇一生坎坷，却执着于造出飞行器，心中亦有一个飞行的梦想，全家人都相信他能造出来。最后他制作了一个热气球，梦想带家人飞到南美洲。在他看来，"做人要做拿破仑……做不了拿破仑，也要做哥伦布，要一直往前走。做人要逆流而上，顺流而下只能找到垃圾堆"。小工人身份的李明奇，或许讲不出什么豪言壮语，但他的这番话，俨然一套朴素的生存哲学。

---

[1]　谢有顺：《文学的通见》，海峡文艺出版社，2020，第233页。

《终点》是双雪涛目前最短的小说，不足千字，却在短小的篇幅中，将爱与梦想、尊严和自由的主题展现得淋漓尽致。饭店女工张可心，捡到一张银行卡。密码只能输三次，前面两次，一次是一个姐妹的手让火锅汤烫了，没治；一次是她老家的狗死了。第三次，是男朋友让她去洗浴中心工作，她坚决不去，并对男朋友说："你别逼我，饭店多做几天，也能供你玩。"可男朋友非但不依不饶，还说出了这样的话："你以为你那玩意是金的？告诉你，我一个人操得，人人都操得。"说完摔门走了。这一次，张可心输入自己的生日，没想到对了，卡里却只有一块钱，她等银行开门后取出来，回到家，"把两人的脏衣服洗了，找出方便面摆在桌上。然后收拾了自己的衣服，塞进箱子，拖着走到公车站"。她告诉汽车师傅要去终点，然而下一站就是终点。"终点不远。"小说就此结束。张可心虽然卑微，她对男朋友的爱毋庸置疑，但她的爱是有底线的，这个底线关涉她的尊严和自由，断然不可逾越，哪怕自己一个人走向终点。物欲横流的消费社会，张可心面对诱惑而持守本心，不愿放弃自己的尊严和自由，实属难能可贵，这其实也是双雪涛一以贯之的姿态："我在小说里把身边这些挣扎的普通人，甚至一些有很大问题但努力保持自己尊严的人，尽量写得更好些，更温柔些。"从张可心身上，不难看出双雪涛的锦心。

　　2020年，"第三届宝珀理想国文学奖"在京揭晓，双雪涛以其短篇小说集《猎人》摘得首奖。颁奖词如是说："我们看见了作者展现他个人写作风格与品质的最新成果。现实生活也许是十一种，也许是一种。它是凌烈的，锋利的，也是热血的，动人的。它是我们的软肋与伤痛，也是我们的光明所在。"凌烈与锋利中还有软肋，热血与动人中不乏伤痛，但那又有什么关系呢？可以看到光明在前。这是双雪涛的铁血丹心，也是他的写作信念。在作家孙甘露看来，"他所做的努力，一直也是很多作家所做的，就是从具体而微的描写中把个人的经验提升出来，使其获得一种普遍性"。从个人到普遍，当然没那么容易，中间隔着无数的山重水复，但也正是如此充满挑战，双雪涛的写作方可与更多青年作家的写作一起，为中国当代小说展示出新的可能性。

　　双雪涛多次谈到，自己犹如一个匠人，只想好好经营写作这门手艺。这种工匠精神值得敬佩，他也一直在探索更适合自己的写作道路和写作方式，其中的徘徊和不足在所难免。他曾坦言："写的时候没想过什么写法，不知道为什么最终会写成现在的样子。"譬如《杨广义》，"它是自己长出来的小说"。又譬如《猎人》，"凭着直觉，就把它写出来了"。这在某种程度上表明，双雪涛确乎是一位才华横溢的作家，灵感降临后文思如泉涌，与此同时，也许会给读者带来其写作风格、表现手法、人物形象等方面的似曾相识感或雷同感。譬如，长篇小说《天吾手记》中的警察蒋不凡，和中篇小说《平原上的摩西》中的警察蒋不凡，人物姓名与职业完全一样。又譬如，长篇小说《天吾手记》中的后进生安歌，和长篇小说《聋哑时代》中的坏学生安娜，人物姓名虽有一字之差，但两人的故事显然犹如孪生姐妹；中篇小说《光明堂》《飞行家》中的女主人公，前者叫张雅风，后者叫高雅风；短篇小说《跷跷板》《跛人》中的女主人公，名字相同（都叫刘一朵），性格相似（桀骜不驯），到了《猎人》，女主人公名字依然叫刘一朵。再譬如，中篇小说《我的朋友安德烈》，和长篇小说《聋哑时代》第六章《霍家麟》，两者除了主人公姓名各异，整篇文字内容几乎雷同，究竟是一篇小说的两次发表，还是作家的自我重复，不得而知。其他类似的地方还有不少，无须再举例。所以，对于双雪涛而言，写作的思维定式一旦形成乃至稳固，如何创新与突破便成了摆在面前的重要问题。这实际也是每一位写作者都会遇到的瓶颈，相信双雪涛早已意识到这个问题，并且正在努力寻求解决办法。

在《聋哑时代》最后，双雪涛写下了一个光明的结尾："我应该再也不会被打败了。"借此总结双雪涛的写作，这既可看作一种理想主义，也昭示着未来充满希望。

从生存困境中寻求精神突围

——王威廉小说论[*]

　　读作家莫言《讲故事的人》时，我颇认同他关于文学立场的观点："小说家是社会中人，他自然有自己的立场和观点，但小说家在写作时，必须站在人的立场上，把所有的人都当作人来写。"站在人的立场上，这显然是一个作家最基本的写作伦理。真正的小说，关心的永远是人，叙写的永远是人的生存状态与精神境遇。而熟谙此道的作家，往往更能引起我的关注与赞许，王威廉即是其中一位。

　　作为近年崛起的青年作家，王威廉的小说写得节制而又老练。在我看来，他是一个真正懂得小说为何物的人。事实上，王威廉的文学之路最早从诗歌开始，继而评论、散文、小说，三足鼎立，气象万千。也正是此前多种文体的写作实践，让王威廉的小说呈现出诗歌的简洁、评论的理性和散文的细腻。当大多数作家仍然纠结于"写什么"和"怎么写"而顾此失彼时，他已在不断探索的路途上，将两者完美统一于自己的小说实践过程中。可读性（故事性）与深刻性（思想性）并重，是他孜孜以求的艺术境界，也是他持之以恒的小说理念。在这种理念的驱使下，他创作了《非法入住》《合法生活》《无法无

---

* 原载《创作与评论》2013年第3期。

天》《铁皮小屋》《内脸》《我的世界连通器》《没有指纹的
人》《倒立生活》《市场街的鳄鱼肉》《秀琴》《信男》《他
杀死了鸽子》等一批具有荒诞性质的现代主义作品。这些作
品，蕴含着对生活世界的发现和对精神世界的探索，通过展现
人类的荒凉、虚空、孤独等生存困境，寻求一条逃离困境的终
极通道，最终，完成从"小我"走向"大我"、从"此岸"渡
向"彼岸"的精神突围。

　　和莫言"必须站在人的立场上，把所有的人都当作人来
写"的文学观点一致，王威廉的小说始终将笔触伸向人性深
处，对人之生死与悲喜充满了形而上的思索，字里行间渗透着
浓厚的哲学意味。因此，其作品带来的阅读感受，既是酣畅淋
漓的，又是震撼人心的，此外，还裹挟着一股无端的沉郁和忧
伤，读来令人百感交集。

一、发现华美背后的苍凉

　　"生命是一袭华美的袍，上面爬满了虱子。"张爱玲如是
说。这句意味深长的话，虽然只是张爱玲对于生命的理解，我
却从中读出了作家的使命：发现华美背后的苍凉。对小说家而
言，此种独特的发现显得尤为重要。关于这一点，我十分欣赏
奥地利小说家赫尔曼·布洛赫一直强调的：发现唯有小说才能
发现的东西，乃是小说唯一的存在理由。一部小说，若不发现一
点在它当时还未知的存在，那它就是一部不道德的小说。

　　我愿意在此基础上，来谈谈王威廉小说的文学属性和艺术

价值。客观地说，王威廉不是以量取胜的作家，迄今为止，他的小说成果仅限于十部左右的中篇和十五部左右的短篇，以及一部尚未出版的长篇。但就我的阅读体验而论，上述小说没有一部粗制滥造之作，虽非篇篇精品，却都能给我留下深刻印象。在我看来，王威廉的小说之所以值得称道，是因为他的写作确乎是发现唯有小说才能发现的东西。尽管他的小说创作更多地借鉴于卡夫卡等西方大师，却能在吸收、创新中融入鲁迅等中国作家的经验，由此形成自己独树一帜的小说风格，其中，"隐喻"和"荒诞"，是解读他作品的关键词。

《非法入住》是王威廉早期代表作。小说采取第二人称视角，讲述了一个不无离奇的都市故事。主人公"你"在城市的某栋筒子楼里租住了一间九平方米的小屋，"你"以为从此可以拥有一片属于自己的领地，不料在入住后，经历了一系列匪夷所思的遭遇。同一楼道，同样面积的另一间屋子里，住着六个人。就是这六个人，打破了"你"生活的宁静。他们以各种无赖手段，甚至自甘其辱，挤进"你"的房间，并心安理得地住下来。面对他们的"非法入住"，"你"从惊讶到愤怒到报复再到无奈接受，甚至和他们同流合污。原本看似缺乏现实逻辑的生活素材，经过王威廉充满想象力的哲学式叙述，竟然变得合情合理。这种荒诞的虚构真实，彰显的正是小说之为小说的魅力。接下来的《合法生活》，延续了《非法入住》的气质和思想。推销员小孙，生活忙碌而无序，想要改变目前的处境，却不知何去何从。挣扎于困境中的他，找不到生活的方向和乐趣，在迷茫中越陷越深。他不知道自己的问题到底出在哪儿，以致无聊到去报刊亭偷一份报纸的地步。几番周折后，小孙考取了公务员，貌似过上了一种"合法生活"，按部就班，中规中矩。但他内心深处厌倦这一切，最终竟然灵魂出窍。《无法无天》以戏谑手法，塑造了一个"傻子"形象LG。作为同事，"我"和小宋以捉弄他为乐事。每天，我们将一种畸形的快乐，建立于LG的痛苦之上。虽为智障人，LG却有着自己的情感世界和幸福生活，但在"我"和小宋一次又一次"无法无天"的捉弄下，他的幸福趋于销声匿迹。因"我"和小宋的恶作剧，导致LG被单位一把手当面斥骂为"傻子""白痴"，几近崩溃后，精神病院成了LG的生命归宿。而"我"和小宋，在LG离开后，竞相扮演起他的种种失态行为，只为找到那种"无法无天"的快乐。从《非法入住》到《合法生活》再到《无法无天》，这三部小说以相似的主题和技巧，在王威廉的个人写作史上奠定了具有开拓意义的基石："它们全都和一种生命的界限相关联，那些界限仿佛是俄国作家安德烈耶夫笔下的隐喻之墙；但不同的是，它们不仅仅处在墙的这一侧，它们有时处在墙的另一侧，甚至是墙的正上方。"（王威廉《隐秘的神圣——有关〈"法"三部曲〉的随笔》）这三部小说之于王威廉，探索性显而易见，对他此后的小说创作，亦有着非比寻常的导向作用。直到今天，王威廉仍然试图在生存与毁灭、物质与精神、善良与丑恶的对立中，将隐喻和荒诞发挥到极致。

以隐喻之笔，书写荒诞现实，固然是王威廉小说的重要特征，但在荒诞的表象下，潜藏的却是他对生活世界的理性思考。作为一个有抱负、有深度的小说家，王威廉善于发现华美背后的苍凉。他的每一部作品，总能独辟蹊径，并且曲径

　　　　　　　　　　　　　　　　　寻美的批评

通幽。后来的《没有指纹的人》《倒立生活》《市场街的鳄鱼肉》《内脸》《第二人》等小说，集中体现了他的这一特质。《没有指纹的人》中的"我"，是个生下来就没有指纹的人，"我"将自己视为人类中的异类。因为现实需要，"我"盗取了朋友的指纹，并制作成指纹套，解决了单位用指纹识别考勤、买房按手印、买车装指纹锁等难题。但"我"仍然感到自卑和绝望，因为"现代社会就是监控无所不在甚至变得歇斯底里的牢狱"。这座牢狱致使"我"的生存空间越来越小，最终，朋友的犯罪让"我"受到牵连，甚或带来真正的牢狱之灾。"这个社会，这个时代，容得下那么多的杀人犯、抢劫犯与贪官污吏，却容不下你一个没有指纹的小人物。"妻子晓虹的悲怆之语，折射出社会和时代对于卑微个体的某种残酷无情。《倒立生活》呈现出生活世界的另一种面影。小说中的神女，因流产而悲伤而生出反重力情结，从此梦想着像蝙蝠那样倒立生活。失意的她，遇上了失意的"我"，我们相互慰藉着彼此的孤独，"我"觉得也许倒立着生活就能挽回"我"破败的生活，所以和神女希望倒立的生活方式一拍即合，并将其付诸实践，倒立着睡觉，甚至倒立着做爱。作品在荒诞中有股现实的力量。每一个细节，每一个词语，总是恰到好处地进入我的阅读视野。《市场街的鳄鱼肉》读来犹如卡夫卡的《变形记》：生活中的"我"，活得比较卑微，无比痛苦之下，"我"用自己的身体去做一项人体实验，竟被一条鳄鱼的脑子给拐走了。从此，"我"成了一个人脑鳄鱼身的怪物。"我"猎杀家畜，开始吃人，天长日久，"我"获取了兽性的野蛮与人类的伪善。杀人如麻后，人类终于将"我"俘虏并将"我"

交给了市场街上的屠夫。而那个屠夫，正是拐走"我"身体的鳄鱼。为了生存，他将"我"拦腰砍断，砍成一些小块肉条挂在肉架上出售。荒诞不经的故事情节，蕴含的无疑是极端深刻的生活现实。

米兰·昆德拉认为："小说在探寻自我的过程中，不得不从看得见的行动世界中掉过头，去关注看不见的内心生活。"[①]按我的理解，此处所谓"行动世界"，即是生活世界，而"内心生活"，可视为精神世界。王威廉的小说创作，无疑体现了这一探寻和关注。换句话说，他的小说之所以贯串着对生命和人性的终极追求，皆因他想找到生活世界与精神世界和解的方式。无论是《"法"三部曲》（《非法入住》《合法生活》《无法无天》），《没有指纹的人》，还是《倒立生活》《市场街的鳄鱼肉》，抑或《内脸》《第二人》，主人公的生活世界都无一例外地充满悖论，精神世界则是废墟一片。这种生命状态，犹如卡西尔所说："我们更多的是生活在对未来的疑虑和恐惧、悬念和希望之中，而不是生活在回想中或我们当下经验之中。"[②]王威廉的小说创作，表达的正是对未来的疑虑和恐惧、悬念和希望。

二、将生活世界置于不灭的光照之下

发现华美背后的苍凉，是一个作家难能可贵的精神品质，

---

① 米兰·昆德拉：《小说的艺术》，董强译，上海译文出版社，2011，第31页。
② 恩斯特·卡西尔：《人论》，甘阳译，上海译文出版社，1985，第68页。

更是一部作品不可或缺的思想品质。遗憾的是，越来越多的作家沉湎于书写生活世界的华美表象，而将其背后的苍凉，交给了上帝。对此，北京大学教授洪子诚早已指出："文学界埋伏或已显露着这样的精神危机：灵魂的骚动和精神探求的不安、痛苦已趋止息，代之而起的是在新的环境下的宁静和满足。"①失去了灵魂的骚动和精神探求的不安、痛苦，怎会写出思想深刻的作品？又怎能从生存困境中找到精神突围的通道？当我带着这种疑问走进王威廉的小说世界时，问题迎刃而解。在他看来："自人类历史进入现代以来，我们的生活世界不再有完整的意义解释，而是变得支离破碎。……人的生存状态变得晦暗不明，要在世界中努力寻找，才能找到自己安身立命的所在。这样的现实既暧昧又复杂，超越了宗教与哲学的种种结论，小说反而成了抵达这种现实的最有效的道路。所以，好的小说就要表达出这样的困境，以及对困境的思考乃至超越。"②他对生活世界和小说世界的理解，与我不谋而合。

总体上看，王威廉的小说现代性特征明显，有论者将其视作先锋性。但我并不想简单地从先锋性的角度探讨他的作品，在我看来，与其在形式上刻意追求先锋，莫若在精神上忠于自己的内心。批评家谢有顺亦认为："一个真正有使命感的作家，应时刻意识到自身处境的危机，让写作关怀一些更持久的话题。只有这样的有终极关怀的写作，才是真正先锋的写作……先锋不仅是艺术的，更是精神的，他们是一些有勇气在

---

① 洪子诚：《作家姿态与自我意识》，北京大学出版社，2010，第154页。
② 王威廉：《可读性与深刻性并重，是我孜孜以求的艺术境界》，《南方日报》2012年11月26日。

存在的冲突中为存在命名的人。"①这样的先锋写作，才是有艺术难度和思想深度的。以此打量王威廉的创作，不难发现其小说的真正价值，那就是：发现华美背后的苍凉，并将生活世界置于不灭的光照之下，进而越过其中的生存困境，寻求精神的突围。除了上文提及的《"法"三部曲》《市场街鳄鱼肉》等作品，他的《铁皮小屋》《辞职》《看着我》《我的世界连通器》《暗中发光的身体》《秀琴》《老虎！老虎！》等作品，同样因为对生存困境的展示和对精神世界的挖掘而值得关注。

《辞职》有着对自由与生命的思考。"我"是一个对生活格外认真的人，不想成为浮在水面上的一小块垃圾，而想成为一块生铁，沉到生活的下面去。然而，从工作的第一天开始，"我"就想着要辞职，因为"我就是觉得无法忍受，觉得毫无希望，而想到辞职我就感到生活很有盼头了"。但某一天"我"真的被辞职成了自由人时，"我"却觉得十分迷茫，"我"说："突然我感到，我什么也不是，或者说，我是什么也无关紧要，我对眼下的这一切根本就无法理解。"其实，"我"的生命状态映射的就是现代都市人的生命状态。我们总认为得不到的东西才是最好的，一旦得到，又难以珍惜。于是，我们的生命就在这种得失之间，渐渐老去。《暗中发光的身体》以第三人称视角，讲述了一个关于生和死的故事，沉重里有着对于生命的严肃思考。在形而上的哲学思辨意味中，渗透着浓郁的生活气息。自始至终，"他"被哥哥的死亡和嫂子的痛苦围困着。"他"心底的虚无主义，让"他"不相信这

---

① 谢有顺：《先锋就是自由》，山东文艺出版社，2004，第74页。

　　　　　　　　　　　　　　　　　　　　寻美的批评

个时代有任何纯粹的东西，包括爱情和亲情。当"他"纠缠于嫂子和女友之间的时候，已然分不清自己到底是谁，世界宛如幻象。哥哥的离开以及嫂子的诉说，让"他"感到了活着的悲凉。"难道人活到最后就只剩下一团欲望了么？人的生命就是这么荒凉吗？"嫂子的这一声诘问，发人深省。《秀琴》塑造了一个名叫秀琴的女子，采用欲擒故纵的手法，围绕她的命运遭际，步步为营，多头并进，虚实结合，将一个原本简单的因果故事，写得摇曳多姿、曲折动人。正如作者文中所说："从外在于秀琴的目光来看秀琴，她就是一个奇怪的存在，就是一个凑足报纸版面的社会新闻；而从内在于她的眼光来看，她的奇怪却是一种神秘，一种感动。因此，这更是小说，是文学，是人性的丰饶。"诚以为是。超越于《秀琴》故事背后的思想深度，即表现于此。透过秀琴的举止，不难看到鲁迅小说《祝福》中祥林嫂的影子。不同的是，找不到自我的秀琴，身上还依附着三个严肃的哲学命题：我究竟是谁？我从哪里来？我又要到哪里去？就这一角度而言，《秀琴》不仅从文学层面写出了人性的丰饶，更在哲学层面思考了生命的终极意义。除此之外，《铁皮小屋》《老虎！老虎！》以及其他作品，无不有着对于生命终极意义的哲学思考。

将生活世界置于不灭的光照之下，这是发现华美背后的苍凉之后，作家在精神境界上的思想升华。如果说后者书写的是生存困境，那么前者即是生存困境中的精神突围。唯有将生活世界置于不灭的光照之下，华美背后的苍凉才能获得温暖。我们无法忽略这份温暖，因为，文学不是叫人死，而是叫人活，不但要活，还要活得更好。"只有在看似绝望的生活里，找到了希望，找到了相濡以沫的爱，这才是真正'人的文学'。"①王威廉的小说创作，两者兼顾，这也是其作品显得成熟而又引人深思的重要缘由。

---

① 夏志清：《新文学的传统》，新星出版社，2005，第183页。

　　　　　　　　　　　　　　　寻美的批评

人性的呼唤与灵魂的呢喃

——徐东小说创作论*

　　大约在十年前，我与徐东的小说不期而遇。彼时，他的写作似乎才刚起步。引起我注意的，是一篇名为《十八岁的哥哥在城里》的中篇小说，至今印象深刻。后来，我知道徐东不光写小说，还创作了大量诗歌。一直以来，那些身兼多重写作身份的作家总是令我敬佩有加。因此，对于左手诗歌、右手小说的徐东，我的钦羡之情可想而知。在我看来，徐东首先是一位诗人，其次才是一位小说家。当然，我这样评价徐东，并不意味着他的诗歌成就遮蔽了他的小说光芒。或许，在徐东自己眼中，小说不过是他进行诗歌创作的另一种形式，而让小说充满诗意，则是他孜孜以求的写作理想。在他的艺术世界和内心深处，诗歌和小说早已融为一体，成了他生命中不可或缺的两个精神支柱。

　　我以为，用文如其人形容徐东，无疑是贴切的。在他身上，我看到了一种温和、执着且不失真诚的秉性，这种秉性自始至终，深深浸润到他的作品之中。从数量来看，徐东应该算是一位高产作家。十年来，他潜心创作了近百篇小说，且大多已在《青年文学》《中国作家》《大家》《文学界》等纯文学期刊上发表。与此同时，徐东对于小说艺术的探索从未停止。

---

* 　原载《百家评论》2013年第6期。

从题材到结构到叙述方式，他总是不遗余力地试图找到一条最适合自己言说的路径。仅就题材而言，他先后创作了不少以乡村和城市为背景的中短篇，譬如《大风歌》《大地上通过的火车》《丸子汤》，以及《消失》《洗脚》《新生活》等，还有不少以西藏为题材且颇获读者及文坛好评的系列小说，譬如《欧珠的远方》《格列的天空》《罗布的风景》等。

身为70后作家，徐东写作伊始即自觉游离于50后、60后作家所推崇的精英意识，而与80后、90后作家强烈的市场意识相比，他的写作在传统之余，又多了一份闲适与自得。总体而言，徐东的文字从容又洗练。而诗人的身份，又使得他在进行小说创作时多了一丝敏感，或者说，天生带有一种精神洁癖。和其他70后作家类似，徐东"更多地膺服于创作主体的自我感受与艺术知觉，不刻意追求作品内部的意义建构，也不崇尚纵横捭阖式的宏大叙事，只是对各种边缘性的平凡生活保持着异常敏捷的艺术感知力"[1]。对于芜杂生活的剖析和追问，对于精神空间的探寻与守护，让徐东的小说呈现出形而下的荒诞感和形而上的思辨色彩。而这一切的一切，皆体现在其小说对于人之本性的深刻揭示及灵魂的持续关注中。

一、揭示人的本性

米兰·昆德拉曾在其《小说的艺术》一书中说："人总是

---

[1]　洪治纲：《邀约与重构》，作家出版社，2012，第91页。

希望世界中善与恶是明确区分开的，因为人有一种天生的、不可遏制的欲望，那就是在理解之前就评判。"然而，小说毕竟不是宗教与意识形态，无法简单地建立在此欲望之上。对此，米兰·昆德拉进而指出："小说的精神是复杂性。每部小说都在告诉读者：'事情要比你想象得复杂。'这是小说永恒的真理。"言外之意即是告诉我们：对于小说人物呈现出的善与恶，简单的道德批判与说教显然并不恰当。换句话说，作家的首要任务是通过对人物的塑造，来揭示人性的本质。这和徐东的写作经验不谋而合。他曾坦言："在写作过程中，想的首先是小说中的人物，而不是故事。人物鲜活起来，小说人物在小说中必然有其生活与经历，有其故事。我想过不要任何故事的小说，但这几乎是不可能的。小说的确也可以朝着散文的方向去写，因为去故事化的谜底——必然是不同寻常的故事凸现，是生活与人性本质的揭示。"[①]始终毫无偏见地揭示生活与人性本质，此乃徐东小说的重要特征。

"人之初，性本善。"考察徐东所有小说，其主人公几乎无一例外有着善良的本性，尽管他们或者游戏人生，或者纸醉金迷，或者失去自我，最终裸露出人性的多面与复杂，但从本质上来讲，他们都不是"坏人"，譬如《消失》中的孙勇，《洗脚》中的老邹，《新生活》中的李明亮。他还有不少小说，甚至直接以人物为题，尤其是西藏系列小说，譬如《欧珠的远方》《格列的天空》《罗布的风景》《拉姆的歌声》《其米的树林》《简单的旺堆》《独臂的扎西》《透明的杰布》

---

① 徐东：《我的文学路》，《文艺报》2008年10月8日。

《会飞的平措》《走失的桑朵》等等。其小说中的人物，往往显得恬静而又美好。我想，这或许和徐东与生俱来的气质有关。在他看来："作品的气质和作家内在的气质是有着密不可分的关系的。我是那种情感丰富，爱想象的人，因此我的作品也会像我一样，我所写的人一般是向善向真向美的，因为我希望他们如此。"这种希望，映照出作家内心的高度与深度。

还是先从《新生活》说起吧。作者以极其写实的手法，塑造了多情人物李明亮。小说中的李明亮，与女友小青同居两年后，对当下的生活状态心生厌倦而想要去体验一种新的生活。随后，他以"人人都有权力成为一个成功的人，一个有钱有地位的人，一个过上优越的生活的人"为由，离开了小青，前往北京打拼。相继经历了与顺子、安佳、王芳和小红之间的情感纠葛后，他感觉到爱情的不可靠。而李明亮追求的所谓新生活，不过是在现实中张扬自己的真实欲望，在不同女性那里寻求个体情欲的刺激与满足。为此，他不惜背弃爱情，在城市的灯红酒绿中随波逐流。然而，新的生活，除了带来新的情欲体验，并没有将李明亮带入新的生活境界。他希望通过新的情感体验拯救别人，殊不知，需要拯救的恰恰是他自己。小说中，感情的不可靠，折射出生活的不确定。与小青的有始无终，与顺子的好聚好散，与安佳的若即若离，乃至与妻子的貌合神离，让李明亮在光怪陆离的城市新生活中，一步步迷失自己的心性。从西安到北京再到深圳，无论生活场景如何变化，李明亮对于生活的认知，却并没有得到提高，依然停留于为了纯粹的情欲体验和情感自由而活着。孰是孰非，我们无从判断，毕竟，每个人都有自己的生活方式。小说的本义，也就是写出生活的各种可能性。李明亮的本性并不坏，残酷冷漠的现实与捉摸不定的情感，让他感到迷茫。于是，他选择了沉沦（算不上堕落），而沉沦又让他进一步迷茫。透过李明亮的新生活，不难发现人性的复杂与时代的多变。

在另一部小说《消失》中，徐东虚构了孙勇这个与李明亮类似的人物。孙勇死于车祸，一个鲜活的生命，就此消失。"出来混，总是要还的。"但我们难以断然判定，孙勇是否出于自身原因而死。他的贪婪无度，他的声色犬马，无疑是这个时代和我们心灵的一面镜子，足以清晰照见自己内部的苍白、龌龊和荒谬。谁又能肯定，孙勇之后，下一个消失的不是自己呢？徐东的良苦用心就在于，由点及面，以小见大。批评家谢有顺认为："真实的、有勇气的写作起源于对人类此时此地的存在境遇的热烈关怀，并坚持用自己的心灵说出对这个世界的正义判词。……写作不是用智慧来证明一些生活的经验和遭遇，而是用作家内心的勇气去证明存在的不幸、残缺和死亡的意义，以及人里面还可能有的良知和希望。"[1]我相信，徐东之所以写孙勇，绝不是为了美化乃至推崇像他这样的世俗人物，恰恰相反，他是想通过揭示孙勇人性中的丑恶，来呼唤我们人性中的良知和希望。

与徐东上述作品相比，我认为他的《洗脚》写得更好。无论是语言，还是结构，乃至人物刻画，都显得更加炉火纯青。《新生活》不过塑造了李明亮，《消失》不过塑造了孙勇，而《洗脚》却塑造了老邹、胡英山、赵涌、叶代、李江河、林晓

---

[1] 谢有顺：《先锋就是自由》，山东文艺出版社，2004，第113—114页。

城等众多性格迥异的人物，以此描摹出城市中的芸芸众生相，反映出城市人内心的焦虑与渴望。"理想很丰满，现实很骨感。"老邹也好，胡英山也好，其他各色人等也好，最初的理想和追求，都在物欲横流的城市喧嚣中，渐渐化作一片虚无。除老邹仍然坚守外（尽管与现实格格不入），其他人均选择了向欲望缴械。他们本性善良，却都不同程度充当了现实生活中不光彩的角色，由此构成了人性在城市生活中的多元化存在。小说在伤感中略显颓废，在颓废中又有着对于现实生活的思考与反抗。

以上小说，就题材而言尽管都是城市书写，却在不约而同中，揭示出人性的复杂，进而凸显出人类的生存现实与精神困境。通过这种揭示，徐东意在告诉我们，人的本性虽然善良，但在现实世界的影响下，常常表现出贪婪、丑恶的一面。因此，惩恶扬善，去伪存真，应该是作家的使命和追求。这种追求，充分体现在他以乡村和西藏为题材的作品中。纵观这些作品，徐东对于人物的描写，更多地挖掘其人性善良和美好的一面，譬如《丸子汤》中的李宝家，《罗布的风景》中的罗布。这些小说，"都是从我的内心里，从我的生命中流淌出来的，是我所看到、感受到、想象得到的人和事，是我内心的世界的呈现，是我生命燃烧时所散发出的些微的光和热"①。故而，通过这些小说，我们可以轻易感受到作家生命中爱的图景，感受到那些光与热。同时，我们还能充分感受到一种人性的真诚与美好，以及他对世界万物发自内心的祈愿。

当然，我能理解徐东对于城市书写所做的种种努力，或许

----

① 徐东：《大地上通过的火车·自序》，吉林大学出版社，2013。

　　　　　　　　　　　　　　　　　寻美的批评

与自己的经历密切相关，他笔下的城市生活，更多地呈现出一种底层的原生态与现实感。但这并不是说，徐东的城市书写有多么伟大。事实上，我们无权轻易用伟大或渺小的标准去评判一个作家笔下的文字。我只能说，徐东的城市书写，地狱也好，天堂也罢，因传达的是他自己对城市的理解，而更加无限接近他心中的那道生命之光。尤为可贵的是，他亦已充分认识到自己某种写作缺陷，在《我的文学路》一文中，他即曾清醒地指出："写都市生活的，相对实一些，实有可能也因了拉不开与现实的距离，这与我本人的思想深度与想象力有关。我受到了跳不开的局限。"①这种局限，让他对于城市生活的书写，有时难免流于表层，从题材到故事到人物到思想格局，则无法避免自我重复之嫌，而这也正是当下许多作家关于城市书写的软肋。

二、关注人的灵魂

或许可以这样说：不吝笔墨揭示人之本性，体现的是徐东小说的外在世界。而如果徐东的小说仅仅停滞于表现这种外在世界，那么我以为，他的小说尚未达到我心目中好小说的标杆。必须进一步探讨的是，除了表现外在世界，徐东的小说还存在着另一个维度，那就是由外向内转，从外在世界进入内在世界，即从揭示人的本性，深入到关注人的灵魂。与前者相比，我更看重徐东小说呈现出来的这一维度。归根结底，文学

---

① 徐东：《我的文学路》，《文艺报》2008年10月8日。

既是美好人性的呼唤，更是善良灵魂的呢喃。

从西藏到西安，从北京到深圳，每当谈起自己的文学经历时，徐东便会如此描述："每个城市都有许多孤独灵魂，而我在他们其中……他们的精神和灵魂需要安顿，这是一件值得重视的事情。"这件事情，就是安顿那些孤独的灵魂。在徐东看来，一位真正有责任感的作家，应该关注人的灵魂。他进而指出："现实生活让我们多少会迷失自我，而重视灵魂的空灵与存在，会使人的生命有内在的清楚。这有什么用处呢？我想，最大的用处在于，我们重新感受到，我们的生命原来有着一个别样的空间，我们在此刻成为过去，也正在到达远方。"①关注灵魂，也就是关怀生命，其终极意义，在于到达远方。远方，是徐东小说写作的关键词。作为一种意象，远方隐喻徐东的灵魂。它的指向充满哲学意味：从远方来，到远方去。我们的灵魂，因此得以找到归宿。我认同徐东关于"好小说都与心灵有关"的判断，之所以与心灵有关，是因为唯有关注灵魂，写出人的心理状态和心灵品质，才能以情动人，才能抵达人心，引起共鸣。无论是《大地上通过的火车》《丸子汤》这类乡土小说，还是《消失》《洗脚》这类都市小说，都能看到人性揭示的背后，作者对于灵魂的关注和对于精神的求索。而他的西藏系列小说，尤其执着于这种书写。

2005年以来，徐东陆续创作了多篇西藏系列小说。但和马原、阿来、范稳、宁肯等作家的西藏书写相比，徐东笔下的西藏，并不刻意渲染其神秘色彩，而是"带着一种梦想与自由

---

① 徐东：《我的文学路》，《文艺报》2008年10月8日。

寻美的批评

的力度与色彩"。当他决定下笔的时候，"我重新想象了西藏，那个我生活过三年的地方，我发现，我们的内心应有那样空灵与纯净的空间，使我们感知灵魂的存在，需要那样的空间"。于是，就有了《欧珠的远方》，有了《罗布的风景》，有了《独臂的扎西》，有了《简单的旺堆》……这些小说，语言灵动而不乏诗意，人物淡然而不失神性。"用童话般的语言，写出人物生命内部的事，用清明的语言写出生活固有的模糊性。"更重要的是，这些小说一方面写出了人物的灵魂，另一方面，又净化了读者的灵魂。对欧珠而言，远方就是他的灵魂；对其米而言，树林就是他的灵魂；对格列而言，天空就是他的灵魂；对拉姆而言，歌声就是她的灵魂。

　　"一切可以从远方开始。"这是理解徐东小说内在世界的密码。从远方开始，既可看作一种新的生命高度，又可视为一种新的生活方式。而这两者，皆与灵魂有关。《欧珠的远方》中，总是蹲在寺院墙根晒太阳的欧珠，心里装着无限的远方，他说："我手里的石头告诉我，一切都在远方，远方更特别……也许我将会去一个新的地方，这是谁都没有办法阻挡的事情。"最终，他牵着一头头顶上开着一朵白莲花的牦牛，告别了自己的女人和孩子，去向远方。《格列的天空》中，花匠格列"看到了湖中洁白的云彩，和那天空中无限深远的蓝，却感到人间没有色彩可以用来呈现他所看到的风景"，从此周游四方，没有再回家。《走失的桑朵》中，桑朵"生根发芽又不断成长变化的灵魂在别处，闪闪发光"，于是，桑朵也无法停止迈向远方的脚步。为了心中圣愿，罗布、达娃、扎西等人，都将生命的延续交给了远方。读完这些小说，我的内心一片澄澈，我能想象得出，在创作这些小说时，徐东的内心必定和我一样通明。我想，唯有理解远方，才能理解徐东对于灵魂的那一份关切与敬畏。

值得一提的是，揭示人的本性与关注人的灵魂，并非互不相干的两极，而是彼此相连贯串于徐东的小说作品中。无论是乡村题材、城市题材还是西藏题材，都在揭示人的本性的同时，进而关注着人的灵魂——这让徐东的小说呈现出一种从外在到内在的真实感与沉淀感。正是在这个意义上，评论家贺绍俊才认为"徐东选择了一条显得比较冷僻的小径，他把小说当成对抗现代化痼疾的武器。现代化造成了人们的精神匮乏，他感觉到了世俗与欲望吞噬人类精神的可怖程度，因此要把小说从世俗层面分离出来，这就构成了他小说中的精神纯洁"。与当下许多文学写作沉湎于俗世繁华相比，徐东的小说（特别是西藏系列）充满对人类精神走向的终极观照。对于未知远方的呼唤，对于生命价值的追寻，构成了徐东小说图景中令人瞩目的一页。

如果说，乡村、城市及西藏题材的创作，因分别代表徐东小说的不同面影而体现出其原创力和想象力的话，那么，他近来所创作的部分具有实验性质的文本，则预示着其小说写作已抵达新的领域和高度。当我读到他的《有个叫颜色的人是上帝》时，我十分惊讶于这部小说的开放性、复杂性与多义性。"人人都是艺术家，人人都是乞讨者——人人的生命中都有一个叫颜色的人，都有一个上帝。"小说借此传达出精神的重量与信仰的高贵。不得不说，这是一部需要有阅读耐心的作品。当我认为它是一篇哲学随笔时，精致的语言提醒我：为何不将

　　　　　　　　　　　　　　寻美的批评

它当作一首散文诗呢？而当我沉浸于它的朦胧与隐晦时，清晰的故事与人物又分明告诉我：这的的确确是一部小说。阅读过程中，我的脑海里一会儿浮现出尼采的《查拉图斯特拉如是说》，一会儿浮现出里尔克的《沉重的时刻》，一会儿浮现出卡夫卡的《变形记》，一会儿又浮现出克里斯托弗·诺兰的《盗梦空间》。小说通过和朋友参观画展、策划行为艺术、梦境展示等情节，深入剖析人类灵魂的种种可能性，并试图阐述人类普遍对于真善美的追求，沉郁、冷峻、繁复中不乏温暖底色，同时蕴含作者对于现实世界的反思和对于精神世界的坚守。小说的思想性显而易见，我确信它是一种具有心灵质量的写作，这也应该成为徐东重新思考写作、重新定位小说的里程碑。

在最近一篇创作谈中，徐东提到："小说使我在物质世界和现实生活中享有自我发现自我，使我感到人性的自由美好具有多种可能，使我更加理解包容自己和别人，使我爱着世间美，并对人类心怀良好祝愿。"我想，这或许可以视为他的小说观、人生观和价值观，也是他的小说写作能够持之以恒的内在动力和精神通道。这么多年过去，徐东早已将写作当成自己的一项事业，他对写作的虔诚让我想起了希腊神话中的西西弗斯。写作的过程，和西西弗斯将巨石推上山顶的过程，如出一辙：充满孤独、荒诞和绝望。但徐东和西西弗斯一样，很快在这一过程中发现了生命的意义，他们非但没有感觉到苦难，反而沉醉于内心的满足之中，并渐渐学会享受这个过程。某种程度上，他们超越了自己的命运。写作本身，和征服巨石本身，都足以充实并感动我们的心灵。就此而言，徐东终于在小说写作中，找到了属于自己的那一缕幸福。

心灵解放后的宿命意识与悲悯情怀

——叶临之小说创作论[*]

> 当你年轻时，以为什么都有答案，可是老了的时候，你可能又觉得其实人生并没有所谓的答案。
>
> ——叶临之《春风之歌》

在我的阅读生涯中，叶临之的出现似乎有些姗姗来迟。事实上，我不是那种紧跟市场风向的读者，他也不属于迎合大众趣味的作者，故而我们的相遇很偶然：三年前的某个周末，我在寓所楼下的书店里随手翻阅文学杂志，叶临之及其小说《我们的牛荒岁月》无意间进入了我的视野。看到叶临之三个字，我只是刹那间想到了英国的叶芝、济慈，法国的瓦雷里，以及俄国的叶赛宁。我心里暗自思忖，叶临之，当真是作家的名字啊。后来才知道隐含其中的三件事，一是叶临之乃其笔名，二是他同时兼具诗人身份，三是其诗歌写作果然受到叶芝、济慈、瓦雷里和叶赛宁等人的影响。是时，读完《我们的牛荒岁月》并从简介得知他的实际年龄后，我对他的印象只有四个字：少年老成。

再后来，我又陆续读到叶临之的《春风之歌》《羽弃生》《家丁》《唐松的艾叶》等小说，对他的创作就此渐渐熟悉。

---

* 　原载《百家评论》2015年第4期。

　　　　　　　　　　　　　　　　　　寻美的批评

总体而言，叶临之的创作或可视为相对纯粹的知识分子写作，某些作品，譬如《寡人》《人蜗》《白婚》等，甚至流露出"五四"小说的遗韵。他的精神来路，或者说，他的文学资源，既有传统的，又有现代的，既有乡野的，又有都市的。他对于文学（诗歌，尤其是小说）的追求，是一种深入骨子里的热爱。而他的禀赋与气质，确乎是中国现代文学式的，宁静而略带悲苦，恰如其名字背后蕴藉的深意。他自己亦曾坦言："我可以说是现代派作者。"不过，我更为关注的，并非他隶属于何种文学派别，而是作为一个小说家，他在写什么、怎样写，以及为何写的过程中，体现出来的品格与特性。

就师承而言，海明威、福克纳、卡夫卡、帕慕克、加缪和鲁迅等作家，对叶临之文学创作的影响无疑是深远的。譬如《大水》中，一位潜水员的名字就叫 K，和卡夫卡小说《城堡》中的主人公同名。综观叶临之小说，"既有以'文革'为背景的历史省思，又有对当下底层生活的细腻体察，他一面低回地叙说着农村的人情冷暖，一面又耐心地倾听着城市男女复杂的心灵私语，甚至还关心着海外留学生的生活遭遇"①。题材多样，视角各异，手法有别，却无不彰显出心灵的重量，并从无比戚然的宿命意识中，释放出无尽的悲悯情怀。

一、用小说的方式解放心灵

留日归来后的叶临之，栖居江南经年，安静而又执着地坚

① 冯雷：《待写的中国访谈》，《创作与评论》2014年第7期。

守着自己的文字实验。我最为欣赏的，正是他的那份安静和执着。他先以诗歌发声，后又选择小说作为观察俗世，并由此连通内心世界与外部世界的媒介。无论诗歌，还是小说，都让叶临之呈现出与其他80后作家迥异的气质。当然，这种气质未必就比其他80后作家高贵，但显而易见，它属且仅属叶临之。

"人生到处知何似，应似飞鸿踏雪泥。泥上偶然留趾爪，鸿飞哪复计东西。"或许，长于湘西、负笈津门、远渡东洋、谋事吴越的生活阅历，让叶临之对于苏东坡的这首《和子由渑池怀旧》，有着比常人更为切身的理解与感悟。当他将成长路上的所见所闻、所思所想化诸笔端文字的时候，我们不难读出其中的况味。我至今无法想象他一路颠沛流离所经历的种种沧桑，但其中的辛酸、苦闷、孤独与彷徨，定然不会少。何以解忧？唯有小说。萨特曾说："写作的需要从根本上说，是对净化的要求。"（萨特：《写作的目的》）以我的理解，萨特所谓的净化要求，大抵指涉精神与灵魂层面。也即说，一个作家的写作，更多的是源自内心所需。就凭此论，叶临之当引萨特为知音，盖因他亦曾有言："我坚持用小说的方式解放心灵。"这应该是叶临之安静与执着的缘由，既可视为他的文学宣言，更可看作他的创作理念。

在上述创作理念的驱使下，叶临之写出了《雪落灯笼挂》《过年回家》《温暖的河》《马说》等一系列佳作。对我来讲，阅读这些作品的过程，充满语言、情绪和思考的挑战。坦率地说，和当前其他活跃的80后作家相比，叶临之的小说并非一鸣惊人，但却自成一家。同为80后的青年批评家黄平、金理在谈到80后作家时说："今天中国社会与西方社会、中国文学与西方文学的'错位'正在逐步改善，80后作家所身处的这种社会结构的变化，在推动他们重构自身的写作资源。现代人情绪上的无根与迷幻，内心的漂泊与孤独体验，已经变成一种跨国性的多元叙事。"①我以为，叶临之的小说创作，恰恰能够体现上述特点，不仅如此，他还尤其擅长通过跨国性的多元叙事，传达出"现代人情绪上的无根与迷幻"和"内心的漂泊与孤独体验"，譬如《苏君的旅途》《舞！舞！》《致秋风微醉的早晨》等。这些作品，始终贯彻着其坚持用小说的方式解放心灵的理念。

那么，叶临之这种以小说方式解放心灵的文学理念，在大的时代背景中有何独特语境？有论者认为，"个体的失败感、历史的虚无感，故乡记忆的困惑"，某种程度上构成80后作家共同的时空困境。"在时间上，这一代人的大多数必须面对挫败感和漂浮感……在空间上，这一代人很少不面临空间上的迁徙，从故乡到异乡，故乡、乡愁的文学修辞意义已经面目全非。"②而80后作家自身面临的这种时空困境，难免会投射到各自的文学创作中去，其笔下的人物性格、故事叙述、气氛营造，无一不受影响。叶临之的人生历程，与上述情境大致契合："这些年来经历了底层乡村、城市、海外，而在定居之前，我可以说是飘忽不定，受时代、国内各种情况包括出生环境的影响。"③生活世界的各种遭遇，难免让人沮丧、压抑，甚至烦躁不安。怎样找到生活世界与心灵世界的平衡？叶临之

---

① 黄平，金理：《让我们再来谈谈"80后"文学》，《名作欣赏》2014年第9期。

② 项静：《我们这个时代的表情》，《创作与评论》2014年第1期。

③ 冯雷，叶临之：《象征背后：有关起点、真实与审美——叶临之文学访谈》，《创作与评论》2014年第7期。

的答案是小说。体现在创作上，其关键词则是青春、成长、忧伤、无可言说的宿命，以及发自肺腑的悲悯情怀。

与米兰·昆德拉所言趋同的是，叶临之的写作亦指向"人类存在的基本状态"。穿过他的小说，我轻易就能窥探到存在主义哲学的影子。正因如此，在揭示人的精神境遇方面，"他并不着意要揭示现实背后的深层矛盾和问题，对个人以外的阶层、历史等问题似乎也不太在意，他在意的是某一种独特的人生情境，一种个体化的内心感受和精神世界"①。留学日本的人生经历，让叶临之的部分小说，气质上与村上春树的小说颇有相通之处，字里行间透出洒脱、散漫的个性，并于无奈中散发着淡淡忧伤。

在叶临之看来，"每个作者的小说都是万花筒，他试图用小说全面剖析他看到的世界"。这与作家莫言的认识不谋而合。莫言认为，面对当今既喧嚣又真实，万象风云的社会，一个作家应该坚持这样几个原则来面对社会现实：要冷静观察，透过现象看本质，运用逻辑来进行分析；要考量现实，也要回顾历史，还要展望未来；然后通过分析得到判断，在此基础上展开描写，给读者一个丰富的文学世界。②乡村与都市、历史和现实，彼此独立却又相互融合，共同构成叶临之小说创作的两个维度，并最终向我们展示了一个繁复且丰饶的文学世界。

---

① 师力斌：《一种有气质的书写》，《文艺报》2011年5月25日。
② 莫言：《喧嚣不会永远掩盖真实》，《光明日报》2014年9月15日。

二、乡村与都市视域下的宿命意识

当我试图将叶临之的小说与宿命联系起来时，我的内心不是没有过犹疑。北周无名氏《步虚辞》曰："宿命积福应，闻经若玉亲。"大意是指一个人的思想、行为及其命运，多由人自身无法控制的力量所掌控。这与叶临之的小说又有何关系呢？我无法断定他是否相信宿命，然而他笔下的人物，无论来自乡村，还是生于都市，似乎总是笼罩着某种宿命的氛围。当然，宿命不一定代表悲观，但在总体上，叶临之的小说悲而不喜。他显然不是那种令人发笑的作家，他的小说，多数时候带着忧伤格调。因此，所谓宿命者，主要就其小说人物的命运而言：在乡村与都市视域下，对于个体命运的深情关注，以及在这种关注中对于宿命的体认。

宿命感源于叶临之生活世界的漂泊无定。从乡下少年到海归青年，叶临之的人生没有归宿，异国他乡，今夕何夕？反映在内心深处，即是他对命运的不确定感和对生活的荒诞意识。这种意识，和存在主义不无相干。譬如，存在主义哲学家加缪就认为世界是荒诞的，且"荒诞不在人，也不在世界，而在两者的共存"。萨特也认为，人无缘无故被抛掷到一个荒诞的世界，这个世界不可理解，毫无理性可言。据此，加缪和萨特想要告诉我们：人生在世，命运不堪。是的，命运！宿命感的外在意思，也即命运感。我以为，命运感的匮乏，是中国当代作家的一大弊病，这使得他们在创作时，无法持有一颗敬畏之心，去虔诚地体察、剖析命运所蕴含的能量。与此相反，叶临之对于命运有着深刻理解。一方面，他坦然面对命运；另一方面，他在小说创作中，顺从人物命运的自然发展轨迹。

《春风之歌》带给我们一场关于春风的记忆，却又不仅仅关乎风花雪月。小说以温情而略带伤感的笔调，叙写了一代人隐秘而躁动的成长，宿命的情愫贯穿始终。"那个春天，所有人布的局都是一盘错局。"围绕一盘错局，叶临之展开了人物命运的讲述：经常无事生非、逞能的中学差生单齐生，为了出身贫苦的凤小雅能进重点班，自告奋勇充当小姨郑筱岚和班主任王番的爱情信使。但随着他们爱情的失败，凤小雅并未如他所愿被照顾安排。最后，单齐生阴错阳差地脱掉了著名痞子的外衣，成了服装厂一名普通裁缝；凤小雅的痕迹，则在那个春天的末尾被擦去了，从此杳无音信；而王番，这位雄心勃勃的历史教师，却由于爱情的不可得而沦为杀人犯。当所有的故事都随着春天远去时，小镇的人们依然继续过着滋润的小日子。"十几年来，我自始至终觉得我们依旧如此。"世事如常，但经历了那个春天，单齐生、凤小雅、郑筱岚和王番，他们都回不去了。小说并没有一波三折、跌宕起伏的故事情节，却让我在掩卷之后，生发出浓郁的唏嘘与感慨。

《寡人》写了一个带有几分沉重的小镇故事，主人公宋刚及其儿子宋兵的命运悲怆而又无奈。天性滑头的宋刚，镇中专毕业却无一技之长，不得不依靠推销水泥、请和尚师父们做法事赚些跑路费甚至收殓死人等活计谋生。为了生活，他不惜偷盗，并唆使儿子宋兵作为同谋。他们的偷盗行为终于被发现，逃跑中，宋兵永远失去了一条腿。被迫辍学后，宋兵当起了和尚，居无定所。原本善良脆弱的他，人生进入迷茫期。"活着还有什么意思？"他从内心发出了诘问。而宋刚，眼窝里总是

　　　　　　　　　　　寻美的批评

含着悲伤和沉闷的男人，厄运一再降临他身边。最终，妻子离开了他，儿子与他不辞而别，他成了名副其实的孤家寡人。当开始对自己的命运有所醒悟时，他独自一人踏上了寻找妻子与儿子的崎岖之途。读罢小说，不禁让人想起鲁迅的《故乡》和屠格涅夫的《父与子》。在叶临之笔下，儿子宋兵面对无法改观的命运，选择了逃离，不知去向的他与父亲宋刚之间，始终没有达成"永恒的和解"。他们将各自的命运，纷纷交给了未知。整部小说渗着贯穿肺腑的悲凉。

《苏君的旅途》展开了一场说走就走的旅行，字里行间透出的宿命感尤为强烈。故事以旅行的方式，讲述了苏君的几段感情纠葛。苏君相信人的一生有无数次轮回，在他看来，"宿命是个很难解的词，像团纠缠的乱麻，或说是条巨蟒缠身难以摆脱，我到东京后相信了。例如我们谁也没有意料到自己会死，却突然于明天死去"。此处死去的是安琳，苏君的女友。安琳生前曾对苏君说："我什么也没有了，女人真的就那么脆弱，你相不相信女人的宿命？我相信的。……我这么幸福一定会早死的。"结果，她真的死了。旅行结束，他们绕回到了原地。其实，人生就是一场旅行，兜兜转转，终究要回到原地。一路上或许会遇到很多不一样的风景，有些风景，看看就好；有些风景，却注定会刻骨铭心，深入骨髓。爱情和婚姻，何尝又不是如此？谁的生命之中，也难免会发生几段或喜或悲的故事。小说中的杨理与尹，苏君与安琳、雅安，最终都无法逃脱一种宿命的桎梏。苏君的旅途，与其说是旅行，莫若说是一次寻找与逃离，寻找爱情的真谛，逃离婚姻的围城。旅途没有完美结局，但人生和婚姻的结局，谁又能成竹于胸？一旦旅途结

束，生命或许也就抵达终点。回望来时路，不过是一茬一茬的
洼瓣花，兀自在记忆深处妖娆绽放。而那远去的青春，像记忆
一样随风飘散。小说中，安琳因车祸而死，苏君的旅途也遭遇车
祸，活着与死去，这是一个问题。生命的不确定感，如影随形。

叶临之曾痴迷于加缪、萨特的哲学小说，由此奠定他的存
在主义意识。在存在主义者看来："人生活在一个与自己对立
的、失望的世界之中，人在世界上的地位是不确定的。绝对自
由的人也是烦恼和无所依靠的孤独者。人虽然有选择的自由，
但他面对的未来的生活却是混沌而没有目标的。他只是盲目地
走向未来，他只知道人生的真实的终结就是死亡。"存在主义
哲学家海德格尔就认为，人是被无可选择地抛入到这个世界中
来的。作家米兰·昆德拉也表达过类似观点，"生活是一个陷
阱，这一点，人们早就知道：人生下来，没有人问他愿不愿
意；他被关进一个并非自己选择的身体之中，而且注定要死
亡"。通读叶临之的小说后，不难发现其作品具有强烈的存在
主义色彩，这种色彩表现在小说人物塑造上，即是命运多舛；
表现在小说氛围营造上，则是无处不在的宿命，"偶然性成为
人与宿命相遇的方式"。除了《春风之歌》《寡人》《苏君的
旅途》，在《致秋风微醉的早晨》《家丁》《唐松的艾叶》等
作品中，同样体现出上述特征。

"在经济现代化进程中，我们是漂泊的一代，我们是对现
实迷茫、大多不敢看清、也努力工作的一代。"①当叶临之如

---

① 冯雷，叶临之：《象征背后：有关起点、真实与审美——叶临之文学访谈》，
《创作与评论》2014年第7期。

此表述这代人生存境遇的时候，我想就不难理解其小说所传达出来的那种宿命意识了。他不过是以小说的方式，呈现这个时代乡村与都市人生状态中的焦虑、忧愁、乖谬与荒芜。

三、历史和现实困境中的悲悯情怀

冯骥才在谈到作家最重要的素质是什么时说："如果讲作家有什么先天的东西，我觉得就是悲悯。如果一个作家不悲悯，就很难成为一个很好的作家。无论是托尔斯泰、雨果、巴尔扎克，还是鲁迅，我觉得都是对人间怀着一种巨大的悲悯的情感，这不是一般的爱。爱仅仅是一种表达，是一种爱心而已，悲悯首先是要站在弱势的角度和立场上，我想这是特别重要的。"[①]对此，我深表赞同。悲悯，即仁慈。古今中外，文学就有悲悯传统。中国当代文学，亦不缺乏悲悯情怀，从伤痕文学到寻根文学到新写实小说，从陈忠实的《白鹿原》到余华的《活着》到刘醒龙的《天行者》……多有这方面的充沛表现。在这种文学传统的滋养下，醉心于宿命表达的叶临之，对于悲悯情怀感同身受："先前受日本文学的一些作品启发……再后来是俄罗斯二十世纪的小说，特别让我产生了一种悲悯感，贴近大地的感怀。"[②]这让叶临之的小说在表现人存在的荒谬、无奈和活着的沉重的同时，更加注重对人生存状态的关

---

① 冯骥才：《我的人生就是不断把句号变为逗号》，《杭州日报》2009年1月17日。
② 冯雷，叶临之：《象征背后：有关起点、真实与审美——叶临之文学访谈》，《创作与评论》2014年第7期。

怀与悲悯。

叶临之的小说没有大悲大喜、大起大落，读罢甚至让人生发莫名的惆怅与哀伤。这一切，当然源于其小说所呈现出来的那种宿命意识。但我以为，宿命意识所昭示的，不过是叶临之作为小说家感性的一面。他或许并非一个简单的宿命论者，他还有理性的一面。正是这种理性，使得他在面临历史和现实困境时，自然而然传达出一种悲悯情怀。历史和现实世界中，人们总会遭遇苦难、窘迫甚至绝望的困境。面对这些困境，是落井下石还是悲天悯人，无疑是判断一个作家良知的重要标准。叶临之笔下的人物，无论跨越历史，譬如《我们的牛荒岁月》中的李娃和苏珊，还是来自现实，譬如《人蜗》中的咸守义、《羽弃生》中的陈永冰、《白婚》中的咸桂花，始终处于荒诞和无奈的困境之中，就如其小说《一个人的迷雾》主人公叶子诚所言："我发现我一直活在两为其难的困扰中。"总体而言，叶临之小说的悲悯性，主要体现在面对上述困境时，仍然表现出悯人惜物的温情和婉曲。

《我们的牛荒岁月》作为历史叙事，笔法熟稔，文字细腻。小说展现的是在一个疯狂年代，人活得像牲畜一样任由宰割，毫无尊严。我们的牛荒岁月，是指全公社掀起杀牛浪潮，其他大队都将公牛杀光了，仅剩下寥寥几只母牛，唯有李娃所在大队，还有一头年老而逃过一劫的公牛。于是，配种的重任，就落在了它身上，悲剧就此展开。大队长赵仁为了自己的仕途，竟然不顾妻子苏珊身怀六甲，放言"现在是牛儿子要紧，人儿子可以再生"。苏珊最终难产而亡，她的命运，和那头名叫黄唇的公牛的命运，不过是一个兽性时代的注脚和缩影。牛荒的岁月，实质也是人性泯灭与荒芜的岁月，折射出时代的荒谬。"活有时很痛苦，有时真像一场悲歌。"小说以寓言化的创作手法，铺陈出荒诞场景与疯狂行径，聚焦于人物内心深处。米兰·昆德拉曾说："小说艺术不是别的，正是对被遗忘了的存在的探寻。"《我们的牛荒岁月》通过对"文革"时代普遍人性及生存意义的探寻与追问，彰显出思想艺术的深度与高度。小说中，李娃的爷爷李达卧病在床，哀叹与牲畜难解难分的宿命，在人生的最后反复哼唱："贫贵无别，草木如风。苦难在上，来去无妨。你我何苦，何谓来生。"而公牛黄唇以及李娃、苏珊等人的命运，实际是一个时代、一个群体命运的真实写照。对人性的探索和对灵魂的烛照，让这部小说有着悲天悯人的品格。

《羽弃生》将视角从历史拉回现实，讲述了一个城市底层故事。值得一提的是，小说对于底层的抒写，已然跳出为底层而底层的苦难宣泄路数。主人公陈永冰在工厂组织的联欢晚会上一曲成名，他的音乐梦想随之被触发，他要成为这座城市的羽毛，一个受大众仰视与崇拜的歌手。但现实如此残酷："当年他父亲在湖北当泥水工，在晚上十人睡一茅屋的情况下他母亲怀上了他。二十八年了，一切都还没有太多的改变。"陈永冰的生存状态，并不比他父亲更好。因此，连他自己都不得不承认这是痴心妄想。"坐在压塑机的铁板凳上深夜做工时，他多次绝望过，这种绝望让他安于现状，他对改变有恐惧感……"就在这时候，他邂逅了一位同样热爱音乐的女羽毛，他似乎看到了希望。只是，他终究无法改变命运轨迹，他的音乐梦想，随着女羽毛的自杀而灰飞烟灭。当下中国，还有多少像陈永冰这样的底层青年，苦闷、彷徨而找不到生活和理想的出路？他们人生的希望在何方？我们无从得知，叶临之也无法给出答案。不过，或许是不忍心故事太过灰暗，叶临之在小说结尾还是给了陈永冰的生活一抹亮色，他的女友阿英怀孕了，愿意回去和他好好过日子，将来有机会再做羽毛。至此，叶临之的悲悯情怀可见一斑。

宿命意识与悲悯情怀，是理解叶临之小说的两个关键词。这两者相辅相成、并行不悖地与其小说创作融为一体。在他的几乎所有作品中，这两者似乎总是不约而同地显现。叶临之通过小说的方式解放心灵，因此，他的写作，无论从乡村到都市，还是从历史到现实，总是能够击中人性中最脆弱、最柔软的部分。他以强烈的宿命意识和深刻的悲悯情怀，映照着我们的精神世界。

隐秘的南方记忆与在场的个体经验

——论塞壬的散文写作，兼谈一种文学伦理*

一、在南方，游走于都市声嚣的匿名者

我看见自己被那些声音照亮，一张疲惫的脸，惊慌失措的
表情，仓皇的身影，还有瞳孔深处的哀伤。是的，我在退避和
躲闪，广州、深圳或者东莞，我不断地游走，游走在这巨大的
声嚣之中，它致密，像寂寞那样深厚，我无从逃离，它将我长
久地覆盖。

——塞壬：《声嚣》

南方，南方。自古以来的文学地图中，这是一个宏大而又
充满魅惑的词汇。与之能够发生关联的，除了征战、贬谪、移
民这些动词，它还常常和才子、佳人、风花、雪月等名词一
起，构成一部又一部文化的或者艺术的野史逸闻。某个时期以
来，这里年复一年地接纳了千千万万来此讨生或者寻梦的"北
方"人。他们有的"发迹"了，于是渐渐成为定居在此的新岭

---

* 原载《东莞理工学院学报》2011年第6期。

南人；有的落魄了，以致居无定所，或者选择离开。

就在这千千万万熙熙攘攘的人群中，我远远地瞥见了一个瘦弱但坚强的身影慢慢朝我走来。南方的发达并没有让她发迹，而是让她过着"一种来历不明的生活，一种惯常遭遇陌生气息的生活"。风尘仆仆的她拥有一个妩媚似海妖般的名字：塞壬。将近九年的时间，这个来自湖北黄石的沉默而坚定的女子，犹如繁华世界里的匿名者，"游荡在南方，漂泊，不断地迁徙，从一个地方到另一个地方，从那一段时光过渡到这一段时光"①。迁徙途中，她先后"混迹"于新闻、地产、化妆品、家电、珠宝等五个行业，分别从事过记者、编辑、业务代表、文案策划、品牌经理、区域经理、市场总监等七种职业。当她在字里行间若无其事地叙写这些过往经历的时候，她是如此的坦然，坦然得仿佛那是在讲述别人的故事。九年来，她"用骨头面对一切，完成所有的传递。温度、硬度、时间、空间，包括皮肉无法感知的痛或者伤悲，物的，非物的"（《夜晚的病》）。九年来，她或者独自面对"那些巷子阴暗、潮湿，密集的楼群住满了打工者、小贩、学生、民工、妓女、歹徒、骗子、吸毒者、混混以及各色人等"（《声嚣》）；或者被迫呼吸"混乱、危险、动荡但又充满诱惑的气味"；或者经常遭遇"抢劫，一个充满暴力和血腥的词，它五次出现在我南方的漂泊生涯中"（《声嚣》）。这样一个弱女子如何在南方的烦躁、恐惧、慌乱之中安然度过那么多年？这得需要多大的勇气？内心又得多么的强大？但她毕竟熬过来了，以写作

---

① 塞壬：《下落不明的生活》，花城出版社，2008，第3页。

　　　　　　　　　　　　　　　　寻美的批评

的名义。

经年的漂泊后，她用嶙峋之骨和滚烫之血熬成了《夜晚的病》《一个人的房间》《月末的广深线》《在镇里飞》《漂泊、爱情及其他》《沉默、坚硬，还有悲伤》等饱含温度的文字。"下落不明"，如此无奈而忧伤的字眼，却是塞壬多年来的生存状态。"一直以来，我像一个巨大的容器，吞咽着生活的所有苦难。"（《耳光》）这些苦难，让塞壬学会了沉默，也让她变得无比坚硬。因为这沉默和坚硬，她在广袤的南方选择了"一次次离开，离开一个地方，一个事件，一个人和一段时光"。然而，"每一次的出发，都是一个未知，一个无法预料，我对这种气味敏感，强烈地排拒，什么时候，我将在一个地方永久地停留？"（《月末的广深线》）是啊，青春和激情失落在南方的人们哪，如今你们又身在何方？

游走，为了生计；游走，为了爱情；游走，为了梦想。年复一年，南方的花儿开了又谢，谢了再开。那大自然的精灵，你究竟为谁不厌其烦地将美丽一次次绽放？春去秋来，塞壬依然在路上，却无心迷恋异乡的风景。南方，这陌生的、湿热的、没有四季的、充满悲伤的南方，是开启塞壬某段人生的起点，将会是她整个人生的终点吗？她无从知道。支离破碎的南方记忆，一点点堆积在她笔下，偶尔呈现出转瞬即逝的、隐秘的欢欣。回望来时路，她的目光阴郁但坚毅，我因此得以洞察到她那薄薄的、河水一样的命运："它们荒凉、庞杂，却有一股新鲜的颓丧味道，陈旧的气味，却像油漆一样簇新浓烈，它们慢慢地涌出来，涌出来淹没我。"（《下落不明的生活》）嘈杂、混乱，并且肮脏，这是塞壬笔下的深圳。任何一座城市的繁华背后，必定隐藏着龌龊与阴暗。对塞壬来说，从广州而深圳而东莞，漂泊是生活的常态，游走是生命的过程，"它全然不是那种带着大城市的优越感跑到这里来撒野、希图获得陌生经历、体验新鲜感、寻求艳遇和激情的有闲人的无聊目的"。在石牌，在水贝，在常平，在厚街，在虎门，塞壬不停地游走，然而"她很低很低，几乎贴着地，但内心飞翔"。（《在镇里飞》）游走的日子里，因为原生，因为孤独，因为无人惊扰，故也能让塞壬在某些时候"沉沉地睡去，沉迷于美梦和理想，沉迷于爱情和奇遇，沉迷于春天和童年"。从而"把世界关在外面，回到内心"（《声嚣》），然后，一切归于安宁。

在我看来，塞壬的《下落不明的生活》并非一部自叙传，与其说它描述了一种游走的生活，毋宁说它表达了一种宿命的精神。在她隐秘的南方记忆中，千万个和她一样游走的来自农村的"北方"人，远离土地，背井离乡，为着生计，在城市"突兀地存在，生腥，怪异，像卑贱的尘埃，城市根本无视于他们"。他们无法改变这种破败、潦倒、辛酸的生存真相，属于他们生存的场，有着太多的肮脏、动荡、危险、疾病、不安和焦虑。由此，我想起了博尔赫斯，一个来自阿根廷的著名作家，同时想起的，还有他的小说《南方》。博尔赫斯笔下的南方，潮湿而热烈，有残酷的生存法则，还有神秘莫测的精神魅力。博尔赫斯在《南方》中试图创造三个故事：传奇、寓言和梦，以突出人对生活的选择。小说中，"南方是人的故乡，也是人体验过了死亡之后的最高意境，除了永生，南方的一切现实生活在达尔曼眼里都变成了戏，抽象的理念覆盖一切，变成了永恒的幸福，他生活在思索与抽象之美当中，每一个瞬间都是一次新生，其新奇和感动分外强烈，他第一次感到：人只有在这样的瞬间才是真正活着的"①。

"达尔曼紧握他不善于使用的匕首，向平原走去。"这是小说《南方》结尾的描写，主人公达尔曼最终选择了死而后生。与达尔曼不同的是，塞壬始终如一个匿名者，游走在南方的都市声嚣之中，"不需要脱胎换骨的激情，不需要所谓的死去再复活，甚至不需要意义"（《在镇里飞》）。

二、在黑夜，沉迷于内心感受的写作者

在南方的夜里，一个人对着内心深深地沉入汉字的海里。无意识，无目的，无规划的，我需要进入这语言的狂欢，去治疗难以愈合的心灵痼疾。

——塞壬：《别人的副刊》

对塞壬而言，南方的游荡与漂泊是柄双刃剑，让她备受苦难煎熬的同时，也回报她以写作上的成功。2004年迄今，"塞壬"的名字频繁出现在《人民文学》《天涯》《散文》《美文》《百花洲》等刊物。出色的散文写作，让她先后获得东莞首届荷花文学奖、2008年度人民文学奖、第七届华语文

---

① 残雪：《通往梦幻之乡》，《上海文学》1999年第5期，第69页。

学传媒大奖"最具潜力新人奖"、2009年度华文最佳散文奖和2011年度人民文学奖，并受到文坛的广泛关注。不过，面对部分批评家对其散文过于牵强的解读，塞壬表现出难得的清醒与真诚，她反复在文中强调："我只是一个在黑夜沉迷于内心的写字的人。"（《写字的人》）她认为自己的写作动机其实很单纯："在异地，孤独像甩不开的影子紧紧缠着我，失眠，我患上了这可怕的毛病。塞壬，一个属于在夜晚写字的女人的名字，诞生了。我需要自言自语来打发时间的恶魔。"（《别人的副刊》）我理解并认同这种写作姿态。不难想象，无数个"独在异乡为异客"的夜晚，饱受失眠、孤独侵袭的塞壬，唯有文字可以取暖的滋味。"在黑夜沉迷于内心的写字的人"，塞壬轻描淡写地完成了一个散文家的自我命名。

"黑夜给了我黑色的眼睛，我却用它来寻找光明。"诗人顾城眼中的黑夜，蕴含了不言而喻的象征意义。作家塞壬眼中的黑夜，同样有着不同寻常的抽象意义。对此，我的理解是，黑夜乃塞壬写作灵感的源泉。南方的游走漫无目的，白天已被生存的压力占据，属于一个叫作"黄红艳"（塞壬原名）的女人；等到夜晚来临，塞壬才是塞壬，绝非另一个"黄红艳"。此时的塞壬，是一个属于在夜晚写字的女人，思维敏捷，目光如炬。黑夜让塞壬回归自我，内心澄澈。黑夜是她思想的触媒，每当这时候，她"躲进小楼成一统"，冷静面对困境、厄运，以及自己的弱点和欲望，最终，文字让她穿越俗世的黑暗，抵达内心的澄明。沉迷于内心并听从内心的召唤，这是塞壬乐此不疲进行写作的原动力，也是她文字深入人心的根本缘由。之所以写，全是因为她的内心急切地想要告诉我们，她看到的那些人命运如何，遭际怎样，他们眼里的世界与她眼里的世界有何不同，他们又怎么相爱，怎么生活……"在这样的过程中，我看到自己一直是爱着的，我慢慢消除了恶意和怨恨，我爱，我感恩。"（《文学无意识》）南方的夜晚漫长、燥热，令人心烦意乱，但所有这些都无法走进塞壬的内心，能够渗透她内心的，只是无边的安宁。安宁中，她就像一道"暗处行走的水"，在"一个人的房间"激流成河，借着那些富含她体温与气息的文字，她得以泗渡到精神的彼岸，成为涅槃的凤凰。

很显然，喜欢黑夜的塞壬内心深处是热爱写作的。写作于她不仅仅关乎兴趣，关乎嗜好，更关乎梦想与尊严。如果说，白天为了生计的奔波带给她的只是艰辛和屈辱，那么，夜晚的写作彻底恢复了她为人的尊严和生活的自信。从她的《下落不明的生活》《在镇里飞》《转身》和《声嚣》等作品中，我读出了一个敏感、虚荣、风骚、自恋、贪图享受却又健康有力、充满野性的塞壬，她游走在南方的城镇里，逍遥、自在、旁若无人。黑夜见证了她的悲伤、哀愁、疼痛，以及开阔与明亮，让她"发现肉身，看见它，看见自己，感知它存在，它宁静而随意，像没有被掀开的隐秘的花园，不为人知地呈现"（《一个人的房间》）。写作则实现了她肉体和精神的双重"转身"。这种转身虽然缓慢，却始终带着她内心美好的期许，坚忍不拔，永不泯灭。游走的日子里，塞壬身似浮萍心似水，外界的喧嚣非但没有让她迷失、沉沦甚至堕落，反而增强了她活着的勇气、写作的底气和言说的锐气。我相信，有了这种勇气、底气和锐气，塞壬的写作定然会得以为继，且将更加从容淡定。

古希腊神话中，塞壬被塑造成拥有天籁般歌喉的海妖，常常翱翔于大海之上，用凡人无法抗拒的致命歌声诱惑过路的航海者，使他们遭遇航船触礁沉没的灭顶之灾。作家塞壬当然不是那个杀人不见血的海妖，她不过是一个在黑夜沉迷于内心的写字的人。但她以一己之力的挣扎、喊叫、对抗和旁若无人的表达，完成了"对生存境况、陷入困境中的人、卑微的命运进行刻骨的描画"。塞壬笔下那带有原生腥气的、破碎的、疼痛的文字，使她看起来"像一头野兽"。她对这个世界有话说，她渴望写作。"多年后，我南下广州，在熙熙攘攘的人群中，我能准确地闻到某一类人，他们瘦弱、苍白，平民的表情中透着一种清澈如水的东西。……我看见我也身在其中，被带动飞快地旋转起来，我与他们相同，却又不同。我看见了他们身上的苦难，并因此深深地爱他们。注视着他们，我会泪流满面。"（《爱着你的苦难》）这样的文字，平实里包含着柔软，简约中裹挟着力量。面对苦难，塞壬是心怀大恶的，也是心存善念的。历经这么多年的游走，她仍然不狭隘，少虚妄，与人为善，保持热爱，对必然之事，且轻快地加以承受。当她异常果决地说出"我的经历告诉我，我必须更加明亮地面对每一个人。一个人不管经历什么事，都要热爱世界，我需要穿越地狱走向天堂"时，我知道她有多么真诚。与此同时，一股感动的潮水毫无遮拦地漫过我的心堤。

至此，黑夜给了塞壬以写作的灵感和表达的欲望，塞壬给了黑夜以肉体的折磨和精神的快感。她们互融一体，相依为命。

　　　　　　　　　　　　　　　　　寻美的批评

三、在底层，钟情于个体经验的呐喊者

我的散文必然会有一种破碎的、混乱的、尖锐的气质。以原生的、向下的非判断的特殊方式叙述和表现人、事物、事件固有的硬度，表现人对入侵物所做的反应，它是充满骨血的，有温度的，它是感知痛感的，它是肉躯正面迎接的，不能回避，不能闪躲，它是必须要说出的，由自发到自觉，它应该有一种明亮的、向上的力量，形而下的表达，形而上的意义。

——塞壬：《为自己而写》

当前，"底层立场"和"底层写作"无疑是两个重要的社会学以及文学热词。在一些批评家那里，有无"底层立场"被视为评判学者有无良知的标尺，是不是"底层写作"被视为评判作家是否有人文关怀的准绳。在此，我不想陷入孰是孰非的理论旋涡。事实上，从某个角度而言，塞壬的文字也可归类为"底层写作"，因为她介入的生活是底层的生活。不过，她的生活又并非工厂、流水线、没日没夜的加班和拖欠工资这些纯粹的底层场景，确切地说，她的底层是嘈杂的市井、逼仄的写字间、拥挤的商铺、混乱的街道、肮脏的生活区和龌龊的商业道德现场。毋庸置疑，这样的底层更加扣人心弦，更加惊心动魄，因而也更加跌宕起伏。正是在这样的底层，塞壬看见了虚假，经历了欺骗，然后在每个黑夜将众声喧哗的嘈杂、逼仄、拥挤、混乱、肮脏、龌龊、虚假和欺骗，一一呈现于我们眼前。

读着《在镇里飞》《务虚者的水贝》《转身》《爱着你的苦难》这样的文字，我能轻易嗅出生存现场的气味。此时的塞

壬，不仅是记录底层生活图景的在场者，更是钟情于个体经验的呐喊者，这成为塞壬散文写作的重要姿态。我十分看重这一姿态，并认为它彰显出一种可贵的文学伦理：表达在场的个体经验。是的，在场，并且是个体经验。这种个体经验有时也许并不那么可靠，但因为它是在场的，故而带着个人切身体验与内心真实感受，还因为它是唯一的，故而无法复制。倘若它写出了人类普遍的生存际遇和精神困境，则可能会更加激起读者的共鸣。这种个体经验表现在塞壬的写作中，就是她从来没有刻意想过以文字贩卖底层苦难和个人隐私，而是"对破碎镜像的重组、对时空片段的蓄意拼合、对细节的共谋关系以女人的感知进行非理性处理"，并在此基础上"说出了人面对欲望、厄运、人性弱点的立场、态度，面对自身所处的特定历史环境中的态度，并在这种挣扎的过程中表现出，人如何成其为人的"。（《为自己而写》）鉴于此，《人民文学》主编、批评家李敬泽认为塞壬的散文带着生活的温度和粗糙，"在她的散文中，能看到当下中国人痛切的生活经验和内心体验"①。由一己的个人体验而抵达当下中国人的生活经验和内心体验，这充分说明塞壬在写作中依赖的个体经验具有日常的普遍性。而若是深入塞壬的散文，则不难发现，她对于个体经验的把握是如此地游刃有余：大量涌入的细节、密集爆发的语言、别出心裁的意象、穿插其中的叙事，借此构成一幅立体的、鲜活的底层风俗画。

　　文学是人学。此处的人，显然具有普遍性意义。但再普

---

① 谭志红：《塞壬作品〈转身〉获"人民文学奖"》，《南方日报》2008年10月30日。

遍，也必然由无数的个人汇聚而成。换句话说，无数关注"人"的个体经验构成了普遍意义上的人学。在塞壬看来，看见并说出的个体经验，"并不是简单地抄袭现实，而是深入事物的本质，逼近内心，正视人自身的弱点，表现人坚挺的立场，人的精神锐利凸显。呈现真相的同时，更重要的是要表达人如何成为了人。这个人，是全世界都能读懂的人，没有界限，没有任何障碍"。我以为，塞壬表述的这种个人经验，显然具有整个人类经验的普遍性，存在于每个人的日常生活中，能让每个人找到自己的影子。更为重要的是，这种个体经验，让塞壬对于人生平凡和命运卑微的人们，表现出深深的热爱。"她有时用锋利的语词与现实对抗，有时也退守于内心那个软弱的自我，正如她诚恳地说出个人的经验，同时又想成为这种经验的叛徒。尽管她的情感还过于外露，她对生活的诸多看法也需进一步深思，但她的质朴和勇敢，展示出的正是今日文学界极为匮乏的品质。"①第七届华语文学传媒大奖最具潜力新人奖授奖辞如此评价获奖者塞壬，对她诚恳地说出个人的经验给予了充分肯定与褒扬，也再一次向我传递出这样一种文学伦理：文学是个人的事业，它不是大众经验复制下的个体狂欢，而是个体经验展示中的大众视界。

关注底层和现实的写作立场，让塞壬无限张扬个体经验的同时，还让她怀有一颗悲悯之心，为底层呐喊，为现实呐喊。在《为自己而写》这篇作品中，塞壬对自己为何写作的理由阐释如下："我写，一定是现实的什么东西硌着我了，入侵我

---

① 谢有顺：《第七届"华语文学传媒大奖"专辑》，《当代作家评论》2009年第4期。

了，让我难受了，我写的，一定是必须要写的，因为这已经是一个生理问题了，不写，我会更加难受。"必须得写的塞壬，"完全靠着生理的驱使，写得那样没有章法，野性，那样没遮没拦，用肉身和魂灵正面去写，不躲，不避，写得痛彻心扉"。（《后记》）没有章法自成章法，这种章法是特殊的，却具有普遍意义。

下落不明的南方游走生涯必定是塞壬此生弥足珍贵的生命记忆，在这里，她爱上了黑夜；在这里，她学会了感恩；在这里，她尝试了写作，并因此找到自我。"我对这个世界是抱有希望的，我是可以获救的。"面对所有困厄与不幸，塞壬信念永存。如今，她的希望终于得以实现。漂泊九年后，她在南方一个叫作长安的地方找到了身心停靠的驿站。"长安"，多么意味深长的名字！当她的生活渐渐趋于波澜不惊的时候，她希望"自己慢下来，再慢下来，我要感受到光，色彩，大地，诗歌，春天，童年，梦想，爱，或者恨"，从而让自己解脱出来。只是，慢下来的塞壬，还能够表达出内心一如既往的情感起伏与灵魂悸动吗？我期待着。

为失语者发声，让无力者前行

——郑小琼的写作姿态及其诗歌精神*

关于郑小琼，可界定的称谓方式很多。或曰底层打工诗人，或曰民间草根诗人，抑或曰80后新锐诗人，不一而足。但在我看来，什么称谓倒无关紧要，紧要的是，隐匿于这些称谓背后的诗歌文本。事实上，郑小琼的诗歌创作有着多重向度和多种维度：既包罗大量关注当下生存和现场经验的时代性叙述，又涵括不少潜入过往记忆和历史想象的个人化书写——无论何种角度，"郑小琼的诗句中总蕴含着地下岩浆般的爆发力……让我们看清生活的真实本质……让我们全方位体味到诗歌的音、色、形、意之美"[1]。这么多年来，郑小琼一直漂泊于异乡的路上，写着有关她们这群人生活的诗歌，"有眼泪，有希望，也有喜悦"[2]。她的诗歌并非一种主题先行式的写作，而是以现实感受为基石的、顺从内心感觉召唤的自然情感流露。为失语者发声，让无力者前行，这是郑小琼诗歌写作的真实姿态和主要精神；细腻中透出辽阔、丰富中体现深刻、尖锐中满怀悲悯，则是其诗歌蕴藉的本质特征。正如她摘得第

---

* 原载左岸文化网"左岸特稿"。

[1] 《2006·中国年度先锋诗歌奖获得者：郑小琼、灯灯》，《诗选刊》2007年第3期，第4—5页。

[2] 郑小琼：《散落在机台上的诗》，中国社会出版社，2009。

十一届庄重文文学奖时的获奖评语所言："郑小琼的写作有浩大、森严的气象……她通过对自身经验的忠直剖析，有力地表达了这个时代宽阔、复杂的经验，承担生活的苦，披陈正直的良心。她痛彻心肺的书写，对漂泊无依的灵魂深怀悲悯，她的作品因而具有让失语者发声、让无力者前行的庄严力量。"[①]就此而论，郑小琼的诗歌确乎达到了一位优秀诗人应有的高度与气度。

一、工业时代的"恶之花"

灯火中的愧疚，宛如川剧温暖的声音
带着旧时代的善恶隐居青山
清风吹拂着生活，充满了虚无的恶
爱着的清溪，鸟鸣，灵魂
一天天被锈蚀着，一点点丢失着
渐渐减少的鸟影和落叶的声音
在窗口，蝴蝶兰开花了
山峦那边庄稼里，我泥泞的回忆
对一头牛的愧疚，也是一个人对欲望的恨
那些罪惩压抑着我，像一根鞭子抽打着
在黄昏中，归圈的牛羊，已不再重现
如今是秋天，原野收割，剩下万家灯火照亮

---

① 郑小琼：《打工，一个沧桑的词》，《散文诗》2003年第14期，第45—48页。

空空荡荡的愧疚与罪恶

——《恶》①

在这首题为《恶》的诗歌中，诗人对赖以生存的家园逐渐失去往昔的美好而充满厌恶与愧疚，一定程度上可看作是对这个物质世界和工业时代的深刻反思以及强烈讽喻。由此，我想到了法国著名诗人波德莱尔的《恶之花》。波德莱尔在这部诗集题词中称其为"病态的花"，意即这些花固然悦目诱人，然而它们却是有病的，因为它们借以生存的土地和环境有病，滋养它们的水和空气也有病，进而言之，这个社会及社会中的人都有病。他曾在一篇文章中指出："丑恶经过艺术的表现化而为美，带有韵律和节奏的痛苦使精神充满了一种平静的快乐，这是艺术的奇妙的特权之一。"《恶之花》这部诗集中，社会和人类在物质及精神上的罪恶和病态，一经波德莱尔独具匠心之笔的刻画，最终都成了艺术上富有美感的花朵，从而在不同的读者群中，引起震颤、愤怒、羞惭乃至恐惧——若从此意义上予以考察和解读，郑小琼的大部分诗歌无疑与波德莱尔的《恶之花》有着同样的价值取向：关注此时（诗人周围的物质世界）和追问存在（诗人内心的精神世界），并对此进行详尽的展示和剖析，甚至批判。

英国诗人T.S.艾略特曾说："伟大的诗人在写他自己的时候就是在写他的时代。"在郑小琼眼里，这个时代有动荡，有肮脏，有腐败，有腥臭，她目睹周围布满孤独或饥饿，悲伤

---

① 郑小琼：《郑小琼诗选》，花城出版社，2008。

或悒郁，以及痛苦或惶惑，她经历着战栗的贫穷和虚无的现实，她感受着巨大的悲伤。面对晦暗的、起伏的、庸常的命运，"她日子平淡而艰辛，她要习惯/每天十二小时的工作，卡钟与疲倦/在运载的机器裁剪出单瘦的生活/用汉语记录她臃肿的内心与愤怒/更多时候，她站在某个五金厂的窗口/背对着辽阔的祖国，昏暗而浑浊的路灯/用一台机器收藏了她内心的孤独"（《剧》）。尽管过去这么多年，她仍然"无法适应城市带来的烟尘，还没有找到与时代握手的方式"。突飞猛进的工业化促进了中国日新月异的城市化进程，然而经济的发展与物质的丰富，却并没有给千万个身处其间的劳动者和城市中的现代人带来相应的生活福祉和精神满足。对郑小琼而言，她的感受更是无比深刻："这么多年，我活在对灵魂的背叛之中/这么多年，我在沮丧的失败之中挣扎/这么多年，我饱受着工业时代的折磨。"（《返乡之歌》）因此，在她的诗歌中，我们可以读到冰冷的眼睛，嘴角的缄默，战栗的内心和坚硬的灵魂，可以读到贫穷、不幸、脆弱、耻辱、辛酸和泪水。很显然，郑小琼面对的世界，是我们这些久居于象牙塔中的人无法感同身受的。恰如她在一篇散文中提到的：

　　"再一次说到打工这个词，泪水流下。它不再是居住在干净的诗意的大地，也不可能让我们沉静地恬静地寂静地写着诗歌。在这个词中生活，你必须承受失业、求救、奔波、驱逐、失眠，还有打着虚假幌子，还有查房了、查房了三更的尖叫和一些耻辱的疼痛。每天，有意或无意，我们的骨子里会灌满不幸，或者有心无心伤害着纯净的内心，让田园味的内心生长着可乐易拉罐塑料泡沫一样的欲望，在南方的蓝天飞扬。"①

不得不说，正是这样一种生活状态，让郑小琼的诗歌有了原始的生命气息、纵深的历史情感和非比寻常的文学、伦理学乃至社会学意义。如同波德莱尔的《恶之花》，郑小琼的许多诗歌亦钟情于令人震撼的意象及形象组合，并借以顽强的生命力和急骤的爆发力，刺激着这个工业社会的那根脆弱神经，从而"摊开一个时代的幸与不幸"。她义无反顾地写乞丐、尸首和性病，还有腐败的蛆虫、吸血的蚊蝇和妓女们的淫笑，这正是世界现代化进程中普遍存在的现象，然而某些当权者和虚伪的诗人却对此视而不见；她含情脉脉地写雨燕、蝴蝶、天鹅、河流、落日、月光，这些正是过去的村庄习以为常的景物，如今却被光怪陆离、灯红酒绿的都市所掩盖；她充满悒郁地写灵魂迷失和精神疼痛，这些则是人们面对经济发达而文化失范的社会现象所产生的共鸣，可是"我们没有勇气／承认时代带给我们的伤害"，"我置身的，是广泛的失声的人群／是沉默中的疼痛与愤怒／是暴虐的石头与铁，是文字／与秋天，……是纸上的失眠，是罚款与暴力／是贫穷与职业病……我们的人生正被时代删改或者虚构／我不敢说出，只能隐匿人海"（《耻辱》）。颇值得玩味的是，诗人描写了这个社会的丑和恶，然而"他们习惯了舒适的中产阶级诗歌／习惯了比喻，修辞，反讽，戏白／或者刀笔吏的委婉，在咖啡馆样的／词语度过许多光阴"（《耻辱》）；诗人进而敞开了自己的心扉，并对此保持着古老的悲悯，"却无法改变／时代对他们无声的冷漠与嘲讽"（《在电子厂》）；诗人甚至"把自己的骨头，灵魂，

---

① 郑小琼：《打工，一个沧桑的词》，《散文诗》2003年第14期，第45—48页。

血肉，心跳分拆/成螺丝，胶片，塑料件，弹片，挂钩/它们组装，重合，贴上标签，把童年/拆成虚无的回忆，往事，心情。把梦想/拆成泪水，失望，把身体拆成疾病，爱情/把图纸拆成制品，工资，加班，欠薪，失眠/还有把立体的社会拆成平面的不幸，村庄，乡愁"（《拆》），殊不知"他们还坐在酒杯与咖啡里/他们还坐在词语与技巧中/他们还坐在赞歌与自我中"（《给某些诗人》），或以诗歌撒谎，或用文字抒伪情，甚而对大地置若罔闻。于是，来自乡村、有柔软而纤细的敏感症的诗人郑小琼，怀着爱或者恨，要"把加班，职业病/和莫名的忧伤钉起/把打工者的日子钉在楼群/摊开一个时代的幸与不幸"（《钉》）；更要把一个真实的世界（物质的和精神的）呈现于时代和大众的面前，毫不犹豫，绝不留情。因为郑小琼深知："在这个工业化的时代，个体的空间越来越被世俗的力量挤压，无论是精神上的人还是物质上的人，正被集约的社会以某种角色分解了，被打磨成为某个固定的角色……作为一个理想主义的人正被某种世俗逐渐消化了，它不断地被分解，打磨，压缩，他的坚持会被嘲笑，他的自尊被不断地损伤，我们需要一个强大的内心来保持对这一切世俗进行抵制……强大的内心不是来自知识，也不是来自宗教跟物质经济，更多来源于一种直面自己的真实内心的勇气，我一直相信人性本善，内心有一个理想主义者的评价标准。一个写作者应该返回他真实的内心，在返回中不断榨出他内心最隐秘最真实的部分。"[①]故而，我们能在她的诗歌中读到正面的生活现

---

① 　郑小琼：《在荒诞中保持纯粹》，http://blog.sina.com.cn/xiaoqiong81。

　　　　　　　　　　　　　　　　寻美的批评

场，读到幽微的生命体验，更能读到映照时代沧桑变迁的悲观、绝望、迷茫和思辨。

在诗歌中，郑小琼向我们反复言说无声的、沉默的、喑哑的生活，反复倾诉着脆弱的、柔软的、固执的内心，反复表白忧伤、疾病、疼痛和失望，也反复憧憬着理想、未来、幸福和希望。她时而如一个乡愁病患者，身体里藏着清晰而自卑的乡村；时而又如一块冰冷的铁，"在螺母的旋转中，在声光的交织间，被生活不断地车、磨、叉、铣……"。"铁"是郑小琼诗歌中不断出现和渲染的一个意象：孤独的铁，沉默的铁，说话的铁，纸上的铁，图片的铁，机台的铁，弯曲的铁，巨大的铁，在加班的工卡生锈的铁。这些铁，曾紧挨着她的目光，她的思念，她的眺望，她铁样的打工人生；这些铁，也曾在五金厂的炉火中，照亮她的脆弱；这些铁，还曾"在我的身体里积聚，我将它打造成/一枚铁钉，将我钉在这混浊的岁月"。透过郑小琼的这些意味深长的诗歌意象，我们不难发现其中的指陈和隐喻：人类的生活背景从乡村迁徙到了城市，或者从愚昧落后的过去转移到了智慧先进的现代。但面对生活的疑虑和困惑并没有因为物质的丰富而减少，反之，城市中鳞次栉比的高楼大厦，犹如一座座钢筋水泥般的森林，进一步加剧了现代人心灵的迷茫，所谓"沉重的肉身"。

郑小琼所处的时代是一个冷漠的工业时代，"在这个工业时代，我每天忙碌不停，为了在一个工厂里和平地安排好整个世界"；周围的世界是一个阴暗的机器世界，一个"需要爱与悲悯，需要心怀愧疚，需要宽恕与祈祷"的世界。她记忆中的"玫瑰庄园"也已然是一个变异的村庄，繁花落尽，满眼都是黑色废墟，拆毁的建筑，疲惫的躯壳；可贵的是，在琐碎劳累之中，还有"春天与光"，还有"梯子与天堂"；在绝望挣扎之际，还能"被爱带着，奔跑，飞翔，在万物之上"。无他，一切皆因诗人身在地狱而心向天堂，深陷黑暗却有高远的理想和希望在召唤。正是在这种两相对立的世界与情感之中，孤独、悒郁、贫穷、疼痛的诗人表现出追求幸福、理想、希望与未来的坚忍不拔。她的悲伤与喜悦，她的沉默与孤苦，她的失望与希冀，她的宽恕与祈祷，都在这种现实和理想、绝望和希望的冲突之中释放了出来。也正是挣扎于这种尖锐的对立和冲突之中，她的诗歌才倍有生活的广度、生命的厚度、思想的深度和审美的高度，从而体现出其内蕴的复杂性与丰富性。

诗人绿原曾说："诗人是在生活之中，不是在舞台之上。生活远比舞台更宽广，更严峻，更难通向大团圆的结局。因此，诗人只能够也只应该按照生活的多样化的本色，来进行探险式的创作，而不能是也不应是舞台上常见的、用一种程式向观众展示一段既定人生的表演艺术家。"[①]以此观照郑小琼的诗歌创作，其多重向度和多种维度基础上关注此时、追问存在的写作姿态与诗歌精神不证自明。《散落在机台上的诗》及其他诗集中的大部分作品，犹如一面时代的镜子，照出了当下的、中国的底层群体的生存风貌与精神内核，并和波德莱尔的《恶之花》一样，"照出了世纪病进一步恶化的种种征候……不仅仅只是一声叹息，一曲哀歌，一阵呻吟，一腔愤懑，一缕飘忽的情绪，而是一个形象，一个首尾贯通的形象，一个血肉

---

① 绿原：《〈人之诗〉续编"序言"》，宁夏人民出版社，1983。

丰满的人的形象……有血，有泪，有欢乐，有痛苦，有追求，有挫折……"①因而，她是一个"在具体的时空、具体的社会中活动的具体的人。自然，这不是一个普通的人，而是一位诗人，一位对人类的痛苦最为敏感的诗人"②。

二、为失语者发声，让无力者前行

他们的目光琐碎而微小，小如渐弱的炉火
他们的阴郁与愁苦，还有一小点，一小点希望
在火光中被照亮，舒展，在白色图纸
或者绘工笔的红线间，靠近每月薄薄的工资
与一颗日渐疲惫的内心——

我记得他们的脸，浑浊的目光，细微的颤栗
他们起茧的手指，简单而粗陋的生活
我低声说：他们是我，我是他们
我们的忧伤，疼痛，希望都是缄默而隐忍的
我们的倾诉，内心，爱情都流泪，
都有着铁一样的沉默与孤苦，或者疼痛

---

①② 夏尔·波德莱尔：《恶之花》，郭宏安译，广西师范大学出版社，2002，第79页。

我说着，在广阔的人群中，我们都是一致的

有着爱，恨，有着呼吸，有着高贵的心灵

有着坚硬的孤独与怜悯！

——《他们》

　　"他们"是谁？"他们是我"，他们是"有着高贵的心灵，有着坚硬的孤独与怜悯"的"广阔的人群"。你可以称他们为打工仔，或者打工妹，他们的目光"琐碎而微小"，生活"简单而粗陋"，内心"都有着铁一样的沉默与孤苦，或者疼痛"。是的，沉默。总之，他们就是一个生活在社会底层的部落。何谓底层？"底层的一个重要特征就是缺乏话语权，这表现为没有能力自我表述或者表述不能进入社会的文化公共空间，表述处于自生自灭的状态，参与不了社会话语的竞逐，没有发声的位置或管道，也就是所谓'沉默的大多数'。"[1]因此，"在表述的意义上，需要集中关注的是无法发出声音的底层，是沉默的底层。他们最需要被表述"[2]。在评论家们看来，身处底层的"他们"是一个没有能力发出自己声音的阶层。尽管"他们"阴郁、愁苦、忧伤、内心疲惫，却"没有谁，还会在这个时代仰望天空/也没有谁，会注意机台女工的月经/那股潮水在体内涌动，她颤抖的肩膀下/无声的疼痛，被切割机切断，捣碎/她的无奈，惊慌的眼神，悄悄的叹息/都被工业时代淹没，工业孕育的一切/必将吞没她的整个，将她的

---

①② 南帆，郑国庆，刘小新，毛丹武，林秀琴，练暑生，滕翠钦，刘桂茹：《底层经验的文学表述如何可能？》，《上海文学》2005年第11期，第74—82页。

　　　　　　　　　　　　　　　　　　　寻美的批评

身体，灵魂/思想，梦想剪裁，组合，成为货架上/等待出售的件件散发光泽的商品"（《午夜女工》）。"他们"无声的疼痛鲜有人关注，而是被切割机切断、捣碎，以至被工业时代淹没。"他们"的身体、灵魂和思想也成了货架上等待出售的商品，以致渐渐麻木，进而放弃"曾经有过的叫喊与反抗"。

诗人艾青曾说："在这苦难被我们所熟悉，幸福被我们所陌生的时代，好像只有把苦难喊叫出来是最幸福的事，因为我们知道，哑巴是比我们更苦的。"①作为一个生活于劳动现场的诗人，郑小琼当然能深切体验到和她一样身处底层的"他们"身心的疼痛。因此，当面对"沉默的大多数"疼痛的时候，她心甘情愿地并且能够从自身的生命体验中书写出底层劳动者的生存状态及其内心痛苦，尽管她不是"振臂一呼应者云集"的英雄，她的声音也没有响彻云霄般宏大，但她的姿态值得我们尊重。这种姿态，首先是"为失语者发声"。较之其他知识分子，郑小琼的"发声"因了自己的在场，便显得更加真实、深刻而又令人感动。正因如此，批评家谢有顺才说："读她的诗歌时，我常常想起加缪在《鼠疫》中关于里厄医生所说的那段话：'根据他正直的良心，他有意识地站在受害者一边。他希望跟大家，跟他同城的人们，在他们唯一的共同信念的基础上站在一起，也就是说，爱在一起，吃苦在一起，放逐在一起。因此，他分担了他们的一切忧思，而且他们的境遇也就是他的境遇。'从精神意义上说，郑小琼'跟他同城的人们'，也有'爱在一起，吃苦在一起，放逐在一起'的经历，

---

① 艾青：《艾青诗论》，人民文学出版社，1995，第240页。

她也把'他们的境遇'和自己个人的境遇放在一起打量和思考，因此，她也分担了很多底层人的'忧思'。这也是她身上最值得珍视的写作品质。"①这种分担，在郑小琼的诗歌中占据了较大篇幅和分量：

> 我不止一次写到她们，北妹、打工者
> 她们在五金厂的机台、电子厂的拉线，以及
> 神色暧昧不清的酒店、发廊——
> 她们的恋爱因为奔波迅速的撤退，剩下
> 渺小，陈旧的孤独，在倾听，询问
>
> 她们的乡愁、疼痛、回忆，让南方的阳光
> 熔化，她们有过的期待消隐，她们不断
> 把曾经梦想拧进现实中，她们无奈中回去，
> 更多的她们还会因为没有选择而重新来临
>
> ——《她们》

"她们"抑或"他们"，均是郑小琼诗歌关注的对象。在她笔下，无论是"她们"的孤苦，还是"他们"的忧伤，都让她的内心充满了疼痛。获得人民文学奖"新浪潮"散文奖后，站在领奖台上的郑小琼，谈到断指和她的写作时曾这样说："当我从报纸上看到在珠三角每年有超过4万根的断指之痛时，我一直在计算着，这些断指如果摆成一条直线，它们将会

---

① 谢有顺：《从密室到旷野——中国当代文学的精神转型》，海峡文艺出版社，2010，第209-210页。

有多长，而这条线还在不断地、快续地加长之中。此刻，我想得更多的是这些瘦弱的文字有什么用？它们不能接起任何一根断指。但是，我仍不断告诉自己，我必须写下来，把自己的感受写下来，这些感受不仅仅是我的，也是我的工友们的。我们既然对现实不能改变什么，但是我们已经见证了什么，我想，我必须把它们记录下来。"于是，她用文字不断地见证和记录着他们或她们的命运与遭际："穿过加班，微薄的工资，职业的疾病/她在机台，卡座，工地上老去/她的背后，一座座高楼林立的城市/又把他们遗弃"（《厌倦》）；"在贫穷中折磨的灵魂，游荡着的灵魂/微亮而脆弱的自尊，这些暗淡的人/在人世间饱受的贫困，疾病/他们的孤独，暮日样的心情/他们的饥饿，不幸……/他们胆怯而涣散的一生，他们像草的命运/饱含着岁月的辛酸与黑暗"（《火》）。

　　"为无语者发声"，这可以看作是郑小琼诗歌写作的出发点，借此所要表达的，则是"让无力者前行"。我愿意这样认为：相对于某些诗人"为文学史写作"或为传记、派别、政治意义写作的姿态，郑小琼唯独专注于自己的内心，专注于"无语者"和"无力者"的生活体验及其对这种体验的非功利性书写。正是这样一种专注，使得她在面对诗歌"写什么""如何写"以及"为何写"等写作伦理时，表现出难得的澄明和坚韧，并轻而易举使得自己的写作超越性别差异，理所当然地挺进一个属于精神层面的文学背景。她既愿意"为无语者发声"，更想"让无力者前行"，因而，在书写了疼痛、忧伤、黑暗之外，她还努力保持着良知和信心，她认为"良知，道德/感恩，在这冷漠泛滥的工业时代/需要把它们放置于人类的背景中"（《生活》）。这一切，就像她在面对尽管繁重而枯燥的工作时仍然没有失去信心一样，全因了她对生活的热爱与期待，因了担负起属于自己那份责任的勇气和对世界表达感恩的心情以及赞美的冀望。"对于生活，她还/不那么绝望，相反，热爱着生活的平淡……伟大的上苍把她/铸造成一枚铁钉，人生已是失败/现在她被固定墙上，这更是不幸/但她从不怨恨，她满怀宽恕地接受/命运，她知道生比死更勇敢而平静"（《铁钉》）；同时，她还"对生活充满了热爱和感恩，对不幸也不/怨恨，万物活在这个世界，它们都将/努力地成为它们自身，它们经历着大海般/疼痛与悲伤，才有辽阔的幸福与喜悦"（《命名》）；这种勇气和冀望，感恩与宽恕，"既是对数量庞大、声音微弱的无名生活的艰难指认，也是对自我世界和工业制度的深刻反省。她在与底层现实短兵相接的写作中，通过自身卑微的经验及对这种经验的忠直塑造，分享生活的苦，陈述正直的良心，并在一种痛彻心扉的书写中，为漂泊无依的灵魂得不到根本的抚慰而深怀悲悯"（谢有顺语）。"让无力者前行"，实则是给他们以力量，让他们看到前方的光亮和希望，哪怕光亮是微弱的，哪怕希望是渺茫的，但郑小琼以其艰难而坚韧的"发声"，引领他们义无反顾地前行。

在今天这个"诗变得非常的自私了。他们沉溺于一己的悲欢，满足于絮叨的私语，或者故作高深，说着一些不着边际的'哲理'……孤芳自赏已成了一种病症"[1]的时代，郑小琼的写作姿态无疑是弥足珍贵的，我们看到了她的努力，也见证了

---

[1] 谢冕：《回望百年——论中国新诗的历史经验》，《北京大学学报》（哲学社会科学版）2005年第6期，第50—61页。

她的成功。但她的诗歌显然有着更高远的精神追求，她在书写了"他们"和"她们"的疼痛后，还试图从中追问存在的意义。

三、在疼痛中追问存在

她站在一个词上活着：疼
黎明正从海边走出来，她断残的拇指从光线
移到墙上，断掉的拇指的疼，坚硬的疼
沿着大海那边升起
灼热，喷涌的疼，
断在肉体与机器的拇指，内部的疼，从她的手臂
机台的齿轮，模板，图纸，开关之间升起，交缠，纠结，重叠的
疼
……
疼压着她的干渴的喉间，疼压着她白色的纱布，疼压着
她的断指，疼压着她的眼神，疼压着
她的眺望，疼压着她低声的哭泣
疼压着她……
没有谁会帮她卸下肉体的，内心的，现实的，未来的
疼
机器不会，老板不会……
……

——《疼》

"疼痛"，是郑小琼诗歌创作的又一个重要意象。这种疼痛，既是诗人自身面对孤苦、疾病以及忧伤时的独白和宣泄，更是诗人面对时代不幸或生活不公时凸显出来的抗拒立场和悲悯情怀。这种疼痛，绝非凌空蹈虚的无病呻吟，实乃诗人发自肺腑的切肤之痛。恰如《疼》这首诗中所描述的："她"在工伤时遭遇了断指之疼，这既是一种"肉体的""现实的"疼，又是一种"内心的""未来的"疼，它们"交缠""纠结""重叠"在一起，无处可逃，无人可帮。诗人虽立于旁观者视角，却感同身受地写出了底层劳动者命运的辛酸与痛楚，并对代表社会强势的"机器""老板"等事物秉持冷静的批判态度，以此表达出诗人之于弱势群体的同情和悲悯。因而，我不禁想起美国黑山派诗人查尔斯·奥尔森曾提出"事物的动力学"的诗歌创作理论："一首诗歌是一个诗人所得到的并通过诗歌本身直接传送给读者的能量。因此，诗歌时时刻刻都必须是一个高能结构，处处都应该是一个能量发射器。"一方面，对郑小琼个人而言，生活的贫穷与不幸固然给她带来了不尽的"疼痛感"，另一方面，她的诗歌却又如"一个能量发射器"，给她的读者也随之带来了心灵上持久的"疼痛感"。她的诗歌少有矫揉造作的伪抒情，多是直面惨淡的人生，正视淋漓的鲜血；少有居高临下的伪怜悯，多是设身处地的打量，推己及人的审视。因此，她的诗歌时时刻刻都是一个"高能结构"，具有给读者传送"疼痛感"的巨大能量。

　　走进郑小琼的诗歌中，我发现"疼痛感"无处不在，她似乎早已"习惯了在疼痛中对万物无尽的幻想"。"她在疼痛中活着/秋天正像潮水一样蔓延，她的心已沉入/屠宰场一样的静寂。"（《葵花》）这种"疼痛"，来自"维修工人油腻的扳手/扳紧机器因螺丝松散引起的疼痛"（《抽搐》）；来自"布满棱角的眺望被坚硬的时光刺疼/留下多少疼痛的瘤结"（《重逢》）；来自"大地把疼痛与颤抖传给我，从脚到头/从肉体到灵魂，我颤抖不停"（《颤抖》）；来自"黄麻岭，一个南方的村庄/你不肯给我一个家的温暖/在这里，在你的怀里，我只是一个路过的外乡人/你给我的，只有疼痛，泪水/以及一个外乡人无法完成的爱情"（《给予》）。于是，在混浊的岁月里，她"遇见的辽阔的悲伤，犹如大海般灿烂/在细小的针孔停伫，闪烁着明亮的疼痛"（《碇子》）；在油腻的字迹间，"不幸，疼痛，疾病/河流，群山都如此的迷蒙，人生/被锈蚀，挥霍"（《迷蒙》）；当她看见了被尘世所折磨的人群时，"那些细小的忧伤与疼痛，被风吹送/在荒凉的心灵，无法处理庞大的悲伤/潮湿的岁月，被机台遗落/有着庞大的悲伤与疼痛"（《停工的车间》）；最终，"在黑暗的/尽头，我遇见：大地与信仰，它们却不能/慰藉疼痛，和解不幸，弱小的生命还在/承担着无情的冷漠与嘲讽"（《无题》）。生命即是劳动与仁慈，这种"疼痛感"的书写，表征的正是一种悲天悯人的文学精神。一如批评家谢有顺所说："她的写作，分享了生活的苦，并在这种有疼痛感的书写中，出示了一个热爱生活的人对生活本身的体认、辨析、讲述、承担、反抗和悲悯。"[1]

　　必须指出的是，以诗歌表现疼痛，这只是郑小琼写作的语

---

①　谢有顺：《从密室到旷野——中国当代文学的精神转型》，海峡文艺出版社，2010，第209—210页。

言手段，而对潜伏于"疼痛"背后的思想追求，我们理当进行深入的探寻。应该说，在疼痛中追问存在的意义，才是郑小琼写作的内在动力和实质精神。她的诗歌，总是力求通过富有疼痛感的文字，"回到事物与存在的现场"，并以"此时的事物"为表现对象。诗集《散落在机台上的诗》中，她用自己的眼光打量着周围存在的一切：在桥沥，"我生活的地方，它繁华的市场/嘈杂而拥挤的工厂，我在这里领受着/生活的虚幻与虚荣……我从工业区经过/感觉到莫名的力量将我的生活打开"；在电子厂，"暴雨冲刷着生活的尘埃与不幸/他们谈论着数年未涨的工资，他们谈论/跳槽，双休日，加班费，他们谈论着/欲望，喜悦，悲伤"；在铁具上，"如果把生活放于铁块/在上面钻孔，安置好三室一厅的婚姻/如果……对于细小的弹片，我们的生活/过于沉重，会压垮它的韧性，对于厚的/铁板，我们无法冲破它带来的局促与黑暗"；在北门，"这个有些冷清的村庄……我还不习惯它的冷清，在某个出租房/写诗，读书，朝远方扔下美梦/向朋友们诉说自己的幸与不幸"；在风中，"疼痛，失业，近处低矮的工资，加班/疾病，在祖国的机台上我加工着的/苦闷与绝望……我活着/把属于自己的灵魂寄存风中"；在夜晚，"我，高速运转/机器上的螺丝钉，站在浓荫下/向每一缕光线学习智慧，学习沉默/学习感恩中用光亮驱赶黑暗"；在荔枝林，"没有谁会像我一样/倾听繁荣背后，哭泣的寒溪与砍伐的/荔枝林的忧伤，高楼丛林中守旧的祠堂"……此外，她还在远方、在秋天、在冬日、在黄昏、在尘世、在旅途中、在停工的车间、在变异的村庄、在玫瑰庄园……不知疲倦地向我们展示着生活的"此在"。她也曾在一首题为《在》的诗歌中这样写道：

在这里，我们拥有过的宁静
在清晨，弥漫的光线在蓝色玻璃窗上恍惚
在莲湖，常绿树与荔枝间的阴影
在碧绿的摇晃的荷间，我们用荷叶盛装的朝阳
它荡漾，碎裂，嵌在水泥道上，观荷亭间
我们的发丝中，它在我们的内心投下的阴影
是它忧伤而斑驳的细节，今天，我们正经过
这个叫莲湖的地方，就像我们幼年时经过无数个
清晨，那些光线，亮闪闪的光线，是我们
童年的整个世界，我们的手指在地板投下的影子
是动物，它已衰老
是植物，它已凋零
是记忆，它已破碎
如今，我们在异乡，在这碧叶连天的银湖边
我们散步，交谈，我们目睹的光线，它们像时间
像日子，越来越深地嵌进我们的皮肤，肉体
嵌入我们弯腰的褶皱间

诗人从宁静的"过去"和衰老、凋零、破碎的"如今"
的对比中，寻觅着生命与时间的履痕，追问着此时与存在的
意义。在西方存在主义大师海德格尔看来："诗人之所以为
诗人，并非去描写天空和大地的单纯显现。诗人在天空景像
中召唤那种东西，后者在自行揭露中恰恰让自行遮蔽着的东

西显现出来。在各种为人所熟悉的现象中，诗人召唤那种疏异的东西——不可见者为了保持其不可知而归于这种疏异的东西。"①这里不妨认为，"那种疏异的东西"即"存在的意义"，也就是说，诗人通过对"天空"等外在景象的描写，达到召唤"存在"的目的。关于存在，德国伟大抒情诗人荷尔德林也曾在其诗歌中如此写道："如果生活纯属劳累/人还能举目仰望说/我也甘于存在？/是的！/只要善良，这种纯真，尚与人心同在/人就不无欣喜……充满劳绩，然而人诗意地/栖居在这片大地之上。"此处所言"栖居"即海德格尔所称之"在世""存在"。海德格尔进一步指出，栖居并非日常的所谓居住，而是根本的居，居于世界中的居，居之家不是一般的房屋，而是"世界大厦"。当代批评家谢有顺则认为："真正的文学永远是人的存在学，它必须表现人类的存在的真实境况，离开了存在作为它的基本维度，文学也就离开了它的本性。"②结合以上两种观点，我们不难得知，文学（当然包括诗歌）的终极意义及其精神旨归应是关注此时，追问存在。套用米兰·昆德拉《小说的艺术》中的话则可以有此表述：诗歌审视的不是现实，而是存在。而存在并非已经发生的，存在属于人类可能性的领域，所有人类可能成为的，所有人类做得出来……存在的领域意味着：存在的可能性。和小说创作一样，诗歌的伟大之处便在于这种追问存在的话语精神。诚如惠特曼在其《草叶集·序言》中所说："最伟大的诗人不仅仅用

---

① 海德格尔：《海德格尔的存在哲学》，刘烨编译，内蒙古文化出版社，2008，第242页。

② 谢有顺：《文学的常道》，作家出版社，2009，第204页。

自己的光芒照亮人物、情景和情感……他最终将升向天空并照亮一切……他在最边远的地方一时光芒四射。""升向天空并照亮一切",这关乎的是从"此时"出发,渡向"存在"的彼岸。因此,当我读到郑小琼的那些书写打工现场并具有存在感的诗歌时,我的内心因充满敬意而改变了对当下诗歌现状的部分看法。

的确,郑小琼的诗歌中弥漫着"疼痛"的气息,但她并不仅仅满足于底层苦难的单纯宣泄,而是试图找到为广大底层劳动者带来疼痛的社会及经济根源,"以引起疗救的注意",进而于"存在"中找到生活和写作的勇气。所幸的是,郑小琼最终找到了一条在疼痛中追问存在的秘密通道,那就是从内心里眺望爱与幸福。

四、从内心里眺望爱与幸福

我对万物敬畏,热爱

闪亮的炉火,不肯停下来的机台

蜿蜒而去的寒溪,背着行李的外乡人

银盆市场的蔬菜,瓜果,面条,我都赞美它们

——《热爱》

或许还有别的事物

让我相信的爱,春天,流水,让我感恩

在琐碎与劳累中

我有着一颗高贵而温柔的心，我相信的爱啊

像星辰一样长照天空

——《偶遇》

　　诗人艾青曾说："为什么我的眼里常含满泪水？因为我对这土地爱得深沉。"对郑小琼而言，尽管她目睹并经历着工业时代的种种不幸，但支撑她生活和写作的源泉，乃是一种爱——灵魂深处的大爱。她写土地和村庄的变异，写社会和人心的扭曲，写底层和女性的压抑，皆因她的内心还深藏着勇气、激情和爱。这种爱，并没有让她在沉重的现实面前失去理智和信心，也并没有让她企图通过诗歌颠覆黑暗的世界。她只是一个顺从于内心、满怀朴素之爱的诗人，在她眼里，"我一直相信一个作者他应该不断地前进，向现实的内心前进，而不是向虚妄的内心，向有着血肉感的生命前进，而不是苍白的主义，向文字的力量前进，而不是文字的花哨……要不断地反思自己，为何而写作？这个问题常常令我迷惑，也正是这种迷惑让我有一种不断从精神上寻找一种信仰，让自己始终处于在路上的状态，因迷惑会让我试着从不同的方向去漫步，这使得我的作品风格差异性比较大，同样因为这种漫步似的使我作品还停在表面的陈述中，这种漫步让我的作品充满了对现实的勇气。我一直认为真实的勇气比虚拟的技术更重要"[①]。唯有信仰和勇气，才得以让她的写作有了温暖的力量，才得以让千千万万个底层劳动者有了继续生存下去的希望。也唯有信仰

---

① 郑小琼：《一份无聊答谢辞》，http://blog.sina.com.cn/xiaoqiong81。

寻美的批评

和勇气，才得以让她"对万物敬畏，热爱"，让她感恩并由衷地从内心眺望爱和幸福。面对现实的残酷，她愿意和芸芸众生分享生活的苦，同时付出自己的爱。这是何其博大深沉的爱！试想，对挣扎于底层的千万大众而言，命运似浮萍般飘忽不定，生活似机器般麻木不仁，若没有了爱的关怀，一切将是多么的黯淡无光！诗人里尔克曾说："以人去爱人：这也许是给予我们的最艰难、最重大的事，是最后的试验与考试，是最高的工作，别的工作都不过是为此而做的准备。"同样作为诗人的郑小琼，不知不觉中以她的爱感染了我，我相信，也一定能感染更多的读者，尤其是来自于生活底层的读者。因为"爱和悲悯紧密相连，一部优秀的文学作品，除了爱，还应该灌注着悲悯之情，这种悲悯不是一时一地的小忧伤、小关注，而是隐含在平凡中的热情，以及博大的、近于宗教般的虔诚情怀"①。在郑小琼的诗歌中，"爱和悲悯"的情怀随处可见。

　　爱之所以如此重要，是因为"我们需要活着，爱着，彼此温暖"，是因为唯有心中有爱，才有信心和勇气去追求幸福，以及理想。在郑小琼眼中，"夜晚的云朵，祖国的山河/善良的百姓，此刻，我都相信/我相信爱情与孤独，相信有一个人/会从遥远的地方赶来，与我相爱"（《光阴》）；她"爱着的尘世生活，忙碌而庸常的黄麻岭"；在尘世里，她有着"多么幸福的一天，从大街上走过/我学习热爱，宁静，温暖，明亮/在我们彼此的眼里，宽恕是浩瀚博大的/在尘世，我已一无所求，剩下爱与感恩"（《尘世》）；当一阵风吹过她"瓦蓝

---

① 刘春：《当代中国诗歌："爱"与游戏之间》，《诗探索》2005年第3期，第124—133页。

而辽阔的生活"时，"这被炉火照亮的生活，在一枚小小的铁钉上/我像一只蜻蜓停下，又起飞，在风中/带着瓦蓝瓦蓝的爱情与憧憬去远方"（《吹过》）；尽管"尖锐的生活/也有迟钝的时候，她在虚构中寻找隐秘的/想象，她叹息，太多的焦虑与困惑将她/锁在封闭的圆圈间，但她仍坚持对远方的/眺望与观察，有春天与光，还有梯子与天堂"（《打开》）；无论生活如何艰辛，"我却仍深爱着这时代，工业的五金厂/爱上它的车轮，机翼，机动车的轴承/爱上它带给我清晰的痛苦，幸福与不幸"（《拆》）。正是内心里有爱，她才感觉到"我是幸福的/有幸在清晨，看花开听鸟鸣，它们让我柔软的心/生满感激——我有幸啊，遇到一缕内心的光线/它让我的一生，在不幸中充满了喜悦"（《银湖小径》），因为"草木会重新生长，屋顶上的/云朵与春天照旧会再来临/经历的冬日与不幸，苦难与悲痛/都被忘记……我身体沐浴着阳光，温暖而安详/冬日平静，万物生长"（《冬日》）。最后，她向我们召唤："热爱着这平静的生活吧！"郑小琼曾说："其实每个人都一直在眺望着自己内心的家园和曾经有过的理想，而对于一个打工者来说，这种意识更为强烈，因为繁华似锦常常会让人陷入对未来的想象与眺望之中，而现实会伸出另外一只手折磨着这种理想与眺望，直到形成内心的冲动。这种折磨与冲动构成像我这样的打工群体写作状态的批判性。南方打工生活的孤苦伶仃和中国户籍制度带给一个异乡人肉体与精神的伤害更让我对家园充满了渴望。"①文学是要让人更好地生，而不是让人绝望地死。眺望爱和幸福，其实就是为了眺望自己内心的家园和

---

① 郑小琼：《在异乡寻找着内心的故乡》，http://www.sweetculture.com/indexj.asp。

理想。从郑小琼诗歌对于爱和幸福的眺望中，我们预见的是生存的希望，是理想的灯塔，是家园的筑造。也正是有了对爱和幸福的眺望，郑小琼的诗歌才进一步具有了"让无力者前行"的精神动力和心灵寄托。

从一个普通的底层劳动者成长为一位优秀诗人，郑小琼付出了常人难以想象的努力和执着。也许，她的这段经历会在她的整个人生旅途中留下永不磨灭的记忆，而她的那些真实感人的诗歌，也必定会随着岁月的流逝，绽放出更加璀璨的光芒。谢有顺认为："真正的诗歌，不求时代的怜悯，也不投合公众的趣味，它孤立的存在本身，依然是了解这个时代不可或缺的精神证据……优秀的诗人，总是以语言的探索，对抗审美的加速度；以写作的耐心，使生活中慢的品质不致失传……""诗歌的出路在于退守，在于继续回到内心，发现和保存那些个别的、隐秘的感受。诗歌不能让我们生活得更好，但能让我们生活得更多。"[1]而郑小琼也坦言："我对诗歌保持着内心的敬畏，这种敬畏让我看到了诗歌的博大，在一个广阔开放的世界，我们每个写作者都只是在找自己的那条路，从任何一条路出发，都有可能抵达，每一条路上都会有着不同的风景……诗歌对于我来说，就是自由地表达自己想说的话！"[2]由此不难想见，对郑小琼而言，未来的诗歌之路虽漫长遥远，甚至布满荆棘，却也一定会伴着美不胜收的佳境。

---

① 谢有顺：《文学的常道》，作家出版社，2009，第2—4页。
② 郑小琼：《沉默或者说出》，http://blog.sina.com.cn/xiaoqiong81。

在坎坷命运中构筑诗意人生

——谢湘南诗歌的写作向度[*]

    《孟子·万章下》有云："颂其诗，读其书，不知其人可乎？是以论其世也。"谈论谢湘南的诗歌，同样需要"知人论世"。回望他的写作来路，并非一条康庄大道，而是一波三折，充满坎坷。早年四处漂泊的经历，让他一方面不得不为生计写作，另一方面，他的内心却从未放弃对诗歌的坚守：一个诗人站在人才市场的电子屏幕前/一个业务员坐在发廊里……听说诗人后来跑起了业务/听说业务员以前也爱好写诗/（《时间消失》）。从1993年开始发表作品到今天，谢湘南先后写下了近千首诗歌。和早期的文思泉涌、泥沙俱下相比，他近年来的诗歌写作明显放缓，但总体观之，他的写作方式和写作方向并没有发生较大改变，他始终以一个诗人的悲悯之心，书写故乡与他乡那些无从分享的生活，以及生活中的疼痛与忧伤。同时，他游刃于我者与他者的视角之间，悉心体察周围的世界，由此观照自身的坎坷命运，并试图在其中构筑一个诗意人生。

---

* 原载《长春理工大学学报》（社会科学版）2020年第3期。

寻美的批评

一、异乡与故乡：那些无从分享的生活

作家王安忆在《所有城市都在怀念乡村》一文中提到："人性的萎缩与堕落是世界上所有城市的通病，可是涌入城市的大潮源源不断。城市提供给人最多的是生存机会与可能，城市是效率最高、生产力最强的部落，与人的第一需要——生存，息息相关。"①正因如此，影响20世纪90年代以来中国社会发展进程的重要现象之一，即是乡下人进城。彼时，千千万万的乡下人或因生活所迫，或因跟随潮流，满怀"我拿青春赌明天"的气势，无限憧憬地奔赴城市。来自湖南耒阳的谢湘南，就是那千千万万个闯荡者之一。1992年，高中辍学的他，"骚动的灵魂不愿在乡村的寂寞淤泥中自甘堕落，于是才背井离乡汇入往南的人流去寻找自己的理想"②。到城市去寻梦，这是谢湘南逃离乡村的初衷。

然而，城市并非想象中的天堂，等待谢湘南及其他背井离乡者们的，亦非美好的新生。和大多数闯荡者一样，谢湘南早期的经历无比艰辛，先后从事过建筑小工、工厂流水线操作员、搬运工、保安、质检员、人事助理、推销员等职，这段十年左右的漂泊经历，成为他日后取之不尽的写作富矿。对谢湘南而言，写诗似乎是一件与生俱来的事，根本原因在于他是一个内心极度敏感的人——"诗人是天生的过敏症患者"。漂泊

---

① 王安忆：《所有城市都在怀念乡村》，《语文教学与研究》2012年第9期，第1页。

② 谢湘南：《诗人的价值体现在他对这个社会的不合作》，《看戏》2011年第14期。

中一些不断涌现的事物、现象和词语，让谢湘南有着与众不同的独特感受，"于是写作的冲动就来了"，那些事物、现象和词语瞬间转换成日常生活的诗意，用他自己的话说："1990年代，深圳弥漫着诗意，就像轻度的灰霾对天空的占领，那时候，我的生活全部是诗。"①居无定所的日子里，谢湘南除了不停地换工作，就是不停地写诗。那时的他，尚未意识到通过写作改变自己的命运。于他而言，写诗"是为了满足自己，甚至是一种自我理疗的过程"。在这个过程中，谢湘南将自己的生活与诗歌融为一体：比方说肚子饿，生活就是/为了吃那一顿饭/停电了，生活就是/寻找蜡烛/（《生活》）。平白朴实的字里行间，不难体会生活的窘迫与酸涩。而"漂泊不定，失业恐慌，生存挤压，歧视，怜悯，反叛，内心的自我抗争等"，几乎是无数个谢湘南面临的最真实的生存状态：他们都是异乡人，像我一样……/他们推着车子、香蕉、苹果、甘蔗/他们叫卖着，还要学会隐藏/转移，从这条街到那条街，在岁月中/他们不一定叫出声来，但我听到了/像我一样，目光艰涩，像井/（《卖香蕉的人，卖苹果的人，卖甘蔗的人》）。身为异乡人，他们此时深深懂得，唯有"把理想和影子放在齿轮的缝隙间"（《呆着》），努力活下去才是第一要务。

　　谢湘南是从乡村进入城市的过程中开始诗歌创作的，这个时期的他，诗歌创作还处于探索阶段，但已经显现出一个优秀诗人的潜质。诗集《零点的搬运工》汇聚了他这个阶段的代表

---

① 　谢湘南：《深圳的诗意，如轻度的灰霾对天空的占领》，《晶报》2014年3月1日。

作，既可视为他的写作起点，也是众多像他一样痛苦地挣扎于城市中的异乡人命运的真实写照：有人睡眠／有人拿灵魂撞生命的钟／有人游走／有人遥望月球而哭泣／时间滑过塔吊飞作重击地心的桩声／一切都是新的连同波黑的静默／不需叉车歌声高过高楼／搬运工寻找动词，鲜活的／鲤鱼，钢筋水泥铸造的灯笼／照亮孤独和自己，工卡上的／黑色，搬运工擦亮的一块玻璃迎接／黎明和太阳。在这首名为《零点的搬运工》的诗歌中，谢湘南以白描的方式，讲述了一个底层搬运工的日常际遇，透过这种际遇，我们看到的是一道从乡村抵达城市的生命成长轨迹，听到的是一个时代正在发生巨变的声音。

1997年是谢湘南青春的分水岭，据他自己说，那一年对他个人有两件重大、直到现在还在影响他生活与思想的事情——首先是他二姐的自杀，其次是参加了《诗刊》社第14届"青春诗会"，亲人的离去和写作的回报，让他开始更加深入地思考诗歌与命运的关系。这一年，他写下了大量反映异乡人艰难生存的作品，譬如：在南方／可爱的打工妹像甘蔗一样／遍地生长／她们咀嚼自己／品尝一点甜味／然后将自己随意地／吐在路边／（《吃甘蔗》）。将打工妹比喻成遍地生长的甘蔗令人耳目一新，而打工妹接下来的命运却令人唏嘘，城市好比一台坚硬的榨汁机，榨干了她们身上仅有的一点甜味后，无情地抛弃了她们，甚至吞噬了她们，就像《葬在深圳的姑娘》这首诗所写到的："青春戛然而止／生命的刻度在城市的表盘上取得一个终点／火热成为与你们无关的事／你可能的理想随同身影一起模糊／你是否还有未了的心事／城市灯火凝视你的亲人／此刻你们真正成为亚热带的一株植物／在城市的外围／与夜露为伴／或许你们在夜晚还会来到城市上空散步/而这城市已认不出你/那条米花色裙子，用水冲洗三次之后/不再有汗味的发夹。"城市的冷漠，异乡的孤独，不但葬送了姑娘们的理想，还葬送了她们年轻的生命。《葬在深圳的姑娘》无疑是一曲异乡人青春的挽歌，这首诗后来收入《谢湘南诗选》，我认为也是他这一时期写得最好的作品之一。

　　2003年10月，由于诗歌创作方面崭露头角，谢湘南得以进入媒体工作，他在南方的生活才逐步安定下来，诗歌创作亦渐入佳境。此后，谢湘南的创作手法更加娴熟，文本意识也更加强烈，长诗选集《过敏史》即是这样一部实验性作品。收录其中的十几首长诗，不仅展现了谢湘南作为一个异乡人面对现代城市生活时的挣扎与无奈，也展现了他作为一个诗人面对生命伤痛时的敏感与体悟。他开始由过去的单纯思考诗歌与城市的关系，进而思考诗歌与时代的关系。他一再强调："生活与生存环境、人的处境、周遭世界的种种变化与变异就是我写作的基座与原型，那些无从分享的生活，就是我想要努力记取的。"[1]无从分享的生活，一方面固然说明谢湘南的人生阅历与诗歌创作不可复制，另一方面也说明他的写作是疏离于主流之外的。当众多诗人都在时代洪流面前选择了大合唱时，谢湘南选择了以独唱的方式呈现异乡人物质与精神生存的双重困境。这种貌似无法分享的生活，何尝不是另一种文学与心灵方面的分享？

　　有论者认为："作为经历了由乡村到城市的艰难跋涉进而在一个城市站立，且见证城市发展变化的参与者，谢湘南用自

---

① 谢湘南：《谢湘南诗选》，长江文艺出版社，2014。

己口语化的写作再现着一个异乡人真实的精神世界。"①综观谢湘南的诗歌,大多数作品书写的都是关于城市生活的感触与经验。"异乡的漂泊和城市与生俱来的孤独感",是他诗歌创作的重要主题之一,这样的主题在其作品中俯拾皆是:我待在深圳/这与一匹羊或一头牛待在深圳/没有区别/(《呆着》)。收音机是我的亲人/打开她我才睡得踏实/我愿意是一个真的哑巴/那样我仅剩下倾听/这样写着让人悲伤/多少个夜晚没有边际/收音机是唯一抓得住的一块黑色/少年长大成人,他在异乡/(《一台收音机伴我入睡》)。异乡的悲伤与孤独尽管让谢湘南遭遇物质和精神的困顿,但城市的现代生活却让他进退失据:我想逃跑/又想留下来/不知为什么/我有点依恋/(《孤独的城市》)。为何会如此矛盾?因为——我想到我的青春/坚硬得像一块石头/如果不在城市里打水漂/就会沉到乡村的/寂寞的淤泥里/(《我将一无所成》)。城市与乡村,异乡和故乡,作为谢湘南肉身生存及诗歌创作的两个场域,虽彼此相望却又遥不可及,虽遥不可及却又精神相通。

事实上,谢湘南至今只在零星的作品中写到故乡。写到故乡的时候,谢湘南同样选择了与主流话语截然相反的言说方式。城市总是冷漠无情,乡村依然温情脉脉——这是许多作家眼中及其笔下的城乡;城市既非地狱,故乡也非天堂——这是谢湘南眼中及其笔下的城乡。离开故乡二十多年后,谢湘南心中的故乡早已面目全非,就如张爱玲小说《半生缘》中所言:"我们再也回不去了。"于是,谢湘南带着无比复杂的心绪,

---

① 刘嘉:《一个异乡人的精神之旅——读谢湘南的诗》,《诗刊》2009年第3期,第39—40页。

写下了不是田园诗的田园诗：通过卫星遥感器/我看到中国还有许多田园诗/其中包括我的家乡/我出生的村子/在它的最中心/断壁残垣野草滋长/我垂死的妈妈/瘫硬在床上/她张了张嘴/已发不出声音/（《田园诗》）。"雕栏玉砌应犹在，只是朱颜改。"或许，断壁残垣的故土，遭受病痛折磨的亲人，就是谢湘南所谓的"无从分享的生活"。故乡不故，那里已然不再是他精神的家园，而是一座荒芜的废园：我放在老家的那些骨头/随着倒塌的墙垣/都冒出了一层盐霜/好心痛/故园与我生疏成这样/青山绿水上着附一层层塑料袋/青山绿水在招自己的魂/我放在中国乡村的骨头/每一处都碎成了粉齑/我越往这个国家的深处走/心越痛/诗书长草/礼乐被雾霾置换/每一个园子里都悬着荒芜心/鸟儿对着水流的镜子/咳嗽，饮鸩止渴/（《废园》）。此时的谢湘南，不再只是一个仅仅关注自己故乡的异乡人，而是一位心系家国天下的行吟诗人。中国乡村的礼崩乐坏、生态破败，促使他的写作"接近事物的本质，天然去雕饰，并试图去理解不同的生命，探索与呈现现实世界中的人与物，思索人与世界的关系"[1]。这，不正是中国诗歌自屈原以降，千百年来焕发生命活力的现实主义传统经脉吗？又哪里是"无从分享的生活"？

从故乡踏入异乡的那一天起，就注定了谢湘南要历经身心漂泊的命运。"只把他乡作故乡"，这也许是大多数异乡人漂泊多年后或主动或被动的选择与归宿，谢湘南亦不例外。"来了就是深圳人。"这是他今天居住的城市向世界发出的声音，在谢湘南听来似乎心有戚戚："深圳对于我的意义，是别的任

---

① 谢湘南：《深圳的诗意，如轻度的灰霾对天空的占领》，《晶报》2014年3月1日。

寻美的批评

何城市都无法取代的。我已把这里当作我精神上的故乡，它比昔日的乡村更让我有认同感。"这必然和他的境遇及时代变迁息息相关。当他已从精神上认同深圳这座城市的时候，他关于这座城市的书写也定然会更加立体而深入肌理。

二、我者与他者：坎坷命运背后的诗意人生

时代的围观者和时代的怂恿者都在现场
"你快点跳啊，你不跳就是孬种！"
……摄像机、相机，还有各种手机，其实早已对准了他
整条大街都有了变性的冲动
"咔嚓咔嚓"热闹的交响
一个声音变成一千个声音
上升成云彩将他悬空
又将他推高

———《悲从中来》

读谢湘南的《悲从中来》，很容易想到鲁迅笔下那些麻木不仁的看客，一百年过去了，中国人的看客心态依然没有任何变化。围观者们的嗜血与冷漠，让良知尚未泯灭的人们在愤怒之余，不禁要大声诘问：这个世界到底怎么了？

《悲从中来》不过是这个残酷世界的一个缩影，别人的生死与看客们的生活无关，却与谢湘南的写作有关。内心的敏感促使他成为另一种意义上的"看客"，细致入微而悲天悯人地

洞察这个残酷世界：它是一种心情/是石头的重量/是往高处生长的树/远方越来越远/在梦里也看不见/越往前走/黑暗越没边际/我几乎听到哭声/那哭声与我保持一定距离/有与我同样跋涉的脚步/我感到高兴/但我怀疑那哭声是自己的/我看不到任何身影/丢失自己，远方是真实的泪水/（《远》）。在乡村前往城市的路途跋涉中，梦想很遥远，陪伴他和同伴们的是黑暗和泪水，乃至虚无：我甚至不知道自己想要寻找什么（《散步》）。这时候，拯救他的唯有诗歌——"诗歌写作成为当时怀有浪漫想法的自己的一个最佳出口，狂热的身体与饥饿的灵魂在纠缠不清地冒烟，于是诗歌成为引领的那缕光，成为前行的动力"。[1]就此而言，写诗是他介入并观照现实世界、与自我心灵进行对话的需要。更重要的是，他意在通过写诗，为同类建立一个精神家园。"写诗，在一定程度上，已成为我的思考方式，我通过对现实世界的观察，来陈述思想，展现诗意，来构筑残酷世界的诗意人生。"[2]我以为，这既是谢湘南诗歌写作的自我追求，也是其诗歌写作的价值意义所在。

海德格尔曾说："凡是没有担当起在世界的黑暗中对终极价值的追问的诗人，都称不上这个贫困时代的真正的诗人。"何谓在世界的黑暗中对终极价值追问？构筑残酷世界的诗意人生无疑是追问的方式之一。在谢湘南看来："终极性关怀与当下生活现状应该在现代汉诗中结合起来，在诗歌中它们不应该是两个矛盾的对立体。"[3]两者的有机结合才能让这种追问有

---

① 谢湘南：《诗人的价值体现在他对这个社会的不合作》，《看戏》2011年第14期。

② 谢湘南：《深圳的诗意，如轻度的灰霾对天空的占领》，《晶报》2014年3月1日。

③ 谢湘南：《疑问，或有待整理的空间》，《诗探索》2002年第Z1期，第303—311页。

寻美的批评

的放矢、落到实处。一方面，现实生活始终是他创作的根据地；另一方面，他过去、现在乃至未来的创作，都是基于现实生活的一种诗意的"高远呼吸与想象"。具体而言，谢湘南主要是通过运用"我者"与"他者"两种视角，来实现他对黑暗世界的观察和终极追问的。

　　谢湘南早期的诗歌创作大多采取"我者"视角，这可能与他初入社会，生活世界相对狭窄、逼仄有关，自顾且不暇，何暇顾人哉？此时的他，不过只是一个异乡人/一个没文凭的人/一个诗歌爱好者/一个说梦话的人/一个忧郁的影子/一个行走不定的人/一个试用期中的人/（《试用期与七重奏》）。这样的人，只能四处奔波，为了生活而苟且：我口袋里还有42元钱……我已决定了背包的分量/甚至决定了一张纸或一首诗的命运/但我怎样决定再次穿过水泥路和那么多/车辆呢？还有十天以后的去向/（《决定》）。未来在何处，希望在何方，诗人无从知道，梦想遥遥无期——在梦中机器还在鸣响/切割刀打磨得雪亮/从手腕到膝盖/我发觉自己被镀上镍/在一台彩电的后座里长眠/（《站在铜管切割机前》）。现实世界如此残酷，诗人的青春岁月却付诸冰冷机器：我青春的五年从机器的屁眼里出来/成为一个个椭圆形的圣诞玩具/出售给蓝眼睛的孩子/（《前沿轶事》）。诗人的命运是无数和他一样奔波的异乡人的命运：我站在自己的码头上/抬头仰望/被时间修改，剪裁成/众人的碎片/（《码头》）。这些诗歌，犹如卡夫卡的《城堡》《变形记》《土地测量员》等小说作品，无比真切地向我们展示了个体在现代社会面临的残酷现实。越过这种残酷现实，找到拯救自我的诗意，是谢湘南诗歌写作值得肯定的地方。换句话说，谢湘南是一个乐观的现实主义者，他的诗歌具有一种别样的打动人心的力量：我/谢湘南/18岁以前/读书/跟着父亲/种田/18岁以后进入城市/在火车站被人打劫沦为乞丐/走遍城市/大街小巷/喜欢坐在公共汽车上/笑看旁边的汽车/还有玻璃和女人/（《一张简历的三种不同填法》）。就算被人打劫沦为乞丐，也要笑对生活：行走在自己的呼吸里/自己为自己掌灯/自己为自己打伞/（《执着》）。这，不正是残酷世界里的诗意人生吗？

　　以"我者"为观察和写作视角的时候，我只是我，"小我"也。一个优秀的诗人显然不满足并停留于此。他还需要更加宽阔的视野、更加深入的表达。随着生活的日益安定，谢湘南将自己观察世界、写作诗歌的视角由"我者"转向了"他者"：在三月之内/从一个七天到下一个七天/你被试用/你正在被试用/生活没有窍门/你的一生都在被试用/从一个试用期到另一个试用期/生活没有窍门/你乐意被试用，决意/你试用别人/这不现实，世界不现实/那一个梦现实/必须证明你有用/为谁所用？/钱是小过门/休止符出现，别问/别问。痛苦爱上你/这是幸福？什么都别问/你被试用/你是我/打工者，流浪者/吹笛子的人，在夜的/深处，你仍在试用/被风，欲望之塔/所有的人都在试用你/连同自己，妓女/……一个被试用连续的人/一个被连续试用的人/一个永远试用的人/一个人永远试用/一个与试用期等号的人/一个等号于试用期的人/OK！你被试用/照我的意思做，必须/这样。听话，虚伪叫忠诚/表现好才能加工资/在我眼里你还是个孩子/写诗与唱卡拉OK有区别吗？/傻冒，说话呀（噢！命运）/（《试用期与七重奏》）。这时候，一个乃

　　　　　　　　　　　　　　　　　　寻美的批评

至一群"一生都在被试用"的异乡人的命运，让谢湘南牵肠挂肚，生活没有窍门，幸福何时来敲门？表面上看，谢湘南只是转换了写作视角，但这却标志着他由一个"小我"诗人升华为"大我"诗人。以"我者"写诗，眼中只有自我；以"他者"写诗，诗中可见他人。这种推己及人的情怀，是一个诗人走向成熟的表现。

　　"我者"与"他者"视角当然不是非此即彼的关系，在谢湘南后期许多作品中，这两种视角常常互为一体，共同传达出他对于残酷世界的独特思考：我的后辈们/比我更激进/我的外甥我的侄女/有些在工厂里加着夜班/不知不觉/怀上机器人/有些爬上天桥/为讨要欠薪扮演天使/就差纵身一跃/血溅车河命成鸿毛/有些因为吸毒偷窃/被抓进监狱/……有些在服务场所/受到凌辱/拔刀相向——这些干脆的孩子啊/他们不幻想/他们也不梦想/他们彻底丢弃了书本/社会上的书/他们同样不爱读/（《我是一个坏榜样》）。时代的车轮滚滚向前，后辈们却在重蹈前辈们的覆辙，前途未卜，命运卑微，怎不让人揪心？谢湘南以一个诗人的敏感与锐利，为时代转型提出了一个社会命题，发人深省。卡尔维诺曾说："几个世纪以来，文学中有两种对立的倾向互相竞争：一种倾向致力于把语言变为一种像云朵一样，或者说得更好一点，像纤细的尘埃一样，或者说得再好一点，磁场中磁力线一样盘旋于物外的某种毫无重量的因素。另外一种倾向则致力于给予语言以沉重感、密度和事物、躯体和感受的具体性。"以此来看，谢湘南的诗歌写作无疑属于后者，其作品对坎坷命运的表现沉重而又具体。

三、结语

  如何从个体的坎坷命运及其芜杂琐碎的日常生活中发现诗、捕捉诗，进而挖掘诗意，谢湘南以其驰骋的想象与写作为当代诗坛提供了一个样本。无论是早期的《零点的搬运工》，还是后期的《过敏史》《谢湘南诗选》，都让我们看到了当代诗歌写作的多样性与丰富性。面对现实生活与精神世界那些常常出其不意的悖谬，谢湘南的创作既体现了一个思想者的批判与自省，又体现了一个诗人的敏感与良善，在生命的体验中追求美好与温馨：我将所有生活的锈迹/埋在光明的结尾/（《埋着头》）；有一个篱笆/供我站立/供我眺望/是幸福的事/我站在篱笆上/打开我紫色的花蕾/这一过程/无人目睹/但我仍然是幸福的/我轻轻地眺望着/这个辽阔的世界/我淡淡紫色之外的/别样的颜色/（《牵牛花》）。这些诗歌，让诗意在琐屑日常里获得了敞亮，于是，幸福与诗人同在，命运由坎坷而辽阔，生活由黑暗而光明。至此，谢湘南的诗歌完成了对于终极价值的追问——在坎坷命运中构筑诗意人生。

寻找是为了拒绝遗忘

——读彭争武的诗歌*

当岁月流逝，所有的东西都消失殆尽的时候，唯有空中飘荡的气味还恋恋不散，让往事历历在目。

——马塞尔·普鲁斯特《追忆似水年华》

一

当我抱着知人论世的态度，考察了彭争武的成长背景及其写作渊源后，我便知晓，他是一位饱受传统滋养并深具古典情怀的诗人，他的忧思甚广并非来历不明。他骨子里的所有诗歌因子，或许皆源自他的故乡——被誉为湘楚文化源头、"中华诗词之乡"的湖南平江，一个因屈原和杜甫两大诗人魂归于斯而文脉昌盛的地方。得天独厚，彭争武从小"听着屈原和杜甫的故事长大""读过的古典文学作品堆积如山"。经此熏陶，彭争武甫进高中就踏上了诗歌之路，并在高中时代就已创作新诗近千首，从此成了诗歌的忠实信徒。

青少年时期的文化积淀和写作实践，无疑为彭争武后来的诗歌创作打下了坚实基础，这在他的许多诗歌，尤其是长诗

---

* 原载《作品》2020年第5期。

《东莞书》所呈现的气象中不难看出。《东莞书》尽管只是一部命题之作，彭争武还是以自己独到的眼光和洋溢的才情，将一座城市的前世今生写得可歌可泣、可圈可点。无论此刻生活在东莞的人，抑或从未到过东莞的人，读着"回望一个千年古邑/就像回望一片千年的风景/东莞古八景打开八扇窗/让我们回味一个个美丽的传说""一粒尘埃一个世界/一段文字一段历史/聆听百年风雨/微观人生，浓缩东莞"这样的句子，想必都会产生一种叩响城市之门、呼唤城市之光的冲动吧。或因如此，才会有论者认为《东莞书》具有史诗品格，"是地域式的文化史。……具有强烈的人文意识"①。带着这种意识，东莞的历史与现实，山水与自然，科技和人文，在彭争武笔下自由流淌、交融，微观但不芜杂，厚重但不张扬。某种意义上，彭争武的《东莞书》和梁平的《重庆书》，尽管书写对象迥异，两者却在价值取向和审美旨趣方面异曲同工：为城市立传的同时，传承城市精神，守护城市灵魂。2017年6月，第六届东莞荷花奖经过激烈竞争，最终将诗歌奖授予《东莞书》，以褒扬这部长诗全景式书写东莞历史人文的文学手法和文化价值。

二

　　《东莞书》的写作，成全了彭争武，也成全了东莞。是的，东莞。如果说平江是彭争武的精神家园，那么东莞就是他

---

① 刘帆：《一道高天流云的风景——彭争武诗歌〈东莞书〉分析》，《宝安日报》
　　2019年4月28日。

　　　　　　　　　　　　　　　　　　　　　寻美的批评

的现实归宿。二十年前，和无数相信"外面的世界很精彩"的乡村青年一样，彭争武怀揣着理想，背负着青春，一路从湘北漂泊到岭南，终于在一个叫东莞的城市落脚扎根，进而开启了一段意气风发的诗歌人生。纵观改革开放四十年的广东文学版图，东莞始终都占据一定地位，特别是诗歌，堪称广东诗歌重镇。在诗人舒婷看来，东莞乃诗歌之都，是诗人聚集的好地方。迄今仍活跃于此或从此地走出去的诗人数以百计，其中我熟知的，就有方舟、柳冬妩、何超群、黎启天、庞清明、池沫树、彭争武、郑小琼、蓝紫等多位。坦率地说，在我读过的东莞诗人作品中，彭争武的诗歌谈不上十分出色。《东莞书》的写作和获奖，为他赢得了盛誉，但我以为，这部作品毕竟属于应景之作，不过是他诗歌之旅的一段插曲，而非里程碑，更遑论高峰，其写作经验既无法复制，写作风格也难以承前启后。事实上，《东莞书》之后的彭争武，很快就选择了回归此前的写作风格，或者说，他更看重自己既有的写作经验。这种经验或风格即是：简洁而又含蓄。

彭争武虽然走的也是口语诗和底层写作的路子，但无论是早期作品，还是近期作品，遣词造句都比一般的口语诗节制得多，情感表达都比一般的底层写作含蓄得多，这或许与他的古典诗歌素养和个人追求不无关系。譬如《流水线上的三月》："这是东莞的三月1988年的三月/站在城市的肩膀上/呼吸着玉兰的芬芳/那时被雨后的阳光牵着/花开花落的村庄/被早起的露珠打湿/生命游动着水的质朴和灵性。"字里行间完全看不到流水线上常见的麻木和疼痛，反而充满了生机勃勃的生命气息和知足常乐的人生况味。譬如《李记牛肉面》："李记牛肉面店还是关闭了/小丽没有跟我说再见/李麻子也不留地址/看着牛肉面店眨眼成了/新大众皮鞋档/我居然还远远闻到/一碗牛肉面诱人的香味。"几个简单的句子背后,我竟读出了"此情可待成追忆,只是当时已惘然"的意境。又譬如《门卫老湘》:"一支珠江啤酒/一碗不加肉片的米粉/在旧街12号/老湘一蹲就是十年二月零三天/……守在旧街12号/还是一支珠江啤酒/一碗不加肉片的米粉/慢慢咀嚼/就轻易打发了老湘/对家乡仅存的一点记忆。"不用刻意描写或抒情,门卫老湘的人生际遇就会让人感叹唏嘘。还譬如《有关外来兄弟的安全》:"我的外来兄弟/谁也没有发现/你的头颅蹲在路沟/圆睁着眼/你看不清完整的自我/没有亲人的祝福和泪水/连一句安慰的话/都吝啬了。"忧伤中蕴含着诗人的一颗悲悯之心,读来令人潸然。再譬如《无语的夜》:"想象夜的手有着冰凉的气息/想象薄薄的夜里一盏灯有着淡淡的光/想象靠近一间温暖的小屋/小屋在一丝冰凉的风里沉默/隧道口一节火车鸣笛偷偷加速/近的地方近了/远的东西依稀了/吵醒的何止故事和故事里的人。"唯有黑夜可以提供无穷想象,唯有想象可以拯救黑夜中的孤独者,而故事里的人,能否读懂夜的呓语?又将去往何方?寂寞无声,时间无痕,诗人无语。

　　除长诗《东莞书》属于鸿篇巨制以外,彭争武的大多数诗歌都非常精短,且意象较为单一,有论者就曾将他这种写作称之为"单向度的抒情方法",意即在构思上常采用单个意象,尽量不要多个意象杂糅,以免"造成诗意的动荡和流失",从而使诗歌本身的指向更加明晰,同时让读者获取诗歌意象更加便利。据此对照,前文援引的例子就使用了这种抒情方法。而在彭争武最新诗集《寻找》中，这种抒情方法的运用更带有普遍性，恰如其中一首诗的题目《关于春天的小小记忆》所揭示的抒情对象：小小记忆。或是一人，或是一物，或是一景，或是一情，或是一思，一首诗中很少见到两个乃至以上意象。值得一提的是，这种抒情方法虽然不复杂，且还在某种程度上为解读彭争武的诗歌降低了难度，但并不意味着此类诗歌的写作没有难度，恰恰相反，更见作者功力，否则人人能写，那还怎样辨别诗歌的好坏与水平的高低呢？

三

诗集《寻找》的关键词和整体意象即是诗集名称"寻找"。诗里诗外，寻找的是现在与过去，他乡与故乡，书写的却是生老病死、物是人非。换言之，"《寻找》是一个远离故土奋斗者在已过不惑之年的生命思考，如同删繁就简的三秋之树对立根土地的追问和对生命意义的探寻。……诗人借助自己的感知与回忆，回应世界与自身"[①]。当我循着彭争武的记忆，随同他在东莞的大街小巷或是故乡的山川河岳，寻找属于他也属于我们每个人的往事与情感、艺术与人生、活着与死亡的时候，我似有茅塞顿开、醍醐灌顶之感，心中的某些郁结顿时豁然开朗。是啊，人生苦短，生命无常，我们何必以身为囚、以心为牢、作茧自缚呢？

---

① 沈汉炎：《用诗歌讲述打工青年故事》，《东莞时报》2019年2月26日。

寻找是为了拒绝遗忘，也是为了抵抗虚无。辛弃疾《西江月》词曰："往事如寻去鸟，清愁难解连环。"在追寻往事的过程中，清愁有几缕，谁解其中味？彭争武的诗歌，大抵透着这样一种愁绪，清，轻，淡。譬如《舞台》："我们一直在舞台上寻找寻找可以寄托的/人和物物和事事和人/更多时候我们就守着舞台/看着我们灿烂地笑灿烂地笑着一路消失。"普鲁斯特在《追忆似水年华》中说过："生命只是一连串孤立的片刻，靠着回忆和幻想，许多意义浮现了，然后消失，消失之后又浮现。"生命的轮回显然是谁也逃不脱的宿命。因此，我们人生的舞台上，每天都在重复演绎着悲喜剧，虽然故事情节各不相像，但在舞台谢幕之际，我们殊途同归。犹如《我是谁》中的追问："一幕已落，一曲又起。台上精彩，台下我是谁/缘何人物是我，情节不是我。故事是我，历史不是我。"

　　《寻找少年大哥》同样讲述了一个关于寻找与消失的故事："信封上没有了地址/我的少年大哥/就在一字一行里消失了……这封信/还是从深圳退了回来/退回来时/只剩下寄件人的名字/母亲的名字在上面/有点单薄。"不知所终的少年大哥，让我想起了辛弃疾的《蝶恋花》："老去怕寻年少伴。画栋珠帘，风月无人管。……凉夜愁肠千百转。一雁西风，锦字何时遭。毕竟啼鸟才思短。唤回晓梦天涯远。"江湖险恶，天涯遥远，终究是"悠悠梦里无寻处"。曾经的少年，是不是还乡音未改？能否听得见父母亲切的呼唤？在评论家燎原看来，彭争武的诗集《寻找》"以具体的个人标本，隐约或凸显其间的少年史、青春史、奋斗史，以及与之密切关联的乡村史、梦幻般的新兴城市史，勾勒出一个时代的历史性变迁"①。不光是《寻找少年大哥》，诗集中的《眼里坐满了往事》《疼痛》《靠近》《乡愁》《人生》等多数诗歌，无不是这种历史性变迁的真实写照。

2019年11月，《寻找》入选第二届"全国十大劳动者文学好书榜"。评论家谢有顺认为《寻找》是诗人彭争武"一次艰难的自我确认"。他进而指出："那些人生细节、心灵记忆，在诗歌写作中被聚拢、打量、省思、塑形，更重要的是被平等对待。不省略苦难的经验，也不厌弃那些破败的遭际，抚平了怒气和怨恨之后，以宽广、仁慈、沉静、简省的语言来审视来路、寻找未来，进而让一个人的生活与一个时代如此胶着在一起，同荣辱，共进退，这就是诗歌的生命，也是一个诗人之所以成为诗人的精神证据。"②评价十分精准。诗集《寻找》充满了对生命的哲思，不妨以组诗《侧身经过我的空墓地》中的《安居》为例："再卑微/每一个人/心里都会有一块墓地/再骄横/每一块墓地/都会迎接一个未死的人。"我们从对比中不难读出诗人阅尽世事沧桑后的那份安宁、坦然与平和。叔本华说："没有相当程度的孤独，就不可能有内心的平和。"本质上，彭争武是一个孤独者，内心的孤独反而让他得以用平和的心态看待世界、他者和自身，从而让他在创作上形成了一种个性鲜明、张力十足的诗风：宽广、仁慈、沉静、简省。我以为，这种诗风正是彭争武倾力追求并付诸实践的，表现在具体写作上，则是叙事温和而灵动，语言精练而隽永，思

---

① 燎原：《故事的下半段：讲述与寻找——读彭争武诗集〈寻找〉》，《星星·诗歌理论》2020年第1期。
② 赵水平：《勾勒出时代的历史变迁》，《东莞日报》2019年3月2日。

想含蓄而深邃，哀而不伤，意犹未尽。譬如《朋友》："我靠着窗。酒凉。我看不到那个人/那个人也看不到我/他肯定就在这城市/只是街道复杂。至今找不到住所。"内心泛起的淡淡惆怅，很容易让我想到陆游的《渔家傲》："寄语红桥桥下水，扁舟何日寻兄弟？行遍天涯真老矣。愁无寐，鬓丝几缕茶烟里。"从这个角度说，中国古典诗词可为彭争武的新诗创作提供审美范式，反过来，他的诗歌作品又借此而具有古典诗词的意蕴。

综观彭争武近年来的诗歌创作，语言更加凝练，形式更加成熟，表达更加质朴，尤其注重细节刻画，并将自己的生命体验与之融合，以此增强诗歌的思想性，值得肯定。不过，和很多诗人同样难以避免的是，彭争武的诗歌写作遇到了瓶颈，那就是重复，包括意象的重复、风格的重复、经验的重复，等等，这些问题在诗集《寻找》中并不罕见，需要诗人认真反思，并努力在今后的诗歌创作中予以突破。艾略特说："诗歌是生命意识的最高点，具有伟大的生命力和对生命的最敏锐的感觉。"作为一个对生命具有敏锐感觉的诗人，彭争武的诗歌同样具有强烈的生命意识，而他写作的价值和意义，也正在于此。

第二章

作品论

中国当下都市生存背景中的文学书写[*]

20世纪90年代以来，大量乡村人开始潮水般涌入城市。随着他们命运的迁徙和漂泊，中国当代文学创作呈现出视点逐渐转移、内涵逐步扩大、边界随之扩展的新特征。面对传统农耕文明与现代工业文明乃至后工业文明之间前所未有的激荡与冲突，一些反应敏锐的作家窥探到了其中不可忽视的文学资源，不遗余力地对当下都市生存进行着各自独特的文学书写。他们先后创作了不少反映农民离乡背井在城市打拼并承受着物质和精神双重压力的文学作品。这些作品在内容和思想上体现出来的共同点，就是从现实主义的角度，反映进城农民面临肉体和灵魂"游走"或者"漂泊"的生存状态与精神境遇。

一、人情冷漠与人性缺失下的都市生存图景

一个无法忽略的事实是，今日中国的都市化浪潮呈现出愈演愈烈的态势。而提到都市，有人认为它是天堂，有人认为它是地狱。我却以为，都市从来不是非此即彼的单项选择。都市里的生活，常常面临着各种矛盾、误会、陷阱与背叛。换句话

---

* 原载《文艺评论》2011年第9期。

说，都市实乃天使与魔鬼的结合体，为我们提供便捷、现代的生活方式的同时，时刻制造着冷漠、虚伪、欺骗与龌龊。因此，表现都市生存中的人情冷漠与人性缺失，是当下都市生存中文学书写的一大主题。姚鄂梅的中篇小说《你们》集中反映了这一主题。

《你们》虽然没有刻画惊天动地的大事件和大人物，却通过普通人物的普通生活，触及了当下社会的软肋：社会资源配置不合理，人与人之间失去信任，为达目的不择手段。"较之波澜起伏，大起大落，生离死别，离合悲欢，惊险曲折的传奇式生活图景，日常生活才是与我们每个人息息相关的领域，是我们无时无刻不以某种方式从事的活动。"对生活无比敏感的姚鄂梅，选取了日常都市生活作为小说《你们》的素材，揭示了都市人在自身利益的冲突下，表现出人性中矛盾和自私的一面，并希望唤回人们灵魂深处美好的东西，由此彰显出其作品不露声色的深刻。

小说主人公高锐，年轻英俊，潇洒自在，处境却极端卑微。他生活于这个城市的乱搭乱建区，妻子则是一个地地道道的卖菜大婶。尽管他生活得很上进、很健康，却不享有这个城市的任何资源，靠自己的双手在城市的缝隙里讨生活，"什么也没有，一分一毫，一针一线，都得动脑筋去争取。偏偏脑筋这东西，不是很好控制的，动着动着，就会想歪了"。高锐的脑筋就用在如何接近并算计"我"和大柳这样一类人身上。在高锐看来，"我们和你们"，不仅仅只是两个指称对象不同的称谓，更代表着各自不同的生活遭遇和社会地位。高锐自称的"我们"，因为各种意外，从一开始，就被摔在轨道之外，或者后来被挤下了轨道，怎么也回不到轨道上去了，但一样得活着。而"你们"，走的是一条常规路线，每一步都踩在节点上，始终走在正确的轨道上，有多余的钱，多余的社会资源，这些资源无须动脑动手，"就像早上升起的太阳一样，不请自来"。因而，"我们"和"你们"之间有着不可逾越的鸿沟，有着无法拉近的距离。这鸿沟与距离，不是一般地理意义上的鸿沟与距离，而是人心与人心之间的鸿沟与距离。造成这种鸿沟与距离的深层原因，源于社会资源分配不公的生活现实，表现在小说中，则是"不管你多么努力，它都不属于你，比如实验小学，它是有门槛的"。就是这种不公，将千百万的人分出了"我们""你们""他们"等等不同的利益群体。当梦想得不到实现时，直接导致了高锐"他们"对"我"和大柳滋生出怨恨乃至报复心理，这和现实生活中的仇富或仇官心理如出一辙。

批评家谢有顺认为："好的小说，从来不是判断，而是一种发现，一种理解——对存在的发现，对生命的理解。"以此为准，姚鄂梅的《你们》即是发现与理解。她发现了处于这个时代中的都市人的生存真相，理解了处于这个时代中的都市人的生存法则。在她看来，活着是不容易的，活着本身就是一个征服和体悟的过程，"无论男女，都被各种各样的焦虑和困苦包围着，不是梦想被击垮，就是困顿不堪"。小说中的"我"和大柳，尽管都是金融部门的处级干部，却同样有着生活与事业的焦虑，无业游民高锐，则时刻被困苦包围着。姚鄂梅进而指出："而一个写作者与一个普通人，他们的区别就是，写作者总是比普通人更敏感，更容易发现生活中无处不在的伤害。"这无疑是《你们》的创作初衷，也是《你们》的创作归宿。小说中的大柳在十二年前伤害了高锐，"眼睁睁把一个孤苦无依的少年推向绝境"。十二年后，高锐伤害了"我"，还有大柳。对此，高锐认为，"这是他的命，当年他拒绝帮我，到了我女儿这一辈，他还得补上，他无法逃脱他的命运"。伤害与被伤害的背后，折射的是人情的冷漠与人性的缺失。不过，姚鄂梅虽然以自己的慧眼发现了都市生存中的这种冷漠与缺失，却也没能找到问题与症结的解决之道。小说以悲剧收场：昔日古道热肠的百科全书大柳，自从出了洗浴中心那件事后，就一蹶不振、郁郁寡欢，最后病了，肝硬化；高锐则重新开始了他的欺骗与算计生活。姚鄂梅将问题的答案留给了读者去思考，只是，读者的答案又该何处寻呢？"常规活法是一种活法，别的活法也很不错啊，各有各的人生，各有各的精彩。"这是小说中"我"对于不同生活的看法，暂且将其视为从都市生存困境中突围的答案之一吧。

二、直面生活现实，剖析生存真相

陈应松的中篇小说《一个人的遭遇》以无比真实的表现手法，刻画了一个来自底层的上访人物刁有福。刁有福名不副实，名为有福实则无福。小说开头就将他置于命运的多舛之中：从国有酒厂下岗后的刁有福，自己开了个小酒坊。然而一场大水，把什么都淹没了。两个参股人以为他耍赖，将他狠狠地揍了一顿。这两个人，一个是他舅舅，一个是他母亲。

他的不幸遭遇，由此开始。随后，厄运接二连三地到来。去医院诊治时坏掉了一个肾，输血却染上了乙肝，遭母亲与舅舅毒打反被他们登报说"养儿不孝，母遭子打"。于是，他开始了漫长而艰难的上访之路。想不到的是，一件看似简单的事情越来越复杂。信访局建议他通过法律途径解决，在法院却输掉了官司。自己的事情还没有眉目，他又阴错阳差地被选为上访代表，为以前厂里的下岗工人替天行道。在刁有福看来，当地政府部门的不作为让他"必须上访，必须还咱们下岗职工一个公道，解决生存问题。上访就是把咱们的实情递上去，让上面知道，上访就是陈情，把问题搞清楚。上访就是给大伙一条活路"。就这样，他只好一路去省里、进京城上访。刁有福去工人家里，也没有什么人响应。"大家看着他拄拐棍，风都吹得倒的样子，口里说你为大伙吃了苦，都有点避他。"连自己的妹妹也不留他吃饭，因为他有肝病，让他治好了再来。那一刻，刁有福面对茫茫大湖只想哭，倔强的他，决心要为自己讨个公道。

从来都在写底层的陈应松，在《一个人的遭遇》中写出了残酷的生活现实。刁有福的不幸遭遇，岂止是他一个人的遭遇？放眼当下，还有多少刁有福，曾经遭受过、正在经受着、将要经历着同样的不幸？刁有福的那些下岗工友们，现在都没有单位，日子过得苦巴巴的，"有的摆地摊，有的卖菜，有的捡破烂，还有的像他这样，回到过去的老家乡下，没田没地，比农民还不如，农民还有几亩地可耕"。这就是活生生的现实！难怪刁有福百般无奈之下想走极端。一个真正的作家，须臾不要忘记，文学除了叙写个人的悲欢，还应关注"他人的痛苦"。除了表达一己之私的生活经验，更应关注广大世界的生存境遇。说到底，"写小说不是为了讲述生活，而是为了改造生活，给生活补充一些东西"①。以此观照《一个人的遭遇》，其悲悯情怀是显而易见的。

批评家谢有顺曾说："这些年来，尖刻的、黑暗的、心狠手辣的写作很多，但我们却很难看到一种宽大、温暖并带着希望的写作……很多的小说，都成了无关痛痒的窃窃私语，或者成了一种供人娱乐的肤浅读物，它不仅不探究存在的可能性，甚至拒绝说出任何一种有痛感的经验。"②一个文学写作者，倘若没有开阔的胸襟，没有悲悯的情怀，没有高远的文学抱负，没有坚定的文学信念，是决然写不出触动灵魂、让人有痛感的作品来的。当我理解了陈应松的小说观，看到了他为此所做的努力，并读到了他的《一个人的遭遇》时，我坚信，无论时代的风貌如何变迁，也不管文学的气息怎样流转，必定还会有一些作家，以直面现实、正视苦难、深入真相的勇气和自觉，义无反顾地担当起引领时代精神走向的开掘者，且用他们的良知和道义，唤醒我们的悲悯之心，拯救我们的迷途之魂。

三、城市化进程中的乡村挽歌

青年作家乔叶的中篇小说《盖楼记》，讲述了一个与拆迁有关的故事。乔叶从女性的角度，生动而又无奈地诠释了一个

---

① 巴尔加斯·略萨：《谎言中的真实》，云南人民出版社，1997，第72页。
② 谢有顺：《文学的常道》，作家出版社，2009，第248—249页。

　　　　　　　　　　　寻美的批评

敏感现象——拆迁，并倾诉她对于土地的敬畏、对于乡村的热爱。敬畏和热爱的同时，又充满矛盾和反思。从某种意义上来说，《盖楼记》是一曲城市化进程中的乡村挽歌。

小说《盖楼记》语言通俗，故事紧凑，情节跌宕，既有报告文学般的现场感，又有散文般的诗意感。只不过，这种诗意的背后，蕴含着一股淡淡的忧伤和扼腕。在主人公"我"的记忆中，娘家乔庄依着一条灵泉河，"我"小时候常常和小伙伴们去河边玩耍，"现在依然清楚地记得，清流汩汩，明澈见底，水草丰茂，鱼蟹繁多，我摘金银花，掐薄荷叶，挖甜甜根，盘小泥鳅……那是我小小的童年天堂啊"。这都是十几年前的事情，"现在回想起来，就如同一幅中世纪的风景画"。轰轰烈烈的城市化，已经让"我"的故乡乔庄面目全非。昔日美丽的灵泉河早就销声匿迹，村街上几乎没人走动，空空落落，再没有了牛，也没有了马。原本该是春绿秋黄的庄稼地，现在已经成了正在火热施工的楼盘。一家是"忆江南"，一家是"曼哈顿国际花园"（多么富有讽刺意味的楼盘名）。在乔叶笔下，广袤的豫北平原分布着一块块旱涝保收的肥沃土地，就如同一只只饱满的乳房，而那里的农民们就如同辛勤的挤奶人，随着四季的更迭，他们源源不断地挤出了丰沛甘甜的乳汁，给城市喝，也给他们自己喝。土地在过去养活了豫北人，如今却在城市化的改造过程中，如同已经消逝的灵泉河一样，很快就会干瘪、枯竭，不复往日之能。曾经勤劳朴实的豫北人，借着这一历史际遇将土地当成了摇钱树，为获取更多的拆迁补偿，"坐在这里，尽其所能地绞尽脑汁，就是为了能从这只乳房里绞尽乳汁，绞尽他们能喝到的每一滴乳汁"。

也许，我们谁也无法阻挡城市化进程浩浩荡荡的前行脚步。但是，倘若这种城市化必须以农民的失地为代价、必须以生存的威胁为代价，那它的意义何在？在这里，我并不想从情理上对拆迁的利益双方进行居高临下的道德审判，很多时候，矛盾的产生并非一朝一夕或者一人一事。就当下的中国而言，对广大农民来说，在土地上动脑筋、打土地的主意，这的确是一条解决现实困扰和生活窘境的捷径。如小说中所说：外出打工有打工的难处；新农合，听着是好经，就是念的时候走样；留守的女人和孩子在家里十分孤单，村里信基督教的人越来越多；什么东西的价钱都涨得快，就是粮价涨得慢；娶媳妇的成本越来越高，相亲见个面男方都得掏两百块钱的相看钱……这就是当今农村的现实，这就是当下中国的现实！幸而，小说中的"我"作为一个从乡村走出来的孩子，乡村的根儿还没有死，离他们也就不算太远。十几年前，"我"上师范时在作文中写道："我真的爱这土地，一贴近它，一听到它心跳的声音，我就不想起来……"如今，这心跳变成了野蛮、强悍、锐不可挡的"轰嗒"之声，如同一双穿着钢铁巨鞋的大脚在阔步行进——那是刚刚开始工作的电夯，是张庄的村民们夜间盖房的声响。曾经充满诗情画意的肥沃土地，现在仿佛是一颗心律失常的心脏，一颗得了心脏病的心脏。土地当然没有心跳，土地唯有沉默。这沉默，就是无声的抗议与申诉啊！

小说结尾，乔叶特地注明：本文情节属实，部分人名和村民虚构，如有巧合，概不意外。此番声明，既是小说宣传的策略，又是现实事件的投影。只要城市化进程中的土地变革延续当前盲目拆迁的老路，我相信，由此引发的各类社会矛盾还会

　　　　　　　　　　　　　寻美的批评

源源不断，甚至会进一步激化。而反映此类现象的文学作品，乔叶的《盖楼记》虽非第一部，也决然不会成为最后一部。

四、城市异乡者的理想追求与幻灭

关仁山的《镜子里的打碗花》，是一部反映城市异乡者理想追求与幻灭的小说（"城市异乡者"一词，最初由学者丁帆提出。一定程度上，它实际是"农民工"的代名词，但指称的范围更全面、更广泛。详见丁帆《"城市异乡者"的梦想与现实——关于文明冲突中乡土描写的转型》，载《文学评论》2005年第4期）。在这部小说中，关仁山以简洁有力、流畅通俗的文字，塑造了一个善良却又自卑、朴实却又虚荣的农民工形象张五可。在他身上，深深体现出千万个城市异乡者希望过后的失望、幻想过后的幻灭。

主人公张五可从延庆乡下来到昌平城，靠着开电动三轮车拉脚讨生活。一个偶然的机会，他救了富人雷老板的妻子许琴。事后，雷老板给他一万块钱表示感谢。但他断然拒绝了，理由是"我是穷人，可是，人穷志不能短"。感动之下，准备去美国给儿子陪读的雷老板和许琴，为表谢意，决定让张五可替他们看房子，伙食费除外，每月工资两千块。就这样，拉三轮车的张五可住进了蝶苑庄园——一个住着北京富人的豪华别墅区。刚住到别墅里，他还有些别扭，不知该咋做，一时无所适从。东家一走，他就牛气多了。每天打着饱嗝，牵着藏獒，迈着不紧不慢的步子，顿时吸引了周围羡慕的眼光，他的腰杆也硬实了许多。当他穿上雷老板送的"皮尔卡丹"西装，打上"金利来"领带，瞬间容光焕发，从头到脚都透出富贵人的痕迹。他随之把自己架起来了，觉得不能再理睬那些拉三轮的家伙了，他认为跟他们不在一个档次了。但离开拉脚的伙计们，他又显得非常不自在。因为他在别墅区里受了刺激，心理失衡了。"人跟人活的差距咋这么大呀？"他心里这么想着，"又气又恨"，眼一红，心就慢慢变黑了，添了偷东西的毛病。从此，他在别墅区里偷洋酒、偷名烟、偷金银珠宝，卖了钱后寄回老家盖了一栋房子。后来还认识了大学生保姆小棉，并在她不知情的时候占有了她。尽管她是情愿的，他心中也歉歉的，但他还是常常失眠，想如果这栋别墅是他的该多好，小棉是他的老婆又该多好！

久而久之，张五可自我感觉良好，他似乎一夜之间从农民过渡到了城里人，而且还是富人。但他毕竟不是。他跟大学生保姆小棉吹牛的时候，就常常想起自己的身份："我是啥人？农民？没有地种了。工人？没有上班的工厂。新骆驼祥子？连电动三轮车都租出去了。我就是傍大款，蹭吃蹭喝的人了。而且，我还有一个致命的软肋——贼！"而老婆张碗花的到来，更让他不得不回到现实，并对自己的真实身份产生犹疑。小说有这么一段对话：

　　老婆张碗花笑声很响："五可，你说咱咋摆弄，就是不如城里人洋气呢？"
　　我无奈地说："咱就是土坯子，没长那份骨头。"

　　　　　　　　　　　　　　　　　寻美的批评

"我"回家照镜子，看到老婆带来的那瓶打碗花了，不由得自问："在这大北京，我到底算哪盆菜？"然后，"我"就哭了，哭得稀里哗啦的。终究是人算不如天算，不幸的事还是找上门来了。雷老板和许琴回国了，铁了心要辞掉张五可。因为家里多了一个玉麒麟（那是他从其他别墅偷来的，没来得及运走），雷老板怀疑是他偷的。临走之前，雷老板和许琴的争吵让他听见了："农民就是农民，素质太低不能用。别看这人挺面善，但是骨子里有狠劲儿，你给他一个梯子敢把天给捅个窟窿！"那一刻，张五可真的后悔了，禁不住两手发抖，全身冰凉，感到失落、痛心。世事多迷离，他只能无奈一叹，风没有踪迹，打碗花也破碎了。当他转身离开的时候，眼泪流得更汹涌了。他仰天长叹："老天爷呀，这叫一落千丈，让我在这地方咋活哩？当初，还不如不与雷家发生关系呢！"天寒地冻中，"我双膝一软，咚的一声，跪在雪地上，竟然咧着大嘴号啕大哭起来，一边哭一边扯着嗓子吼道：'老天爷啊，我算球啥？我是谁啊？我是农民，还是工人？我是富翁，还是穷光蛋啊？'声音传得很远，可是，没人回答我"。至此，张五可梦想成为城里人的追求彻底破灭。

　　也许，没有人能够回答张五可最后的那一声诘问。北京不相信眼泪。自始至终，他都没有摆正自己的真正位置，没有找到自己的真实身份。一切荣华富贵，不过是黄粱一梦。梦醒时分，受伤的终归是他自己。在这里，关仁山和不少作家一样，也没能为张五可接下来的生活指出一条金光大道。这当然是值得广大关注社会现实的作家和我们反思的：对无数的城市异乡者而言，理想的追求除了幻灭，其命运还有没有更好的归宿？

究竟有没有一条更好的路径，指向他们幸福生活的彼岸？

五、留不下的城市与回不去的故乡

轰轰烈烈的全球化都市进程，迅猛地改变着人类生活方式与发展理念的同时，也让无数从农村涌入城市寻梦的异乡人，经历着颠沛流离的漂泊、辛劳、困顿、苦闷乃至疼痛。留不下的城市与回不去的故乡，这既是他们此时悲怆的生存状态，也是他们最终无奈的人生归宿，就像王十月中篇新作《寻根团》中的主人公王六一，曾经因为向往城市而逃离故乡，进入城市后，却又始终无法在这两者之间取得平衡。当他企图通过还乡"寻根"的方式来求得内心的慰藉时，依然愚昧落后的故乡唯有让他感到万分悲哀。于是，他被迫再一次选择了逃离。

从某种意义上说，"王六一"身上潜藏着王十月的影子。从楚州来到广东的王六一今年四十岁，在外打工整整二十年。"现在的他，有了城市的户口，却总觉得，这里不是他的家，故乡那个家也不再是他的家，觉得他是一缕飘荡在城乡之间的离魂。"王六一的这种心境，何尝不是王十月内心深处的情感写照呢？他曾不止一次地谈到："家乡，我已回不去了，那里没有了我的土地和家园。城市，我也未曾真正进入。因此我说，我是一缕飘荡在城乡之间的离魂。我已经无法回到乡村去生活，但无论在哪个城市，都格格不入，没有归宿感。"和王十月一样，如今的王六一，生活亦充满这种矛盾。就在此时，楚州市长前来广东考察，点名要见他。饭局上，市长的

寻美的批评

一句"希望各位常回家看看",点燃了王六一心底那团思乡的火焰。在朋友冷如风的撺掇下,他们决定组织一个"楚州籍旅粤商人回乡投资考察文化寻根团",以"文化搭台,经济唱戏"的名义,寻找故乡之根。然而,这次寻根之旅却没有王六一想象的那么简单和美好。其他楚州籍商人压根就没把寻根当回事,对他们来说,所谓"寻根",不过是衣锦还乡人前风光一把罢了,"警车开道,五套班子出面接待,多威风"。当王六一满怀期望回到故乡楚州市古琴镇烟村时,等待他的,却是失望。王六一的家乡烟村是楚州最美的村庄,如今却物是人非:父母早已离开人世,原本的家也只剩下断壁残垣;村里淳朴的民风荡然无存,取而代之的,是利益至上的实用主义;招商引资建造的化工厂,让村里的生存环境遭到有史以来的破坏。"那一刻,王六一觉得,此次回家寻根,根没寻到,倒把对根的情感给斩断了。"王六一的"寻根"之梦,至此被无奈的现实击得粉碎。

在王十月看来:"每个写作者都有自己的任务和宿命。我想我的任务和宿命,就是写乡土社会破碎的过程中那些残存的那种美。"①《寻根团》即体现出王十月的这一文学追求。小说中,昔日美丽的烟村人心不古风景不再,当地政府为了眼前的利益,不惜以土地的破坏和环境的污染为代价,肆无忌惮地发展化工产业,绝大多数的村民敢怒不敢言,甚至为得到一份化工厂的工作而庆幸。唯有王六一的堂兄王中秋,一个有良知、有操守的乡村教师,为了保护烟村的生存环境和子孙后代的利益,不惜失去工作而成为村民的代表和村里的告状专业

---

① 王十月:《文学的小乘与大乘》,《当代文坛》2009年第3期,第58—60页。

户，"去年带头查村里的账，硬是把当了十几年的老书记查下去了，今年又带头反对化工厂开工，去镇里告，去市里告"，"弄得村里镇里当官的个个恨不得拿刀剁了他"。然而，这样一位当代乡村的堂吉诃德，最终并没有战胜力量强大的"风车"。就在王六一返乡"寻根"的时候，王中秋因带头去化工厂"闹事"，被派出所给铐走了。王六一为此前后奔走，才让王中秋得以无罪释放。虽然只是一个穷教师，王中秋却是个有信仰的人。然而，在残酷的现实面前，他的信仰如此脆弱，不堪一击。在王中秋身上，我看到了"乡土社会破碎的过程中那些残存的那种美"。而这，正是作家王十月希望达到的写作目的。《寻根团》中描写的城乡冲突和城市给乡土社会带来的冲击与改变，无疑折射出当前本真的社会现实。"作为一个写作者，我经历、感受、隐忍，然后试图穿越生活的迷雾去洞见生活的本真。"[①]"本真"是王十月小说的闪光点，也是《寻根团》的闪光点。

小说《寻根团》中，王十月还以悲悯而真诚的文字，塑造了一个悲剧性人物马有贵。这个和王六一同时外出打工的烟村人，因无一技之长只得从事最脏最累的工作，却落下了"尘肺病"的职业病。不到五十岁的他，未老先衰。在王六一的介入与帮助下，马有贵得到了工厂赔付的二十万块钱，并能随同"寻根团"回到故乡楚州。万万没想到的是，回到烟村的马有贵，因为二十万块钱的保管问题和父亲吵了一架，悲愤之下喝药自杀了。所谓的寻根团，荣耀者衣锦还乡，落魄者却把

---

① 王十月：《创作谈：几点随想》，《北京文学》（中篇小说月报）2008年第5期，第73页。

寻美的批评

命丢在了黄泉，当真是冰火两重天。得知马有贵的死讯后，"王六一的心里涌起无限的悲凉，为马有贵，为他的故乡，为这些苦难的人生"。王十月认为："小说说到底是写生活的，当然，这生活包括精神和物质两个层面。然而，我们正在经历的生活是如此的纷繁复杂，让人眼花缭乱，如何穿越这纷繁复杂的生活表象，去发现世道人心的真实图景，对我们这一代写作者来说，是一个考验。"①小说中，无论是王六一的漂泊无根之境遇，王中秋的信仰失落之遭际，还是马有贵的生命早逝之厄运，都凸显出生活表象背后"世道人心的真实图景"。回到城市的王六一，开始了新的人生漂泊之旅。不再告状的王中秋，决定步王六一的后尘，去城市见见世面。人死灯灭的马有贵，从此成了烟村的孤魂野鬼。

由此看来，《寻根团》不过是城乡冲突日益剧烈这一背景下的精神寻根，其中的隐喻显而易见。对作家王十月来说，"小说不是讲故事，而是写生活。……我的写作，大抵只是忠实于我的所见所感"②。《寻根团》中的人物原型及其人生遭遇，必定源于作者王十月生活的所见所感。而所谓的"无根"生活，还得继续。"我是一个没有故乡的人，王六一想，我真的成为了一缕飘荡在城乡之间的离魂。这样想时，王六一觉得自己当真是一个可怜的人，但这可怜，却是不为人知，不为人懂的可怜。王六一便觉出了无边的孤独。"王六一的孤独，或许正是王十月的孤独，也或许正是我们每个人的孤独。

---

① 王十月：《创作谈：几点随想》，《北京文学》（中篇小说月报）2008年第5期，第73页。
② 王十月：《一些大事（创作谈）》，《青年文学》2008年第4期，第24—25页。

文学写作要记录时代并直指人心

　　常常听到有作家抱怨自己"生不逢时"，将写不出好作品愤世嫉俗地归咎于时代，并对所谓适合写作的黄金时代充满期许。心存这种期许，他们开始了望眼欲穿的等待。然而，令他们失望的是，白驹过隙，流年似水，等到生命渐老，那个适合写作的黄金时代还是迟迟没有到来。就像爱尔兰剧作家塞缪尔·贝克特笔下的弗拉季米尔和爱斯特拉冈，满怀希望地等待戈多，但憧憬中的戈多，却仿佛只是一个虚无缥缈的幻影，或者一处梦魇中的海市蜃楼，始终没有露面。

　　还有一些作家，面对现实中的疼痛、忧伤和种种不幸，则干脆"躲进小楼成一统"，沉湎在一己之私里，以"个人写作"的名义远离时代阴暗，远离生存现场——这无异于另一种精神逃避。诚如作家韩少功所说："眼下有不少作家只剩下嘴头上几个标签，丧失了思考和发言的能力……民众关心的，他们不关心。民众高兴的，他们不高兴。民众都看明白了的，他们还看不明白，总是别扭着。……以至现在，最平庸的人没法在公司里干，但可以在作家协会里混。最愚蠢的话不是出自文盲的口，但可能出自作家之口。"①他的这番话，无疑值得那些混世的作家深思。

---

① 韩少功：《我们傻故我们在》，《天涯》2006年第2期，第70—73页。

不过，上述作家——抱怨自己"生不逢时"的，或者远离时代阴暗与生存现场的，都不是我此刻想要讨论的对象。在这篇文章中，我想通过对当下部分中短篇小说的个人解读，来重申一个久藏于心的文学理想，那就是：文学写作要记录时代，并直指人心。

一、谁此时孤独，就永远孤独

奥地利诗人里尔克在诗歌《秋日》中写道："谁此时孤独，就永远孤独。"我将其与那些抱怨"生不逢时"的作家联系起来，如此理解：此时写不出好作品，就永远别指望着挨到彼时能写出来。因为，时代永远都在流变，这个世界，从来就不存在纯粹的适合写作的黄金时代。文学写作的对象，从来属于"此时的事物"。

张翎的《生命中最黑暗的夜晚》[①]让我充分体会到了小说写作的匠心与慧心，以及阅读此种小说所需的耐心与静心，它在很大程度上带给我对于时代、生活、理想和命运无尽的思考。作为当今海外最具创作力及影响力的女作家之一，张翎在这部作品中延续了此前小说写作的感性和细腻，以唯美和哀伤的笔触，写出了客居异乡者的生存状态与精神境遇。"大历史和小人物，故乡和他乡，异域文化与身份焦虑，严苛的现实和风起云涌的内心挣扎"，这些带有强烈感情色彩的词汇，不仅

---

① 张翎：《生命中最黑暗的夜晚》，《收获》2011年第4期。

仅适用于评价她的长篇小说《金山》，同样适合描述这部《生命中最黑暗的夜晚》。关心"人"的现实命运和精神焦虑，是其出发点和最终归旨。小说故事并不复杂：远居加拿大温哥华的吴沁园，在当地一家华文报社做记者。下班以后，她的身份是作家。耗费多年心血写完一本小说后，作品意外地多次获奖，还被拍成一部轰动世界的大片，她由此声名鹊起。只是，她的身后渐渐聚集了一堆黑云。"这堆黑云用从前各样政治运动里常用的匿名化名方式，四下攻击她，说她的这本书抄袭了一群她连听也没听说过的作家……"于是，倍感委屈和压力的她，决定放下工作，离开家人，独自进行一次东欧之旅。旅途开始的时候，她将自己完全封闭起来，试图与外界的嘈杂隔绝开来。然而，一路的走走停停中，她得以通过导游袁成国之口，在布拉格、布达佩斯等地了解东欧国家悲壮、黑暗的历史与平和、安静的现实之后，她那颗冰封的心逐渐融化。那些国家曾经历过史上最黑暗的夜晚，而这趟东欧之行的游客们——作家吴沁园、导游袁成国、退休老教授徐老师、始终不知名姓的红衫女子，也都认为各自正处于生命中最黑暗的夜晚。当他们在一个停电的小旅馆，为打发时间而纷纷讲出自己一生中最黑暗的夜晚时，他们那各自被无奈的现实生活（譬如不幸的婚姻、家庭等）困囿已久的心，终于得以解脱。他们都是有故事的人，也都是有历史的人。彼此敞开心扉以后，他们才蓦然发现，与对方沉重的人生遭际相比，自己面临的所谓烦恼也好、苦难也罢，其实都不值一提。释然后，他们决定重新开启一段新的生活。这部小说的动人之处，就在于作者张翎以旁观者的姿态，打捞历史碎片，记录时代巨变，讲述人物悲欢。此种情

　　　　　　　　　　　　　　　寻美的批评

状下，历史是严肃而又经得起咀嚼的，时代是嘈杂而又经得起捶打的，人物是真实而又经得起想象的。由此，我想起了作家迟子建的小说《世界上所有的夜晚》。某种意义上，张翎的《生命中最黑暗的夜晚》和迟子建的《世界上所有的夜晚》，都是一曲命运的悲歌，散文化的语言背后蕴藏着相近的思想主旨：越过时代的纷繁与生活的琐碎，直抵人物的内心和命运的本质。但两者又有所区别。这种区别具体表现为，迟子建的《世界上所有的夜晚》在故事讲述中凝结着"哀伤、痛楚、绝望和愤怒"，"倾诉"之后还有"控诉"。而张翎的《生命中最黑暗的夜晚》却更多地呈现出一种心平气和与积极乐观，与她此前的大多数小说写作一样，"不控诉也不批判，没有捶胸顿足也没有戚戚怨艾"。小说主人公吴沁园即使不是张翎的化身，也一定打上了她的生活烙印。作者显然是想通过她和其他小说人物的生活经历，告诉读者一个浅近的人生哲理：时代的忧伤和生命的灰霾毕竟只是暂时的，谁都年轻过，谁都为理想奋斗过，谁都会在人生的旅途中遭遇挫折与困厄，当生命中最黑暗的夜晚来临时，不必沮丧，亦不要彷徨，因为，黑夜过后终将迎来黎明。恰如普希金在诗歌《假如生活欺骗了你》中所说："假如生活欺骗了你，不要悲伤，不要心急！忧郁的日子里需要镇静：相信吧，快乐的日子将会来临。心儿永远向往着未来，现在却常是忧郁：一切都是瞬息，一切都将会过去；而那过去了的，就会成为亲切的怀恋。"[①]

宋长江的《绝当》[②]是时代浪潮中社会变革与人心变异的

---

① 普希金：《普希金诗集》，戈宝权译，中国社会科学出版社，2007。
② 宋长江：《绝当》，《江南》2011年第4期。

一个缩影。七年前，某银行储蓄所所长古长风，因挪用公款罪锒铛入狱。出狱后，他回到曾经生活了三十多年的城市，发现这座城市长高了，也长胖了。林立的高楼，七彩斑斓的广告牌，宽阔的马路，形形色色的小汽车，还有蚂蚁般涌动的人流，令他眼花缭乱。他意识到，一个新的时代已然来临。与其他刑满释放人员所不同的是，古长风并不为生计问题苦恼。他当年在银行系统铺垫的资源，此时派上了用场。在老部下、现任助理行长兼办公室主任马光的撺掇下，他开始踏足典当这一行。有了马光暗中的经济援助，加之昔日上司、现任市政府秘书长兼财政局局长季卫良的关照，古长风的典当生意从此做得风生水起。当然，小说情节若照此发展下去，难以显出高明与深刻，作者似乎也意识到了这一点。于是，接下来的故事便有些摇曳多姿且迂回曲折了。精明老练的古长风，从季卫良那里偶然得知他所在的府后街即将进行旧城改造，便借着曾经在银行系统积累下的经验，和如今通过马光和季卫良打通的各路人脉，以典当生意为契机，采取多种手段，将府后街内数栋房子归于他的名下，并把所有临街的房子通通开了门脸，办了门市房照。就这样，古长风在府后街拆迁后一夜之间成为千万富翁，他的典当生意也越做越大。然而，生活不会就此波澜不惊。马光因为贪污两千万被判死缓，季卫良对此无能为力唯有明哲保身，古长风此刻也难以顾及友情。更令他沮丧的是，曾经因他入狱而离婚的妻子始终不肯再接纳他，离婚给女儿造成的心理阴影，也为她的生活带来了很多纠结。典当生意中认识的女友和他同居三年并目睹了他的一切后，决定离开他，理由很简单，"我们的生活，我已经越来越不习惯了"。错综复杂的人物关系背后，折射出当下社会权与钱的灰色交易，爱情与亲情的弥足珍贵和无能为力。是时代抛弃了我们还是我们背弃了时代？小说中有一段话值得深思："不到一年的狱外生活，给了古长风一个重要启示，城市的面貌变了，但社会风气并没有太多变化，社会在风和日丽进步的同时，腐败也在以新的形式继续着。"受社会风气的影响，季卫良、马光、古长风，一个个在时代的浪潮中迷失自我。财富的膨胀，并没有给他们带来精神的满足。成为千万富翁后的古长风，相继失去美好的友情、亲情和爱情，每天过得犹如行尸走肉。小说名为《绝当》，实际上昭示的，乃是我们今天面对时代和生活的日新月异，内心所涌现出来的陌生与绝望。

范小青的《寻找卫华姐》[①]，同样写出了时代变化中，人们逐渐失去自我的无奈与隐忧。小说以网络发帖寻找卫华姐肇始，引发出一系列莫名其妙的故事。小说中的"我"，其实就是卫华姐。但找来找去，刚有头绪的故事很快陷入僵局，不断有人寻找卫华姐。小说结尾，当同事小金和"我"讨论到底谁是卫华姐时，"小金说，难道这个寻找卫华姐的帖子是我自己发的？我说，有可能，但是你干吗要寻找卫华姐呢？你不是说过，我就在你面前，不用寻找吗？小金彻底迷糊了，说，难道还有另一个我？我说，难说的，有的人一个人分裂成好几个人呢"。至此，我总算理解了作者的良苦用心。她要写的，哪里是寻找卫华姐，分明是寻找自我！我是谁？我从哪里来？我又将往哪里去？这些问题，无时无刻不在困扰着现代都市丛林中

---

① 范小青：《寻找卫华姐》，《北京文学》2011年第7期。

的人们。从中，我读出了《等待戈多》的意味。

以上几部小说，包括下文将要展开分析的《隐匿者》《杀猪的女兵》等作品，都在一定程度上印证了我的那个文学理想，即好的文学写作，要记录时代并直指人心。当然，记录时代，并不能简单地理解为将文学视作时代的传声筒，而是说，作家们的写作，需要传达出所处时代的生活主旨，传达出所处时代更广大的人们的生存困惑和精神追求。这样的作家，才值得尊敬；这样的写作，才值得肯定。

二、比时代更复杂的是人心

无论世道如何变迁，皆因人而起，因人而终。人心的善与恶，无不是时代的镜像与写照。作家的真正使命，即是尽可能地褪掉个人主义的"傲慢与偏见"，深入丰富而复杂的社会现实和人心世界，揭示"存在的荒谬与奇异"，表现文学创作的深度和广度。

胡学文的《隐匿者》[①]，为我的上述观点提供了恰切的例证。单单从题材来看，《隐匿者》可归入时下炙手可热的"底层文学"范畴予以探讨。不过，如此归类未免有"题材论"或简单化之嫌。事实上，《隐匿者》并非纯粹描写底层苦难、宣泄底层情感的俗套之作。与其说它是一部表现底层艰辛与生活沉重的小说，毋宁说它是一部表达现实荒谬与人心复杂的小

---

① 胡学文：《隐匿者》，《十月》2011年第4期。

说。我以为，后者才是这部小说的真正主题。故事以"我"的意外"死亡"开篇：三叔在皮城建材市场趴活儿，几天前，他骑着三轮车为一个买地板的人送货，返程途中，搭载了一个因受骗而只剩下五块钱的路人。谁知，就在三叔停车方便的间隙，一辆汽车将三轮车撞飞了。等交警赶到并询问那个和车一样面目全非的死者是三叔什么人时，他连蒙带吓地随口说是自己侄子（即小说中同样在皮城打工的"我"）。交警没有怀疑，车老板则赔了三叔一辆新车，给了"我"妻子白荷二十万。情急之下，三叔将错就错，让"我"死掉了。故事到这仅仅只是个开头，接下来，才是重点。为免露馅，三叔将那人的骨灰带回老家，埋在了"我"父母坟旁，并对"我"妻子隐瞒真相。从此，"我"一个大活人，开始过起了隐居生活。"我"没有了自由，丧失了身份，成为这座城市里的"隐匿者"。随着情节的推移，小说围绕二十万赔款展开了叙述。而那二十万赔款犹如试金石一般，考验着三叔、白荷、"我"、同乡赵青以及其他各色人等的良知。人心的复杂与人性的贪婪、怯懦、虚伪、善恶，也在此时暴露无遗。金钱面前，三叔虽出于无意却始终心安理得；白荷虽有所畏惧却又在遮遮掩掩中半推半就；泼皮赵青，作为"我"的同乡，偶然得知事情真相后，穷尽手段想分一杯羹；"我"的态度则最为复杂。由被迫接受"死亡"成为"隐匿者"，到无奈接受赵青讹诈一次次"借"钱与他（有去无回），请他下馆子，再到愤而崛起痛打赵青，毅然拿回"借"款，一直到"我"不愿继续隐匿，决心找到真正的死者返还赔款，"我"的人性、人心遭遇了前所未有的煎熬。寻找死者的过程跌宕起伏，几经周折。就在"我"

自以为找到了真正的死者时，却被其家人告知，人没死，已找到。结果，"我"非但没有找到真正的死者，还成了众人眼中的骗子。自然，"我"也就无法消除"隐匿者"的身份。小说构思可谓匠心独运，情节设置则引人入胜，人物塑造也颇为成功。作者以虚写实，既反映出江湖险恶，又揭示了芸芸众生人心的浮躁虚妄。

马晓丽的《杀猪的女兵》①，以较短篇幅写出了一个带有神秘色彩和荒诞意味的故事，读来有如侦探小说一般悬念丛生。"她"曾经是一位女兵，在炊事班里以会杀猪而闻名。连"她"自己也没有想到，"她"竟然爱上了刀，爱上了杀猪。很快，"她"成了单位的先进典型，对杀猪开始习以为常，并能从杀猪的过程中体会到一种特殊的快感。后来，"她"认识了给"她"写事迹材料的组织干事，并悄悄地爱上了他。组织干事对"她"也一直十分温和、体贴、关怀备至，就在"她"自认为他同样爱着"她"，觉得自己是这世上最幸福的人时，"她"对组织干事的爱却遭受了无情打击。原来，组织干事并没有想娶她的意愿，用他对别人的话说："你想想看，身边躺着个杀猪的女人，谁能睡着觉？……说句不好听的话，我连她的手都不敢碰，那可是一双杀猪的手呀，想想浑身就起鸡皮疙瘩……"组织干事的话让"她"一蹶不振，"她"回去杀猪便有史以来第一次失手，从此再也不肯杀猪。于是，"她"被调离了炊事班，到手术室去当了一名器械护士。没过多久，"她"就提出转业去了一个偏远的小镇，一个远离亲人

———————————

① 马晓丽：《杀猪的女兵》，《作家》2011年第7期。

与熟人的地方。就在那里，"她"认识了现在的丈夫。婚后的生活很庸常，丈夫还算合意，只是有酗酒的毛病，逢酒必喝，喝酒必醉，醉酒必耍酒疯。某天开始，一直很迷恋"她"身体的丈夫很久都不碰"她"了，且百般躲避。"怨恨就在那一个个孤独焦躁的晚上，和一个个清冷失望的清晨里慢慢积累起来了。""她"开始寻找答案，无果，遂怀疑丈夫有外遇。丈夫几次无心的话却触到了"她"心底深藏已久的痛，"她"误以为丈夫已经知晓了"她"的过去。一天晚上，丈夫喝酒回来一如既往地耍酒疯，并逼着"她"喝掉一搪瓷缸白酒。哪承想，"她"当初在炊事班杀猪前，每次都会喝一搪瓷缸白酒。此时喝完酒后，"她"浑身的血似乎都在燃烧，每一个细胞都被激活了，都亢奋起来了，"她"的心里涌动起一种久违了的熟悉的兴奋。随后的结果，我想大家也都猜到了。"她"像过去杀猪一样，用一把水果刀将"她"丈夫捅了。小说结尾，警察帮"她"揭开了丈夫不肯碰"她"的谜底："有一次他喝多了，被朋友带去按摩，结果就染上了……他不想让你知道，一直在背着你偷偷治病。"而丈夫对于"她"的过去，"其实什么也不知道"。故事至此就有一些意味了。小说通过一次杀人事件，以倒叙手法讲述了一个看似荒诞却又无比现实的故事。"她"本性善良，为何会沦为杀戮亲夫的凶手？婚姻不如意固然是导火索，但更深层的客观原因，恐怕得归咎于现代生活造成的心灵隔膜与人心变异。小说中，丈夫酗酒是因为工作压力大，不碰"她"是因为寻花问柳染了病，而"她"由此对婚姻和丈夫产生的怨恨与不信任，最终导致了这场悲剧的发生。快节奏的都市生活，让我们感到疲惫的，不仅仅是外在的身体，更是内在的心灵。各种压抑找不到突破口时，精神难免会崩溃。从这个意义上来说，《杀猪的女兵》写出了我们每一个都市人面临的心灵重荷。物质的负累让我们四面楚歌时，拿什么来拯救我们迷途已久的心？

以上几部小说，从不同角度切入生活，或写出了时代的荒谬与芜杂，或写出了人心的繁复与卑微。读完后，我的心情一点也不轻松。比小说故事更荒诞的，是现实。时代如此辽阔，生活如此复杂，让我们情何以堪？我们的作家，又能否对此不再视而不见，而是挺进时代，直面生活，写出更加深刻的作品来？我期待着，并愿意再次强调：文学写作要记录时代并直指人心。

　　　　　　　　　　　寻美的批评

欲望的谜语
——评苏童长篇小说《黄雀记》*

　　"几年前的一个下午,我在一座火柴盒式的工房阳台上眺望横亘于视线中的一条小街,一条狭窄而破旧的小街……这是我最熟悉的南方的穷街陋巷,也是我无数小说作品中的香椿树街。"①多年前,作家苏童的这段自述,已明白无误地向我们出示了他的写作根据地:香椿树街。这个虚构的街景,对苏童三十多年写作生涯的意义不言而喻。它的筑造,最早可追溯至1984年,那一年,初见香椿树街端倪的《桑园留念》问世。在那条神秘而又狭窄的老街上,"一群处于青春发育期的南方少年,不安定的情感因素,突然降临于黑暗街头的血腥气味,一些在潮湿的空气中发芽溃烂的年轻生命,一些徘徊在青石板路上的扭曲的灵魂"②缓缓定格。之后,我们在《南方的诱惑》《城北地带》《刺青时代》《白雪猪头》《人民的鱼》《舒农》《西窗》《河岸》《黄雀记》等作品中,一再与香椿树街相遇。"所有的小说家也许都只是用各种变奏写一种主题

----

* 　原载《小说评论》2016年第3期。本文在写作过程中得到中山大学中文系谢有顺教
　　授的悉心指导与帮助,并同意联名发表,特此致谢。
① 　苏童:《关于现实,或者关于香椿树街》,《青年文学》2005年第7期。
② 　苏童:《纸上的美女》,人民日报出版社,1999,第180页。

（第一部小说）。"①米兰·昆德拉的这句话，堪称是苏童写作的真实写照。三十多年来，苏童一直书写着他的香椿树街系列小说，这些小说和枫杨树系列小说一起，共同构建起了一个属于苏童自己的写作世界。

苏童坦言，迄今为止最令自己满意的长篇小说是《河岸》与《黄雀记》。熟悉他的读者，不难发现其中似曾相识的叙事语码："变调的历史，残酷的青春，父子的僵局，性的诱惑，难以言说的罪，还有无休止的放逐和逃亡等。"②不少论者认为，苏童借《黄雀记》回归了香椿树街，"在某种意义上，苏童的新作《黄雀记》可视为他在漫长的创作历程中经过诸多不无艰难的探索后一部回归性的作品，即回归到他初登文坛时大展身手的'香椿树街'世界"③，但苏童自己却说，"其实，这条街，我从来没离开过"，他所描绘的这条香椿树街，"最终不是某个南方地域的版图，是生活的气象，更是人与世界的集体线条"④。确实，苏童的小说一直散发着纤细的忧伤和一种近乎颓唐的美，那种黯然和心痛，令人难以释怀。他以轻逸书写繁复，以叙事呼应抒情，以宽恕之心解读历史的专断和个人的欲望，他的写作，是关于灵魂的叙事，也是一门个体生命如何自我展开的学问。忧伤与颓唐，欲望和宽恕，无疑都是解读苏童小说，包括其香椿树街系列作品的关键词。

---

① 米兰·昆德拉：《小说的艺术》，董强译，上海译文出版社，2011，第172—173页。
② 王德威：《河与岸——苏童的〈河岸〉》，《当代作家评论》2010年第1期。
③ 王宏图：《转型后的回归——从〈黄雀记〉想起的》，《南方文坛》2013年第6期。
④ 苏童：《我一直在香椿树街上》，《长篇小说选刊》2013年第6期。

寻美的批评

一、"欲"与"狱"的故事

苏童的小说大多和欲望有关。生活逼仄窘迫，欲望从未缺席。王德威曾以南方为线索，深入探讨苏童小说叙事之中的欲望场景："南方的南方，是欲望的幽谷，是死亡的深渊……在那个世界里，耽美倦怠的男人任由家业江山倾圮，美丽阴柔的女子追逐无以名状的欲望。"①或食欲，或性欲，或贪欲，或权欲——各式欲望的粉墨登场，已然成为苏童小说的内在驱动力。然而，所有欲望的满足毕竟是有代价的，在苏童笔下，这种代价即是"狱"。所谓"狱"，既可指监禁罪犯的牢狱，亦可指困囿精神的心狱。苏童的小说，表面看是一个个关于"欲"的故事，事实上是一个个关于"狱"的故事，由"欲"而"狱"，讲的是故事，写的是人心，体现的则是欲望背后的罪与罚。《城北地带》里，"欲"与"狱"的脉络相对清晰，如果说沈叙德与金兰的私奔体现着"欲"的放纵，那么孙红旗因为强奸了美琪而银铛入狱则体现着"狱"的规训；《河岸》中，"欲"与"狱"的显影相对晦涩，如果说河的意象隐喻着库文轩、库东亮父子及慧仙等人"欲"的泛滥，那么岸的意象则在上述人物找不到精神归宿时象征着"狱"的救赎；及至《黄雀记》，"欲"与"狱"的故事更加纵横交错，迷离恍惚。

《黄雀记》延续了苏童"香椿树街系列"的风格，它讲述的是20世纪80年代发生的一起青少年强奸案，三个当事人，三个不同的视角，构成了三段式的结构，呈现了三个人不同的

---

① 王德威：《南方的堕落与诱惑》，《读书》1998年第4期。

道路和命运。故事发生的时间背景，是当代风起云涌的转型期，时代变迁的光怪陆离和声色犬马，总是若隐若现于字里行间，造成人物悲剧命运的根本，源于青春期无法遏制的欲望。他们受侮辱、受损害，皆因冲动的惩罚。小说的结构，以"保润的春天""柳生的秋天"和"白小姐的夏天"作为故事主要内容。春天是播种的季节，种是因，收是果，欲望在春天勃发，罪恶亦在春天生根。夏天是生长的季节，预示着主人公生命的绚烂奔放与摇曳多姿，亦预示着欲望的泛滥和罪恶的弥散。秋天是收获的季节，但无论是保润、柳生还是仙女，秋天等待他们的，不是甜蜜的爱情，而是苦涩的命运。冬天是蕴藏的季节，但小说并没有讲述冬天的故事。空白的冬天，为我们留下了想象空间。没有足够的蕴藏，保润、柳生和仙女如何度过他们人生中那个寒冷的冬天？冬天的悬置，实际意味着他们命运的悬置。保润、柳生和仙女之间的命运纠葛，"从本然之爱开始，以悲剧贯穿终了"。青春的躁动、欲望的骚动、时代的惶惑和人性的黑洞缠绕在一起，成为小说叙述的基本元素。

　　对保润和祖父而言，"这是一个意外的春天。意外从照片开始，结局却混沌不明"[1]。放弃自戕后活下来的祖父，每年都要为自己拍一张遗照。这个春天，祖父最新的照片被照相馆弄丢了，孙子保润却阴错阳差收获了一个无名少女的照片。丢掉照片的祖父于是失了魂，收获照片的保润从此落了魄。丢了魂的祖父找不到家，却产生了寻根问祖的欲望，为觅祖先尸

---

① 苏童：《黄雀记》，作家出版社，2013，第8页（以下该书引文皆出自此版本，不再一一注释）。

骨，他挖遍了香椿树街。很快，祖父的毁坏欲招致家人和街坊的不满，儿媳粟宝珍甚至放话："倘若监狱肯收下老疯子，我就把他送监狱去。"不过，最终接纳祖父的，是井亭医院，一所专门收治精神病人的医院。精神病院虽非监狱，却胜似监狱。在那里，祖父丢魂的困境无人能解。他经常哭泣，充满焦虑，毫无尊严，后被保润以监管的名义，整天用绳索绑缚。他缚进而自缚，一事无成的祖父，逐渐适应了被缚的生活，行将就木却犹如困兽。祖父这一生注定是被缚的一生。最早是物质的束缚——祖父家以前阔过，用他自己的话说，半条香椿树街都是他家的，上海外滩的美国银行里有他们家一个保险柜。然而，这些物质财富并没有给祖父带来荣耀，在波诡云谲的历史风云面前，它们反而成了祖父命运急转直下的诱因："可惜都保不住呀，多少房契地契也经不住一把火，多少金山银山也经不住抄家没收。"历史滚滚向前，祖父却从此活在过去的阴影里，精神的束缚也就如影随形，直至他丢了魂，最后导致身体的被缚。某种意义上，作为受难者和预言者的祖父，充当了《黄雀记》的叙述背景，历史在这里回溯，命运在这里煎熬。祖父所见证的历史，犹如哲学家福柯眼中的疯癫的历史，"人们出于这种疯癫，用一种至高无上的理性所支配的行动把自己的邻人禁闭起来"（《疯癫与文明》）。被家人和街坊送进精神病院的祖父，即以肉体和精神的双重"囚徒"身份，反证了一个时代的社会病象。

保润青春期的大好时光，则因监管祖父，不得不挥霍在精神病院，那里亦成了他青春时代的精神炼狱。柳生的出现，让他的春天充满了邪恶与虚无，充满了欲望与沉沦。原来，秘密收获的照片不过是圈套，"所有圈套都是以欲望编织而成的"，照片上的少女让他步祖父后尘而丢了魂。丢了魂的保润，迷上了捆人，迷上了精神病院花匠的孙女仙女——一个与照片上的少女有着某种宿命关联的女孩。这个春天，他开始想她，"他的身体隐约知情，而头脑一片茫然"。捆绑绝技是成全保润名声的特殊艺术，也是毁灭保润命运的罪魁祸首，"整整一个春天的欲望，从黑暗到黑暗，好不容易找到最后的出路，居然还是这条绳索之路"。带着绳索去接近仙女的保润，没想到收获的不是爱，而是悔与恨——因为不愿陪他跳小拉（一种20世纪80年代流行于南京等地的交谊舞）。约会失败的保润在精神病院的水塔里捆绑了仙女，闯入现场的柳生，在欲望的驱使下强暴了仙女，保润却被诬陷锒铛入狱。

　　一场与青春期荷尔蒙有关的欲望，滋生了一起错综复杂的罪行，于是，"欲"的故事变为"狱"的故事。保润、柳生和仙女三位少年，终其一生都活在欲望的牢笼里，精神之狱使他们活得艰难而又狼狈。十年牢狱之灾让保润失去的，不仅仅只是青春、自由和对爱情的美好想象，更是心灵上难以抚平的创伤。于保润来说，爱恨情仇诚然是一种刻骨铭心的体验，第一次因爱与情，被柳生施加给他的冤案投进监狱；第二次因恨与仇，自己选择杀死柳生而再次走向监狱。曾经的保润，依靠一根绳子，在井亭医院征服了许许多多陌生的身体，他也因此成了一名特殊的艺术家。但好景不长，艺术家成了强奸犯（被冤枉），进而成了杀人犯（主动）——别人的春天鸟语花香，保润的春天充满罪薮。究竟是什么让他从一个艺术家沦为杀人犯？欲望。征服的欲望，爱情的欲望，复仇的欲望……"欲"

的放逐，带给保润的是"狱"的惩戒。

如果说，井亭医院是囚禁祖父的监狱，那么，井亭医院里的水塔，就是囚禁仙女的监狱。水塔是她此生的梦魇，更是她的身心之狱。自从在水塔中被保润捆绑并遭到柳生的侵害后，仙女蹊跷的命运，便与那座水塔纠缠不清。奇异的岁月，"仿照她少女时代的兔笼，编织了一个天蓝色的笼子，她像一只兔子，被困在笼子里了"。困境让她迷失了方向，她的生活，一次又一次陷入被侮辱与被损害的旋涡。她既对自己的贪欲没有把握，也对自己的爱恨估计不清，为了告别过去，她把自己交给了这座城市，城市新兴的高楼大厦吞噬了她的影子；为了寻求幸福，她从一个男人奔赴另一个男人，却都是和她逢场作戏。水塔就像一张巨大的疏密有致的渔网，随时准备放纵她的欲望，或者打捞她的灵魂。她的世界，在水塔事件的影响下，逐渐变得狭窄、孤独、阴郁，谁都拒绝她，谁都厌弃她，连保润家世世代代的鬼魂也不例外。到头来，别人欠她的，她努力追索；她欠别人的，往往无法偿还。她的厄运，始于水塔，终于水塔，水塔成了她的纪念碑，成了她此生不愿回首却又无法挣脱的牢狱。

小说中，井亭医院还是箍桶巷郑老板的监狱。郑老板白手起家，生意越做越大，很快成为城南首富。不幸的是，来得太快、太多的荣华富贵，使郑老板一时无法适应而得了妄想症，总怀疑有人要暗杀他。年轻的郑老板被恐惧击垮了，只好送进井亭医院。虽然井亭医院为他提供了最好的治疗，他的恐惧症却愈来愈重，财富暴增带给郑老板的不是满足，而是精神紊乱综合征，对此，专家与心理学家组成的治疗小组束手无策。但郑老板有一个奇特的病理现象，那便是对美色的极度依赖，唯有美色能减轻他的狂躁，也唯有美色配合，能让他愉快地接受所有的治疗手段。欲望的极度释放，让郑老板失去了自我，精神病院成了他的最好去处，于腰缠万贯的他而言，那里何尝不是一座物质与精神的监狱？

由"欲"而"狱"的书写，是《黄雀记》关于欲望叙述的重要风景。无论是现实之狱，还是精神之狱，其实都是关于时代和个人的隐喻，映照出一个国家在发生巨大转型和变化时，时代和个人所遭遇到的最大窘境。这窘境便是："在奔跑的欲望和诉求中，似乎很少有人能够停下来思考，盘整自己业已膨胀的内心。"欲望无所不在，内心一片疮痍。对此，捷克已故总统哈维尔在狱中写给妻子的信中曾说："监狱给我的存在提供了一个不言而喻、不可避免的框架、背景或坐标系，在某种程度上，只有监狱环境才能够成为人类普遍境遇的隐喻。"①所谓普遍境遇，不过是人类普遍欲望造成的困境。

二、重述逃亡与回归

逃亡与回归，是苏童在欲望叙述中惯用的母题之一。对此，苏童曾这样解释："'逃亡'好像是我所迷恋的一个动作，尤其是前些年的创作。人只有恐惧了，拒绝了才会采取这样一个动作，这样一种与社会不合作的姿态，才会逃。我觉得

---

① 哈维尔：《狱中书——致妻子奥尔佳》，张勇进等译，倾向出版社，2004。

　　　　　　　　　　　　　寻美的批评

这个动作或姿态是一个非常好的文学命题，这是一个非常能够包罗万象的一种主题，人在逃亡的过程中完成了好多所谓他的人生的价值和悲剧性的一面。"①《1934年的逃亡》开启了苏童小说"逃亡与回归"之旅的序幕，他以"回归"的情感姿态讲述了一个关于"逃亡"的故事：在一场场由本能欲望引发的饥荒、瘟疫、仇杀和淫乱中，灾难和死亡的阴影笼罩着"我"的先祖，"我"于是想逃离"父亲的影子"，却又始终无处逃遁，恰如"我"曾写下的诗句："我的枫杨树老家沉默多年/我们逃亡到此/便是流浪的黑鱼/回归的路途永远迷失。"带着这种迷惘和虚无的意绪，苏童在"枫杨树系列"和"香椿树街系列"作品中，一次又一次地演绎着"逃亡与回归"的宿命轮回。《罂粟之家》以罂粟隐喻人的原始欲望，正是这种原始欲望，导致了家族衰败的厄运。无从更改的宿命，注定了无法阻止的逃亡。而之所以逃亡，不过是因为人内心深处的某种恐惧，恐惧自身那神秘莫测的宿命，更恐惧周围那觊觎已久的欲望。长篇处女作《米》"是一个关于欲望、痛苦、生存和毁灭的故事"，苏童说："我写了一个人具有轮回意义的一生，一个逃离饥荒的农民通过火车流徙到城市，最后又如何通过火车回归故里，五十年异乡漂泊是这个人生活的基本概括，而死于归乡途中又是整个故事的高潮。"②乡村青年五龙迫于饥荒逃亡城市，城市的罪孽却让他在原始欲望的侵蚀下，一步一步坠入人性之恶的深渊：杀人越货、强奸性虐、疯狂复仇。欲望的

---

① 苏童，林舟：《永远的寻找——苏童访谈录》，《花城》1996年第1期。
② 苏童：《米·序言》，江苏文艺出版社，1991，第1页。

释放带来欲望的满足，欲望的满足又导致生命的沉沦。最终，染上花柳病的五龙，希望随着一车大米"衣锦还乡"后"叶落归根"，却终究逃不过客死归途的命运。无论是作为乡村的逃亡者，还是作为城市的逃亡者，五龙都未曾找到逃亡的栖息地。生命消逝之际，他隐约知道"自己仍然沿着铁路跋涉在逃亡途中"。有学者认为，苏童笔下的逃亡者家族，从《1934年的逃亡》里的陈宝年和狗崽、《米》中的五龙，到《平静如水》里的李多、《逃》中的陈三麦、《离婚指南》中的杨泊、《红粉》中的秋仪、《三盏灯》中的扁金、《我的帝王生涯》里的端白，"他们的悲剧性在于他们的逃亡与回归同时是欲望与存在的产物，无法超越欲望的逻辑和存在的匮乏本身"①。欲望无边无涯，逃亡没有归宿，苍白、沉重、脆弱且无常的生命，"总在途中"（马原语）。生命的困境就此循环往复：从一个困境逃向另一个困境，生命不止，困境永恒。

逃亡与回归的对立统一，在《黄雀记》中同样得到充分发挥。小说以祖父丢魂被关进精神病院开始，以仙女诞下怒婴后不知所终结局，通篇讲述的莫不是有关"逃"的故事。无论祖父还是仙女，抑或保润和柳生，面对生存困境，唯有选择一逃再逃，"逃"成为他们命运变幻莫测的基本形态。祖父几次从精神病院逃回家，又几次被绑回精神病院，有家不能回的他，以逃亡的姿态宣告着他的反抗与清醒。当香椿树街所有人都视他为精神病患者时，他自己十分清楚他的症结所在；当香椿树

---

① 程文超等：《欲望的重新叙述——20世纪中国的文学叙事与文艺精神》，广西师范大学出版社，2005，第215页。

　　　　　　　　　　　　　　　寻美的批评

街所有人备受欲望的折磨而丢魂时，只有他执拗地要去找回失去的灵魂。此时的祖父，不再是那个苍老、猥琐、怯懦的疯子，而是一个大智若愚的思想者，他的屡次逃亡，也因此具有了某种形而上意味。

经历了强奸事件的仙女，仓皇逃离了井亭医院那个伤心地。然而，她的逃亡之旅注定此路不通。"她像一条不安分的鱼，自以为游得很远了，最终发现一切是个幻觉，游来游去，还是逃不脱这个城市的渔网。"她在这个城市来来去去，这个城市终究没能成为她的归宿，那里埋伏着她的许多冤家。这么多年，身份早已更换为白小姐的仙女，在与男人们的周旋中自以为得计，最后仍然要用自己的身体买单。怀上有妇之夫的骨肉后，一无所有的仙女更是无处可逃。逃不过宿命安排的她，唯有失魂落魄地逃回香椿树街，等待她的，却似乎只是一个阴谋——在柳生的周旋下，她被困在一所陌生而老旧的房子里了，而房子的主人，竟是保润。命运的绳索，再次将他们三人捆绑在一起，让她无法脱身。说到底，这条街道和这所房子，毕竟不是她身心的避难所。当她决定远离此地时，逃是唯一的选择。逃离的结果，是回归井亭医院。她带着刚出生的怒婴，被迫住进了水塔。就这样，逃来逃去，仙女还是没能逃离宿命的轮回。小说结尾，仙女抛下怒婴，再次独自踏上了逃亡之旅，无人知晓她生命的下一站在哪。她又能逃到哪儿呢？苏童没有告诉我们，仙女的命运，就此留下一个大大的问号。在《娜拉走后怎样》一文中，鲁迅告诉我们："人生最苦痛的是梦醒了无路可以走。"仙女不是娜拉，但仙女的确已走投无路。从其命运轨迹来看，再次逃离后，她"或者也实在只有两条路：不是堕落，就是回来"。

逃亡与回归的宿命，凸显的其实是人物的困境。对祖父和仙女们来说，逃离旧的困境不过是暂时的幻象，回归新的困境才是他们的存在状态。"从苏童小说中逃遁者的最后结局来看，逃遁完全是无望的挣扎，因为新的可能总是迅速变为不可能，新的希望总是迅速变为绝望。"①恰如小说《逃》里终其一生都在逃亡的陈三麦所言："我逃到天边也逃不掉了。"《黄雀记》中的仙女，生命状态和陈三麦何其相似，逃无可逃是他们共同的宿命，小说由此散发出一股浓郁的悲凉和创伤气质。"作为对一种过往经历的叙事，创伤故事远非对现实的逃离——逃离死亡或者相关力量，而是对生活无尽影响的明证"，所有创伤故事，"核心在于死亡危机与相关的生存危机之间的震荡，创伤事件的不堪忍受性与创伤之后幸存的不堪忍受性之间的一种双重叙事"。②某种程度上，《黄雀记》正是通过这样一种双重叙事，来讲述一个过往的创伤故事。

当然，苏童将中国转型时期纷繁芜杂的欲望及其困境，简化为一种宿命的叙述方式，在有力揭示生活世相的同时，也可能陷入一种写作惯性。王德威就曾指出："苏童一辈的作者从不积极探求死亡之所以发生的动机。宿命成了最好的借口。"不仅如此，"就算是最具有'时代意义'的题材，也常在他笔下化为轻颦浅叹，转瞬如烟而逝"③。对此，葛红兵有着相近

---

① 陈娟：《记忆和幻想》，上海文艺出版社，2000，第343页。

② 凯茜·卡鲁斯语，转引自刘玉杰《回忆叙事中的迷失与无家可归——〈四十一炮〉中的罗小通与〈德语课〉中的西吉·耶普森比较研究》，《世界文学评论》2014年第4期。

③ 王德威：《南方的堕落与诱惑》，《读书》1998年第4期。

　　　　　　　　　　　　　寻美的批评

的观点："苏童常常不能为自己笔下的人物的遭际提供一个社会性的解释，苏童笔下的人物常常是宿命的。"[①]面对困境，苏童和他小说中的人物一样，找不到出路。于是，他将笔下人物统统交给了宿命。所幸的是，苏童对此并未袖手旁观，在演绎宿命悲剧的同时，他还希望对因欲望而陷入宿命困境中的个体施以救赎。

三、欲望、罪与救赎

苏童说："在《黄雀记》的写作过程中，我一直在想着俄国伟大作家陀思妥耶夫斯基的《罪与罚》《被侮辱与被损害的》两部代表作。"[②]某种意义上，陀思妥耶夫斯基这两部小说，内在地影响了《黄雀记》的叙事脉络和精神取向。祖父和仙女的被侮辱与被损害令人扼腕，保润和柳生的罪与罚亦令人揪心，他们对于灵魂的救赎，则更加令人唏嘘。

保润的春天在欲望中沉沦。"春天一到，他的灵魂给身体出了很多谜语，他的身体不懂。他的身体给灵魂出了很多谜语，他的灵魂不懂。"当他游刃有余地为井亭医院的精神病人打着花样繁多的结时，他哪里知道，他的命运也被绳索就此套牢。捆绑病人让他成了艺术家，捆绑仙女却让他成了劳改犯。出狱后，尽管保润对过去蒙受的冤屈耿耿于怀，但当他得知仙女已怀孕时，他立刻选择了宽恕，并将自己的房子让

---

① 葛红兵：《苏童的意象主义写作》，《社会科学》2003年第2期。
② 苏童：《我一直在香椿树街上》，《长篇小说选刊》2013年第6期。

给无家可归的她居住，他说："我们清账了，不算朋友，也算熟人，孩子要紧，你就好好在这里待产吧。"故事发展至此，总算让我们看到了保润和仙女之间的裂缝在愈合，温情在滋生。然而，苏童执意要让这种温情化作悲情——一场误会，将保润的宽恕付之东流，他从一个假强奸犯，变成了一个真杀人犯。阴错阳差的宿命，无法拯救的宿命，不给保润留下任何生机。

柳生的秋天在欲望中颓败。作为那场冤案的真正主角，柳生始终活在罪恶的阴影里。多年前的那个黄昏，他的欲望犹如金灿灿的稻浪，在仙女的身体里快乐地歌唱。只是，短暂的快乐过后，他就过上了夹着尾巴做人的生活。他侥幸躲过了一场牢狱之灾，却拖累了整个家庭，这种沉重的负罪感，抑制了他青春期特有的快乐，使他变得谦卑而世故。对仙女的强暴和对保润的诬陷，让他深受罪恶与救赎的重压。为了赎罪，他的母亲每年要给老花匠一家送礼三次；他自己则受母亲指派，先是给保润家送猪下水，接着是去井亭医院照料保润祖父；他两次想去监狱探视保润，却又临阵脱逃，保润出狱后，他想方设法，称兄道弟，只求和解。为了赎罪，他将水塔装修成香火庙，抢磕了第一个响头，希望改过自新得到菩萨保佑；仙女回来时，他鞍前马后，百般讨好，只求宽恕。当仙女流露出要嫁给他的意愿时，他却又嫌她不干净，残忍地拒绝了她。"你欠我的债一辈子也还不清，我不过是瞧不起你，懒得让你还。"仙女的话，顿时让柳生的救赎显得苍白无力。说到底，"柳生不是拉斯柯尔尼科夫，无宗教信仰，无抽象的思考习惯和能力，他是以人情世故对待一切的，包括赎罪。他自以为无所不能，其实没有能力完成自我救赎，他所承受的'罪与罚'，因此也无可赦免"①。他欠保润十年自由，保润则让他用生命来偿还。

仙女的夏天在欲望中堕落。逃离香椿树街后，她在时代洪流中成了依靠出卖色相谋生的白小姐。她试图遗忘过去，过去的噩梦却总是像祖父房间那条蛇一样缠住她，让她活得气喘吁吁。她希望过上好日子，好日子却总是遥遥无期。爱与被爱，带给她的不是幸福，而是损害。万念俱灰之际，她想通过自杀来救赎自己，未完成的遗书却暴露出她的不认输和不宽恕："我恨死了这个世界，我恨死了这个世界。"死里逃生的她，决定对始乱终弃的庞先生实施报复。但庞太太那本《如何向上帝赎回丢失的灵魂》的书，以及她尖厉的哭声击溃了仙女，她觉得自己真的有罪了。"我饶了姓庞的，救我自己。"当她做出这个决定的时候，她的救赎开始具有了形而上的意义。她甚至打定主意，准备做一个母亲，并愿意接受河水的训诫，洗一洗自己身心的罪恶。

"生活仍在演进，时代步伐的每一个阶段正在制造着香椿树街的新内容，但灵魂依然是我们的人生难题。"②在困境面前，香椿树街的所有救赎不过是无望的挣扎。天性善良的保润，当初用绳索捆绑精神病人，希望以此拯救别人，没想到最后连自己都拯救不了。失去的青春和自由，无法重来；曾经的

---

① 傅小平：《作家与现实生活的美好关系，其实是高度三公尺的飞行》，《羊城晚报》2013年8月4日。

② 程德培：《捆绑之后——〈黄雀记〉及阐释中的苏童》，《当代文坛》2014年第4期。

冤屈和伤害，无法放下。尽管保润愿意宽恕与和解，宿命却将他再次推向了绝望的深渊。多年来，柳生一直试图为自己犯下的罪进行自我救赎，终究徒劳无功。在他内心深处，"保润是一个梦魇，说来就来，不分白天黑夜"。他对仙女的牵挂与付出，也越来越像一个道义的负担。当他向菩萨祈求宽恕的时候，其他香客留下一张"柳生是个强奸犯"的纸条，立即将他打回罪恶的原形。就在他自以为得到保润和仙女宽恕，完成了自我救赎的时候，醉酒的保润一刀结果了他的性命，他以他的死亡，彻底终结了自我救赎的过程。而仙女在他救与自救的矛盾救赎中，同样没有抵达救赎的彼岸。她与台商庞先生的情感纠葛，在信仰上帝的庞太太面前不堪一击："有罪，你们都有罪！……你们太脏了，宽恕不了了，拯救不了了，上帝也救不了你们了！"而她最后诞下的那个红婴，似乎也宣告了她救赎的失败。因为红脸婴儿的红脸，据说代表着母亲的羞耻，以致被称为耻婴、怒婴，怒婴整天暴躁而绝望地恸哭，为自己，也为他的母亲。

在欲望的支配下，保润、柳生和仙女的宿命注定是一出悲剧。他们的悲剧，无疑是那个时代无数个体悲剧的缩影。面对困境，他们选择了逃离；面对罪数，他们又选择了救赎。在他们身上，不难发现我们每个人的影子。无论逃离还是救赎，都充分体现着人性的悖论，这也正是《黄雀记》的价值所在，恰如苏童所言："作家的使命是审视社会与时代，挖掘人性这一永恒主题。"[1]欲望中的复杂人性，让保润、柳生和仙女的过

---

[1]　贾梦雨：《作家的使命是审视社会与时代——访第九届茅盾文学奖得主苏童》，《新华日报》2015年8月17日。

　　　　　　　　　　　　　　　　　寻美的批评

去与未来，呈现出希望与绝望交织的矛盾状态，他们的被侮辱与被损害，他们的罪与罚，就在这种矛盾状态中逐渐走向了虚无。

"南方屹立在南方，香椿树街则疲倦而柔软地靠在我一个人的怀抱里。多少年过去了，我和这条街道一样，变得瘦弱而又坚强。"①写作《黄雀记》的苏童，是感性而坚毅的，那条街道，早已成为他的文学图腾。时光无声，可以想见的是，关于那条街道的逃亡行动，必定会继续；关于那条街道的救赎故事，也依然会继续。就此而言，苏童还在路上，他视之为一种精神仪式的写作，也还远没有完成。

---

① 苏童：《香椿树街故事》，上海人民出版社，2008。

日常之中铺笔墨，人性深处探幽微

——评贾平凹长篇小说《古炉》[*]

20世纪90年代以来，贾平凹在小说创作上追求一种"重精神、重情感、重整体、重气韵、抽象而丰富的境界"。这一追求，在写作方法上即为"尽量表现出中国的气派、做派，中国人的味"。由此，不难发现贾平凹小说的真正品格：从本民族的特色出发，进而表达出"更多的人乃至人类的东西"。具体说来，贾平凹是从两个方面将上述品格紧紧融合在一起的。一是在日常生活中写出"中国人的味"，二是从日常生活中探究人性深处的幽微。这是贾平凹小说创作的两个维度，也可视为两个本质特征。其中，书写日常生活是外在形式，表现复杂人性是内在精神。

自《高老庄》开始，一直到《秦腔》，贾平凹逐步显示出书写日常生活的从容与得心应手，及至《古炉》，其表现日常生活的叙事技巧已达到炉火纯青的地步。《古炉》以原生态的笔法，重现了"文革"期间一个偏僻村庄所经历的惨痛历史。在这部"迄今为止表现小说民族化最完美、最全面、最见功力和深度的文本"里，贾平凹以日常化的叙事视角，深入人性幽微处追问并探究"文革"燎原于乡村的前因后果。通过对日常生活及其伦理的逼真描摹，传达出隐藏其中的人性善恶。

---

* 原载《延河》2011年第11期。

　　　　　　　　　　　　　　　　　　　　　寻美的批评

一、忠于日常，关怀现实

如果说贾平凹早期的小说创作对书写日常生活尚处于无意识状态的话，那么，进入新世纪以来，尤其是写作《秦腔》《高兴》和《古炉》以来，他的小说创作开始进入了一个自觉探索日常叙事技巧的阶段，而且越来越显得熟稔和游刃有余。"以我狭隘的认识吧，长篇小说就是写生活，写生活的经验。"（《古炉·后记》）这是贾平凹的切身体会，也是他近年小说创作的根本理念。综观其写作实践，贾平凹并不善于也并不追求宏大的社会历史叙事，而是于鸡零狗碎的日常生活还原叙事中，状写当代中国人的生存状态和生命情感、精神心理结构状态，以及当代人的日常生活状态。"写生活""写生活的经验"，看似简单，其实更见一个作家的写实功力。因为这要求作家必须非常熟悉生活，对生活细节的洞察要入木三分，同时又能把握好叙事节奏，将生活的味道写得更加细腻、更加真实、更加充足。故而，批评家谢有顺认为贾平凹的作品"都有很写实的面貌，都有很丰富的事实、经验和细节，但同时，他又没有停留在事实和经验的层面上，而是由此构筑起了一个广阔的意蕴空间，来伸张自己的写作理想。……他那强大的写实才能，以及出色的语言及物能力，使他的写作在表现当代生活方面自成一路"①。谢有顺的这一看法，显然与贾平凹对长篇小说的认识是一致的。以日常生活经验构筑起广阔意蕴空

---

① 谢有顺：《贾平凹小说的叙事伦理》，《西安建筑科技大学学报》（社会科学版），2009年第4期。

间，这既是贾平凹的小说追求，也是贾平凹的作品特征。

早在写作《秦腔》时，贾平凹就曾说："我写的是一堆鸡零狗碎的泼烦日子，它只能是这一种写法，这如同马腿的矫健是马为觅食跑出来的，鸟声的悦耳是鸟为求爱唱出来的。"（《秦腔·后记》）和《秦腔》一样，《古炉》是一部反"宏大叙事"并张扬日常生活精神的作品，且显得更加理性和深刻。小说从古炉村的冬天开始写起，叙述的全然是古炉村民的日常生活。婚丧嫁娶，夫妻生活，邻里纠纷，从生老病离死到吃喝拉撒睡，事无巨细，精心雕刻。在贾平凹笔下，乡村生活的繁杂与琐碎，热闹与平静，和睦与矛盾，都处于一种原生状态。写风景，清新自然；写细节，形象逼真；写人物，独特鲜明。面对各种不同的表现对象，贾平凹都能将其纳入日常生活的范畴，通过日常叙事予以自然流露，从而创造了一种新的小说美学，生活中蕴含故事，故事中见出生活。也正是这一写法，让《古炉》这部以"文革"为背景的小说，更多地散发出生活气息，远离政治是非。某种程度上，"这样的原生态叙述增强了作品的历史感和现场感，使这部'文革小说'不是简单的宏大政治史的图解，而是呈现出一种真实的历史的混沌感，由此与那种关于'文革'的'现实主义'叙事成规区别了开来"①。即使正面叙写"文革"，作者也没有赋予其深层的政治与社会意义，对《古炉》中的古炉村人来说，"文革"不过是生活本身。他们的派别斗争并不是因为政治信仰或立场的

---

① 李遇春：《作为历史修辞的"文革叙事"——古炉论》，《小说评论》2011年第3期。

不同，仅仅出于日常生活中的家族矛盾或个人恩怨。这样，小说就"极大地消解了它的社会政治化的内涵，而还原到了日常生活的本真状态"①。于是，我们看到，狗尿苔、蚕婆、朱大柜、善人、夜霸槽、杏开、半香、来回、天布、麻子黑、守灯、秃子金、水皮、老顺、迷糊、长宽、马勺等一众人物纷纷带着乡村人的余味出场；我们看到，古炉村人从事生产，进行祭祀，平平淡淡地活，病病恹恹地死。没有轰轰烈烈，也不会大富大贵，贾平凹却能将其写得生气盎然，鲜活扎实，恰到好处而又自成一体。

六十多万字的篇幅，叙写的却不过是一年多时间的事情，且运用一种密实的流年式的叙写方法，缓慢而不拖沓，繁琐而不枯燥，这就足可见出贾平凹的写实功力。事实上，当我耐心读完《古炉》时，我才觉得，并不是每个作家都能像贾平凹那样，以通篇家长里短的节奏与内容，来进行小说创作的。中国有许多作家，写到重大历史事件时，往往热衷于"宏大叙事"，场面要大，人物要全，时间跨度要长，情节发展要跌宕起伏。政治、国家、民族，常常是其作品的关键词。这样的小说，厚重则厚重矣，却因缺少对日常生活的铺排与表现，总让人感觉有些隔。贾平凹的《古炉》却非如此。它采取日常叙事视角，写日常生活，写普通人物，但能以点及面，以小见大。他用极致的写实手法"使这个村子有声有色，有气味，有温度，开目即见，触手可摸"（《古炉·后记》）。并以此告

---

① 韩鲁华，储兆文：《一个村庄与一个孩子——贾平凹〈古炉〉叙事艺术论》，《小说评论》2011年第4期。

诉我们，古炉村过去的生活就是这个样子，中国乡村过去的生活也是这个样子。虽然琐碎，虽然无聊，却无比细腻，无比真实，弥漫着一股生活的味道。至理的人生箴言，多半都是家常话语；人类的生存状态，多半都是日常生活。对于作家来说，"最容易的其实是最难的，最朴素的其实是最豪华的。什么叫写活了，逼真了才能活，逼真就得写实，写实就是写日常，写伦理。脚蹬地才能跃起，任何现代主义的艺术都是建立在扎实的写实功力之上的"（《古炉·后记》）。在《古炉》中，贾平凹就用一种质朴地道的乡村俚语，展现出乡村日常生活的原生态风貌，重视细节，服从人物，写出味道。作家王彪谈到贾平凹的《秦腔》时曾说，小说"以细枝末节和鸡毛蒜皮的人事，从最细微的角落一页页翻开，细流漫延、泥沙俱下，从而聚沙成塔，汇流入海，浑然天成中抵达本质的真实，从这个角度说，回归原生的生活情状，也许对不无夸饰的宏大叙事是一种'拨乱反正'"①。根据我的阅读经验，王彪对《秦腔》的这一判断同样适用于《古炉》，甚至更为贴切。

　　书写日常生活，并不等于停留在对日常生活的絮絮叨叨这一层面。无论是《高老庄》，还是《秦腔》《高兴》，抑或《古炉》，贾平凹都意在通过对中国人日常生活的描摹，彰显出其关怀现实的写作追求。关怀现实，这是贾平凹写作的出发点，也是其作品的精神归宿。《古炉》虽然写的是"文革"，同样可看出他对待历史的现实立场。生活是现实的，现实是残酷的，就好比《古炉》中的古炉村人，日子再稀松平常，却

---

① 贾平凹，王彪：《一次寻根，一曲挽歌》，《南方都市报》2005年1月17日。

　　　　　　　　　　　　　　　　　　寻美的批评

抵不过贫穷、疾病与政治运动的困扰。同时，现实又具有很大的不确定性，在古炉村人眼中，霸槽非等闲人物，最终却因成立榔头队大开杀戒而遭枪毙。立柱的母亲病了多年，兄弟仨为了给母亲买寿衣而争吵，立柱赌气说要把多买的寿衣留给自己穿，结果说死就死了，他母亲的病却莫名其妙地好转了。古炉村人面临的种种不确定性，其实传达出日常生活中潜藏的大道。现实反映时代，现实昭示人心。在此意义上，小说书写"文化大革命"的历史，其实也是关于一个人、一个村庄、一个国家、一个民族的历史。至此，通过这种日常书写，贾平凹力图揭示出社会历史事件和普通人物内心的关系，最终探究人类现实生活与精神存在的关系，并寻求让两者得以平衡的秘密通道。

二、记录时代，直指人心

古今中外，深刻而又伟大的文学，从来不是那些不食人间烟火的无病呻吟，也并非那些凌空蹈虚的自说自话，而是不遗余力地关注生存境遇、关怀现实遭际且深具悲天悯人精神的作品。屈原、杜甫、陈子昂、曹雪芹、鲁迅，以及埃斯库罗斯、巴尔扎克、列夫·托尔斯泰、加西亚·马尔克斯、卡夫卡，在他们那里，从诗歌到戏剧到小说，无不体现出这一优秀的文学传统。他们笔下的文字，无论采取现实、荒诞还是魔幻的表现手法，都能真实地记录某个时代的悲欢离合与爱恨情仇，真诚地书写人心的辽阔与复杂。回望那些写作，分明向我们传达出这样一种文学精神：记录时代，并直指人心。在我看来，贾平凹的《古炉》就体现了这样一种文学精神。它凭借的是作家的个人记忆，却不拘泥于一己的私语，以独树一帜的艺术手法，在对时代镜像的如实记录中，直指人心，探究人性。

有论者认为，贾平凹自《浮躁》以来的小说，"从现实生活中抓住当时的时代社会心态问题"，真实地为时代、社会做记录，准确地再现了时代精神和民众心态，在表现复杂人性的同时，批判现实中的丑恶，宣扬完善理想，探讨"人类究竟怎样才能活得更好"。这一见解与我对贾平凹小说《古炉》的理解不谋而合。《古炉》以"文革"为历史背景，讲述了1965年冬到1967年春的一年多时间里，陕西一个名为"古炉"的烧制瓷器的村庄，由于种种因素的影响，全村所有人各怀不同目的，集体投入一场声势浩大的运动之中。于是，原本山水清明的宁静村落，瞬间变成一个充满猜忌与暴力的精神废墟。《古炉》的故事时间虽然从当下回到四十年前，故事素材却与《秦腔》一样，依然选择了日常生活中的烦碎琐事。不过，因为是从纵深层面思考"文革"发生的人性和社会根源，所以其对于人性的揭示又要比《秦腔》深刻得多。贾平凹在《古炉》中用记忆还原了一个时代的真实面貌，刻画了一个偏僻山村形形色色的人，面对"文革"这个特殊时代，暴露出来的人性缺陷与丑恶，譬如贪婪、狠毒、嫉妒、吝啬、猥琐、卑怯、自私等等，令人叹为观止。在贾平凹看来，人性中的这些缺陷与丑恶，才是古炉村"文革"运动得以发生并扩散的重要原因："他们落后，简陋，委琐，荒诞，残忍。历来被运动着，也有了运动的惯性。人人病病恹恹，使强用狠，惊惊恐恐，争吵不

　　　　　　　　　　　　　寻美的批评

休。在公社的体制下，像鸟护巢一样守着老婆娃娃热炕头，却老婆不贤，儿女不孝。他们相互依赖，又相互攻讦，像铁匠铺子都卖刀子，从不想刀子也会伤人。他们一方面极其地自私，一方面不惜生命。"（《古炉·后记》）这就是古炉村人的生存哲学，多少年来，他们就是这样生活着。这何尝又不是当时整个中国人的生存哲学与生活境遇呢？

《古炉》的背景虽然是"文革"，却并非"文革"的实录和史料。归根到底，它是一部小说。表面上看，贾平凹以写实的手法，讲述了"文革"运动如何在一个偏僻山村发生并愈演愈烈的生存真相与生活现实，但与此同时，他还有着更深层次的创作意图，那就是透过对这场全民运动的客观描述，将笔触潜入到人心深处，探究人之善恶在特殊环境下的种种可能性。于是，在蚕婆、狗尿苔和善人身上，我看到了人性的善良与本分，在霸槽、麻子黑、守灯、黄生生、水皮等人身上，我看到了人性的狭隘与残忍。当善良遭遇狭隘，本分碰到残忍，若在平时，可能无法积蓄起对抗的力量，一旦遇到"文革"这种环境，则相互产生的矛盾可能呈现出燎原之势。正如贾平凹所说："古炉村的人们在'文革'中有他们的小仇小恨，有他们的小利小益，有他们的小幻小想，各人在水里扑腾，却会使水波动，而波动大了，浪头就起。如同过浮桥，谁也并不故意要摆，可人人都在惊慌地走，桥就摆起来，摆得厉害了肯定要翻覆。这浮桥便好似古炉村了。"（《古炉·后记》）小说正是从这个角度出发，探究这场运动发生的基层原因。而在鸡毛蒜皮、家长里短、争强斗狠等事件中，贾平凹关注的是个人恩怨与仇恨背后人与人性的问题。一方面，贾平凹写出了一个悲剧时代的种种荒谬行为，另一方面，他又写出了那个历史时代中人性的复杂与多变。

与伤痕文学等其他表现"文革"历史的作品侧重于控诉、批判所不同的是，贾平凹的"文革"叙事建筑在个人记忆的基础之上，抱着平和的"旁观者"心态。在他看来："现在回想那一段历史，我觉得就应该很冷静地来写，才能写得很真切，写得真切以后才能挖掘得更深一些，如果是控诉性的写法，只是来回过头骂这件事情，骂完也就过去了。只有在人性、人的问题上多深究一点，才可能把这个事情写得更透一点。"（《古炉·后记》）应该说，正是依据客观冷静的叙事态度，贾平凹在小说《古炉》中对于人性善恶的揭示与探究才显得那么深刻。尤其是在表现人性恶的时候，譬如，叙述古炉村"文革"两派的对抗，其文字读来就让人不寒而栗。且让我们来看其中的两段关于死亡的描写："马勺仍是不松手，牙子咬得嘎嘎嘎响，能感觉到了那卵子像鸡蛋一样被捏破了，还是捏。跑到塄畔下的人听到迷糊尖叫，跑上来，见迷糊像死猪一样仰躺在那里，马勺还在捏着卵子不放，就拿棍在马勺头上打，直打得脑浆都溅出来了，才倒下去，倒下去一只手还捏着卵子，使迷糊的身子也拉扯着翻个过。""灶火就往前跑，眼看着到了池沿了，咚地一声，炸药包爆炸了。支书的老婆被爆炸的声浪掀倒在地，一个什么东西重重地砸在她的身上，等烟雾泥土全都消失了，县联指和榔头队的人去察看现场，支书的老婆才爬起来，她看见就在她脚下有一条肉，足足一拃半长的一条肉，看了半天，才认得那是一根舌头。"这一切，呈现于贾平凹笔下，是如此惊心动魄却又不动声色。这实际上就是贾平凹的过人之处，以看似平常的文字，深刻地揭示出"文革"的发生发展与人性尤其是人性中恶的一面有着极为密切的联系。"某种意义上，《古炉》既是一部真实书写'文革'历史的长篇小说，更是一部借助于'文革'的描写真切地透视表现着人性的长篇小说。一方面，'文革'的发生，乃是人性中恶的因素发挥作用的结果，但反过来在另一方面，'文革'的逐渐向纵深处发展，也在很大程度上助长着人性恶的膨胀。"①小说中，以霸槽为首的榔头队造反派，和以天布为首的红大刀造反派，从原本和睦的相邻变为反目成仇的对头，正是人性中的冷漠、残忍、嫉恨，让他们为了鸡毛蒜皮的小事而斗得你死我活。

恶与善又是相辅相成的。人性恶是古炉村"文革"运动发生的根本原因，人性善则是维系古炉村日常生活亘古不变的基石。无论世事如何变化，也无论政治运动如何频繁，一场场的生老病死后，古炉村还是古炉村，生活依然继续。贾平凹的目光无疑是健全的，思考无疑是理性的。对于那段历史的书写，他从小处着墨，却又须臾不忘自己的信念，既深知人性中有黑暗，有丑恶，也坚信人性中有温暖，有光明，从而在冷漠下写出温暖，在恶狠里写出柔软，在毁灭中写出希望。一如他在《古炉》中塑造的那些人物形象，正好体现着上述人性的两极：常态生活中有温暖，异态环境中有丑恶；善人、蚕婆和狗尿苔的人性中多见光明，麻子黑、守灯、黄生生的人性中多见黑暗。刻画出人性恶的一面，贾平凹又写出了人性善的一面。在小说中，蚕婆和狗尿苔这对历经磨难的婆孙俩，总是以德报

① 王春林：《伟大的中国小说》（上），《小说评论》2011年第3期。

怨，与人为善，尤其是蚕婆，"有一种圣的境界"。此外，小说着力塑造了一位善人形象，在纠纷不已、争斗不已、烦恼不已、病患不已的古炉村，担当着普度众生的佛陀角色。他不厌其烦地为村人说病，但古炉村里的病人实在是太多了。因此，"在人性暴发了恶的年代，他注定要失败的，但他毕竟疗救了一些村人，在进行着他力所能及的恢复、修补、维持着人伦道德，企望着社会的和谐和安稳"（《古炉·后记》）。相较于人性恶，贾平凹显然将古炉村的兴衰寄托在人性善之上。或者说，他将整个中国的兴衰寄托在人性善之上。我相信，贾平凹执意书写"文革"，并非仅仅为了揭示一个时代的荒谬与人性的丑恶，更是为了宣扬一种人性的良善与质朴。唯有如此，他的这种揭示才显得更加深刻，才具有更重要的价值。

无论如何，《古炉》在贾平凹写作生涯中的意义是不言而喻的。它不但再一次证实了贾平凹的文学创造力，而且进一步提升了中国当代文学的精神高度，从而达到一种与世界文学相通的大境界。

寻美的批评

春去秋来，且读无尽岁月
——李敬泽印象记，兼评其《小春秋》[*]

　　文坛任我行，岂不闻尔名？也不知从何年何月起，文学界开始流传着一个相当革命浪漫主义的段子："登长城，吃烤鸭，见敬泽。"其背后的蕴含浅显直白：大老远上一趟京城实非易事，来则来矣，但——不到长城非好汉，未尝烤鸭忒不甘，见了敬泽心无憾。此段子足以昭示，在众多文学青年中间，与长城、烤鸭齐名的李生敬泽，有着多么举足轻重的江湖影响力。

　　京城我自然去过，却并非常客。纵然入京，也不曾与受人景仰的国刊主编李敬泽先生有缘相见。倒是在远于千里之外的南国深圳，和他有过几次匆忙之中的交流。如今回忆起来，第一次面晤李敬泽是在2005年，彼时他尚未担纲《人民文学》主编的大梁。在一场关于文学期刊和青年创作的对话中，我得以一睹此兄真容。只见周围是正襟危坐的本地学究及文学青年，唯有他半倚半坐，目光从容且淡定。再细看了，此兄正旁若无人地自个儿抽着烟，连烟都与众不同地带特制过滤嘴。"能为狂士终豪侠，岂必才人尽大官。"初次相见，我即从李敬泽的率直里窥出其性情本真的一面。烟雾缭绕中，他似乎更

---
[*]　原载《边疆文学·文艺评论》2011年第8期。

乐于倾听，并不忙发表自己的高论。等到他发言时，甫一开口便犹如吸铁石般，轻易就能感觉到他身上拥有非比寻常的气场。他的语速并不快，胸有成竹中反倒显出几分慢条斯理，却又那么铿锵有力，掷地有声。

几个月后，第二次见李敬泽，地点仍然在深圳。是年六月，骄阳似火，第三届鲁迅文学奖颁奖仪式暨中国都市文学研讨会在深圳举行，李敬泽应邀参加。会议期间，李敬泽和白烨、洪治纲、吴义勤等批评家前往深圳大学，与读者就文学批评等话题进行面对面的交流。其时，我不过是该校文学院一名在读研究生，却在对话中颇为尖锐地指出：当前，评论界存在文学评论家对个别质量不高的文学作品进行吹捧和推销的现象，且不少评论家缺失了从事文学批评应有的品格。针对我提出的问题，李敬泽表示，文坛的确存在这种现象。不过他又认为，评论家的责任重在发现好书。而在当下，坏书占了不小的比例，过度的商业包装让文学出现了良莠不齐的现象。如果评论家们整天骂坏书，评论坏书，那么这些评论也和坏书一样，变得毫无价值。

那次对话很成功，不少读者从此成了李敬泽的忠实粉丝。在随后的中国都市文学研讨会上，他以《都市来了，文学没准备好》为主题进行了精彩发言，再次赢得与会读者及各大媒体的青睐。会议间隙，深圳文联副主席杨宏海召集评论家雷达、白烨、李敬泽、洪治纲、何西来，作家孙惠芬、张伟明，暨南大学副教授李凤亮，《打工作家》报总编辑何真宗，举行了一场关于"打工文学"再认识的交流和对话，我作为此次交流的参与者负责整场对话的记录与整理。犹记得，对于"打工文学"，李敬泽并不倾向于狭窄的定义或者界定。他认为，将"打工文学"仅仅看作是打工者写的文学，在学理上讲不太通，就好比我们过去认为无产阶级文学一定要无产阶级书写一样，是极其狭隘的，因为"农民工"这个词语里面还有着严峻而真实的社会内容。他还指出，城市的发展带来了我们审美意识和审美经验的变化，也赋予了"打工者"更深厚更复杂的社会内容，我们必须对这种巨大的社会、历史现象，保持文学理论上的警觉。谈论"都市文学"的时候，我们强调要发掘"都市人"的"都市"意识，因而同样地，谈论"打工文学"的时候，我们也应强调"打工者"的"打工"意识，即"打工者"的自我意识。面对"农民工"这一较大的社会群体，我们仅仅关注其底层的困苦生活显然是不够的，简单的同情与怜悯不是我们的目的。作为表现打工者原生态生活的"打工文学"，其真正的目的就在于：让广大的民工群体透过苦难生活本身，能够进行自我的心灵救赎；让其自我意识在痛苦中觉醒，在庞大的现实生活中自我发现，因为庞大的商业社会、物质社会很容易将其庸俗化。他进而指出，"打工文学"就是要使"打工者"这一庞大无名的、身份复杂的底层人群，获得一种自我意识。我们现在除了将这一文学形态推向市场，还有更重要的一点，就是不能将问题过于简单化。对于"农民工"这一群体，对于"打工文学"这一形态，需要我们予以特别关注，此既是打工者自己的使命，也是我们广大作家、评论家、社会学家、经济学家的使命。

以上即是我对李敬泽的最初印象。时至今日，他的这些言论和观点仍然使我获益匪浅。尽管只是几面之交，但一个自我洒脱、随性谦和的李敬泽，无比清晰地呈现于我眼前。嗜烟而又好酒的他，其实活得特别真实，穿着绅士却不曾留意谈吐是否优雅，经纶满腹却不太在乎思想是否深邃。在作家李洱看来，李敬泽是"高眼慈心"；在批评家施占军看来，李敬泽是"绿色批评家"；在文学同行那儿，李敬泽就是一个小说编辑。而在我眼中，李敬泽首先当然是一个为稻粱谋的小说编辑，二十七年前从北京大学中文系毕业后，他就进入《小说选刊》担任编辑；六年后，调至《人民文学》杂志工作至今。自古道皇天不负有心人，终于，昔日的小编辑熬成了今天的大主编。

作为小说编辑，阅读是李敬泽每天必做的功课。读到不好的作品，自然会感到沮丧。在一次面对面的交流中，他曾对此番情形用了"气急败坏"这个成语予以形容，实在是精辟的概括！但如果读到好作品，他就会拍案叫绝，甚至亲自动手予以文字上的评鉴，渐渐地越写越多，一位新锐批评家也就声名鹊起了。然而不得不说的是，作为批评家的李敬泽，的确是文坛慧眼独具的伯乐，宽容的心态、敏锐的直觉、卓异的远见、横溢的才华，成就了批评家李敬泽，也成全了李洱、红柯、阎连科、毕飞宇、金仁顺、棉棉、周洁茹、戴来、朱文颖等一大批如今已成文坛中坚的作家。正如另一位批评家施占军所言：从河北"三驾马车"的亮相，到广西"三剑客"的冲锋；从"六十年代出生"的"新生代"的悄然壮大，到"七十年代人"的登堂入室，还有"跨文体写作""后知青小说""后先锋小说"等等，李敬泽作为宽容的亲历者都曾予以"合法化"地定位分析。此外，我认为李敬泽还是一位有着强烈忧患意识的批评家，他对我们这个时代出不了大作品、大作家一直耿耿于怀，在他看来，原因固然很多，但最直接的还是作家们"浮躁"的写作心态。我对此深以为然。我更以为然的，是他对"批评家"这一身份及其使命的客观定位，且听听他的声音："批评家不是领导或法官，没有必要也不可能公正，在文学分析、判断和欣赏的领域里无法寻求类似自然法的公正。文学批评是从批评者的思想立场、生命体验、知识背景出发的，他与其赌咒发誓地让人相信他的公正，不如让人相信他的偏见是真诚的……批评家的背后是已知的经典，他的面前却永远是广大的活跃着的未知。文学批评，就是从已知出发走向未知的冒险，他手里没有确定的地图。"以此为准，李敬泽在文学批评中不太喜欢使用过于大而无当的词汇，他总是追求小中见情见性。而对于大家都确信无疑的事情，他又总是心存一丝疑虑，对诸如"我"和"现场"之类的抽象词汇保持警觉。我以为，这并非他有意和大家过不去，实在是因为他不想做人云亦云的鹦鹉。发现别人尚未发现的新大陆，从而于无声处听惊雷——这何尝不是一种文学批评中的先见之明？就此而论，李敬泽获得2004年"华语文学传媒大奖·年度文学评论家奖"并非偶然："他精微、准确、锐利的艺术感觉，检索、批点文学现场的阅读耐心，睿智、灵动、富有创见的话语风度，充分展现了批评所独具的功能和风采。他对文学生活的敏锐观察，对文学实践的积极参与，以及对众多作家所面对的写作难题的精辟解答，一定程度上改变了当代文学的基本格局，并为重建批评与写作的对话关系树立了一个典范。"在我看来，这无疑是对李敬泽作为批评家的客观而公允的评价。

李敬泽是小说编辑，是文学批评家，但归根到底，他是一个文人，一个颇具春秋气概和魏晋风度的传统文人；他又是一个知识分子，一个深怀现代意识的知识分子。与文学批评相比，我更为欣赏他在散文随笔上的笔墨功夫。李敬泽的散文随笔，优雅闲适，温婉细腻，圆润清新。天马行空中裹挟着灵动之气，浩浩荡荡却又细致绵密，自成一体却又充满才情。遣词造句深得中国传统文学神韵，鲜有长篇大论，常以小品示人。他钟情于孔丘、庄周等人的文风，不知不觉中也沾染了他们的习气，更让他在这个物欲横流的现代社会，彰显出几分难得的士大夫情趣。一言以蔽之，李敬泽的文字有味。而要做到文字有味，对多数写作者来说，看似容易其实难，尤其是散文随笔。正是这种独具韵味的文字特征，才让我在他的《读无尽岁月》里，相遇到一种豁达与睿智，参悟了"别人的梦是自己的梦，别人的智慧是自己的聪明，别人的痛苦是自己的慈悲"；才让我在他的《反游记》里，品味到一份厚重与幽深，获悉了"人生如逆旅，此身原是客"；才让我在他的《小春秋》里，沐浴到一缕清风与晨晖，洞彻了"小热闹和小机巧之后有大敬与大静"。

　　我拿什么来形容你呢，《小春秋》？"大家闺秀"显然是不适合你的，你毕竟还没有那么矜持含蓄；"小家碧玉"似乎也不适合你，你毕竟还没有那么温柔多情。思来想去，你只能是一壶酒，而且是陈年佳酿，并且只能慢慢品，细细尝，快了容易醉。若是贪杯而一口气饮完，轻则酩酊大醉，重则蹂肝伤胃——我的意思是，《小春秋》乃枕边书。结束了一天的嘈杂与喧嚣，月白风清，夜阑人静，将自己整个地交给一张舒适的床，此刻，不必红袖添香，不必籁音绕梁，一部《小春秋》已然足矣，"一世界的热闹，一个人的梦"。如此，则一天一页，只管读它个一千零一夜。

其实，《小春秋》不过是一部读书笔记，所涉及的书也多为传统典籍。如《诗经》《易经》《论语》《孟子》《吕氏春秋》《史记》《战国策》《离骚》《韩非子》《长阿含经》《酉阳杂俎》《东京梦华录》《牡丹亭》《陶庵梦忆》《板桥杂记》《笑林广记》等。万籁俱寂时，我打开了这部意境寥廓的才子之书。"窗外，星沉于海底，同时，万里之外，大雨落于河源。一个人，看着。"此时，想象中的李敬泽犹如一位古代说书人，而我就是他唯一的听众。"呔"的一声，他开腔了，一出好戏于是开始。他将久藏于心的故事和道理娓娓向我道来："《诗经》是好的，但要看出《诗经》的好，必得把秦汉之后的诠释一概抛开，直截了当地读诗。""除了升官发财打仗娶小老婆耍心眼之外，人还有失败、穷困和软弱所不能侵蚀的精神尊严。""肉体的沉重、僵硬、不协调、不纯粹、不可自主，这一切是人的弱点，也是人与人平等的底线。"……他的见解又是如此与众不同，他说："《离骚》，古今第一大牢骚也。"他说："阿房宫，一大烂尾楼也。"他说："《酉阳杂俎》是黑夜之书。作为类书，《酉阳杂俎》并不纯正，其中有大量个人创作的成分，即使是引文也经过了段成式的重述。"他还说："《东京梦华录》，一部奇书。……笨拙的叙述中埋藏着一个本雅明式的主题：个人消失在都市的浩大人群中，他没有名字，没有面目，当然也没有'主观'。"他继续说："《板桥杂记》是'伪史'，这就相当于一个当代文人沉痛讲述他在三里屯怎么泡吧、泡妞，并且断定这一切都有历史意义。"

　　夜越来越深，思绪渐渐朦胧。泱泱华夏，五千年的历史长河依然流淌向前。五千年后，有名曰李敬泽者，在这条长河里看见星沉海底，看见雨落河源，看见人事沉浮、相亲相负、离合悲欢，遂写些字掷向虚空中去。莫说古人寂寞，今人何尝不寂寞？俗世蹉跎，心累于功名利禄。李敬泽显然是一个理想主义者，他曾表达过自己的理想生活：写一本畅销书，赚一笔大钱，买一只质地上好的皮箱，装上书和衣服，然后，到很多地方去，住在饭店里，在陌生人中，做陌生的客人，一直如此，到死。

　　而在此之前，李敬泽更愿意从万丈红尘中徒步追寻着孔丘、孟轲、庄周以及那些春秋名士的背影，独自寂寞。

　　豪侠哉，李敬泽！性灵哉，《小春秋》！

　　　　　　　　　　　　　　　　　　　　寻美的批评

让温暖永恒地照亮生活世界

——评迟子建中篇小说《黄鸡白酒》

　　上苍对每个人都是公平的，我常常这样想。不过，当我将这一想法与作家迟子建相提并论时，又不免对此产生些许疑虑。因为，较之于太多的作家，上苍似乎分外眷顾她：短短数年间，先后获得三届鲁迅文学奖、两届冰心散文奖、一届庄重文文学奖、一届澳大利亚悬念句子文学奖和一届茅盾文学奖，几乎囊括了散文、中短篇小说和长篇小说在内的所有权威性国家级大奖，且不止一次。尽管视写作如生命的她，对此并不十分看重，我也不会肤浅到将获奖与否和其作品好坏简单加以等同，但谁又能完全否定，迟子建频频获奖的背后，不是多年如一日勤苦创作、确实写出了好作品的结果呢？

　　迟子建曾坦言："我觉得小说家很像一个修行的人，虽然穿行在繁华世界里，但是内心会有那种在深山古刹的清寂感。"对她来说，内心的"清寂感"带给她的不是孤独，不是迷失，而是信仰、坚守和温情。二十多年的文学之路，留下了她对生活的热爱、对人性的张扬，以及对生命的敬畏。最终，温情的力量成就了一个为人也真挚淡定、为文也澄澈从容的作家迟子建。细读她的作品，优美而柔婉、大气而平和、纯粹而丰富，充满生活气息的同时不乏灵韵和深刻。她的写作，彻底洞悉了人世间的"温暖和爱意"，真正赋予了生命的美丽与庄

177

严。而她的中篇新作《黄鸡白酒》，再一次印证了我对她的这一总体观感。

一

小说《黄鸡白酒》开篇这样写道："哈尔滨这座城，能气死买胭脂的吧。长冬一来，寒风就幻化成一团团粉扑，将姑娘们的脸颊涂红了。"寥寥几笔，就将我的思绪从经年见不到雪花的岭南，带到了千里冰封的北国。一口气读下来，浓郁的北国风情充盈其间。故事展开后，并行着两条主线。概而言之，这首先是一部关于温暖及爱意之书。"美丽的爱情，永无结束之时！"迟子建在小说附记中如是说。这个爱情故事的主人公，是一位年过九十的春婆婆。

在哈尔滨玉门街一带人的心目中，春婆婆就像一座石头垒砌的老城堡，苍苍貌，铁骨身。日渐老去的她，已经到了可以不理睬万事万物的岁数。爱睡懒觉，一天只吃两顿饭。头一顿在家，后一顿在"黄鸡白酒"——她家附近的小酒馆。喜欢吃豆子喝烧酒，时不时干点小坏事，这些小嗜好加上与人为善、通情达理、不倚老卖老的性格，烘托出一个可爱、可亲而又可敬的春婆婆。虽然年过九十，但她活得滋润，活得自在，活得真实。是什么让她经冬历春那么多年，老而不心死、寿而不厌世呢？这还得从她年轻时候说起：

春婆婆十七岁成亲的那天，由于迎亲的马队在路上遇到了暴风雪，未能如期赶到，而典礼不能推迟，娘家人只好将闺房做洞房，临时抓了只大公鸡，替代新郎和她拜天地。若是别的新娘遇见这事，会哭丧着脸，可春婆婆不。她抱着大公鸡咯咯乐，因为它的屁股对着她的胸，一搬一搬的。她想新郎倌一直想摸却没敢摸的地方，竟让大公鸡给摸了，为他叫屈。典礼结束，春婆婆对主婚人说，大公鸡晚上不能跟她住，它一打鸣，她就得跟着早起，而她起大早梳妆累着了，想睡个懒觉。

读来有一股暖流洋溢于心底，那是人性的美好与温暖。暴风雪并未让新嫁娘春婆婆觉出不妥。在她身上，透出的是坦然、乐观和幽默。事实上，这种性格似乎与生俱来。九十多年前的一个春日早晨，哈尔滨傅家甸的张铁匠从自家柴垛里捡到一个弃婴，只因是个丫头，已生三个丫头的他又将她送给了埠头区的彭裁缝，取名彭锦春，小名春春。小时的春春，活泼伶俐、爱笑爱动、心灵手巧，人见人爱，十二岁时已是缝纫的好手了。长大后的春春水灵灵，越出落越漂亮。张铁匠和彭裁缝便都动起了心思，想让春春嫁给他们的儿子。但春春却看上了用人马大婶的儿子、修路工人马奔，就在这年冬天嫁给了他。婚后，马奔放马，给人做木匠活，她则靠着缝纫的手艺，开了家小小的裁缝铺，日子过得踏实而温暖。彭裁缝对春春没有嫁给她的两个儿子，始终怀恨在心。然而，春春却以德报怨，在养母半身不遂无人照料时，主动回到她身边悉心照料。

后来的一次鼠疫，使春婆婆失去了丈夫、公公、婆婆和女儿。而罪魁祸首，就是当年日本战败后放出的那一批带细菌的老鼠。再后来，春婆婆就住到了现在的红砖楼里，几十年如一日地恋着马奔，不管媒人给她介绍的男人条件多么好，她都不为所动。春婆婆没有生日，她就把马奔的生日当成自己的生日。每年的十月十九日，她都穿得立立整整的，乘车去中央大街，走上一遭，然后找家小酒馆，喝上两盅。她听马奔说当年把她送的鞋样子埋在了这条街的中段，就每次都要到那儿，俯下身来，抚摸冰凉的铺路石头，直到把石头摸暖了。那个时刻，她就仿佛摸到了马奔的脚，亲切踏实。没有海誓山盟，却忠贞不渝。小说中有一个细节：春婆婆家里一直留着结婚时丈夫马奔亲手打的五屉柜，里面放着他的铜烟袋锅。她想马奔时，常常拿出烟袋锅，放到嘴上咂摸。半个多世纪没装烟丝了，烟管的烟味仍隐约可闻，好像马奔依然在悄悄捧着它抽烟似的。这就是春婆婆，一个活了九十多岁依然心存感念的有爱之人。

小说蕴含着一种散文的气质，绽放出一股温情的力量。批评家谢有顺认为，迟子建的创作是"忧伤而不绝望的写作"。在迟子建本人看来，这种"忧伤"即表现在对生之挣扎的忧伤，对幸福的获得满含辛酸的忧伤，以及对苍茫世事变幻无常的忧伤。正如《黄鸡白酒》中，玉门街开小酒馆的冯喜来、开浴池的刘蓝袍、摆菜摊的许前、卖活鸡的刘二愣、卖咸菜的"小咸菜"、开杂货铺的王老闷、开律师事务所的尚易开、退休教师赵孟儒等各色百姓，生存之艰难、之心酸，无不流露出苍茫世事变幻无常的淡淡忧伤。但在"忧伤"之外，又还有着"不绝望"。这"不绝望"，来自艰难生存中尚有一抹温情亮色，来自变幻无常中尚有一缕人性光芒。因了这些亮色和光芒，玉门街的百姓才有了活着的念想，春婆婆也才有了长寿

　　　　　　　　　　　　　　　　　　寻美的批评

的秘诀。就此而言，《黄鸡白酒》是一部充满爱意与温暖的小说。春婆婆的爱情和婚姻虽然于不幸中透出忧伤，但迟子建在讲述时，却通过她身上散发出来的坦然、淡定、乐观和幽默，最大程度上遮蔽了生活本相中的困厄与不幸。看透了人间悲欢离合的春婆婆，和玉门街邻里间的和睦相处，洋溢着普通人物相互的真诚与朴实，这种街坊之情、俗世之爱，让他们在平凡的日子里，也能活得忘我，活得丰盈，活得快乐。

"我想我写过的女性人物，最典型的特征，应该是一群在'热闹'之外的人。"《黄鸡白酒》中的春婆婆，无疑是这样一位女性。她心态积极向上、健康乐观，不屈从，不狭隘，活出了生命的真滋味。不难看出，春婆婆身上浸透了迟子建的文学观和生命观。用俄罗斯当代著名作家、被誉为"当代俄罗斯文学良心"的拉斯普京的一句话来说，即是："这个世界的恶是强大的，但是爱与美更强大！"

二

《黄鸡白酒》还是一部书写城与人的小说。迟子建写了哈尔滨这座城，却不写城中的高楼大厦、灯红酒绿等繁华喧嚣的景致，而是将笔墨铺向这座城市的两条街道，写了这条街道的几个人。玉门街和烟火街，皆是上百年历史的老街，平日见到的，都是周遭几千户人家的小日子。"你若活腻烦了，走在烟火街上，也是厌世不起来的。那扑面而来的生活气息，宛如一缕缕拂动的银丝，织就了一张无形的大网，从头到脚地罩着你啦。"这就是迟子建笔下的哈尔滨。

《黄鸡白酒》故事叙述的另一条主线，围绕玉门街分户供暖工程的改造展开。为了省钱，为了生计，过去相处融洽的街坊邻居，面对现实生活中的蝇头小利和鸡毛蒜皮，难免会出现一些小插曲。落笔至此，迟子建并没有过分渲染人性深处的缺陷，而是以大智慧，写出了小市民的小算计、小满足、小情调和小幽默。对他们而言，日子凑合凑合也就过去了，没有大开大合，没有大起大落，当然也就没有深仇大恨。拿春婆婆来说，居民们敬着她，她会领情并不时小恩小惠施以回报；居民们对她有微词，她还是一副宠辱不惊、以德报怨的模样。

城市化不仅改变了城市的面貌，也改变了城市人的灵魂。在这部氤氲着北方生活气息的小说中，迟子建不仅写出了城与人的息息相关，还写出了人与城的日渐疏离。几处看似细节的描写，将城市美好不再、人心不古的特征暴露无遗：公共汽车承包给私人以后，联运车为了赚钱，拒载有免费乘车证的春婆婆；历史悠久的教堂，壁画、铜钟和十字架早已消失殆尽，那涤荡肺腑的钟声，这座城市的人再也听不到了，而那是春婆婆最深的怀恋；快餐店里，茶是劣质的陈年花茶，茶杯油渍斑斑的，散发着洗脚水一样的气息，难以入口。春婆婆唯有慨叹，还是旧时的饭馆好呀，不管茶的等级如何，茶碗是何等的洁净呀；马路上，冷冬使煤的燃烧量大，产生的烟尘也大，一早一晚气压低时，空气中浓重的煤烟和汽车排出的大量尾气混合在一起，让走在街上的人觉得，这座城市好像在放臭屁。商场里，见着春婆婆不买东西坐在那里休息的，嫌她坐着影响生意，轰一条狗似的，赶她走。客气的，一声"不买鞋，这里是

　　　　　　　　　　　　　　寻美的批评

不能坐的"打发她；不客气的，呵斥她："老太太，别把这儿当敬老院，哪儿来回哪儿去吧！""这岁数了还在外乱跑，估摸是个要饭的！找保安撵她走！"于是，春婆婆站在寒风凛凛的街头，苍凉四顾，心下茫然。春婆婆想不明白，为什么现今的人都变得如此势利；她也想不明白，为什么现今的人一收到点小礼物，就以为别人有求于他。"现实是人心的镜像"（谢有顺语），这座城市正从过去的人情温暖走向人心不古。春婆婆刚搬到玉门街的时候，树是树，花是花，草是草，现在呢，花草差不离没了。一座城只有人声车声，少了鸟鸣，这城还有什么意思呢？美国著名城市理论家、社会哲学家刘易斯·芒福德说："城市是靠记忆而存在的。"失去了记忆，城市也就失去了灵魂。失去灵魂的，又岂止是城市呢？

春婆婆入冬后没有开栓使用暖气，结果今年实在太冷，于是她决定开栓。但供暖部门告知她，因为事先未做停热申请，没有开栓时的取暖费照收不误。在居民们的撺掇下，春婆婆将供暖部门告上了法庭。意外的是，官司却输了。败诉后，她没有想到，这世界的光明，不知在什么时候，与她这样的老人，悄悄作别了。而玉门街的人，也不像以前跟她那么亲了，要么爱理不理，要么就像躲避麻风病人似的走掉了，要么没有好脸子。

世事颇多变幻，生活仍在继续。春婆婆依然喜欢去黄鸡白酒，依然是一个人。

在迟子建看来："渴望温情是人类的一种共有的情感。……温情的力量同时也就是批判的力量。"《黄鸡白酒》显然集合了温情与批判的力量，对人物描写的温情中不失批判，对城市变迁的批判中不失温情。

三

一部小说，读者很有可能最终记不起故事情节，记不起小说结构，但对其中刻画鲜明的人物形象，却会记忆犹新，就如曹雪芹笔下的宝玉和黛玉，鲁迅笔下的祥林嫂和孔乙己。多少年过去了，只要一提到《红楼梦》和《祝福》或者《孔乙己》，我们的脑海便会立刻浮现出这些栩栩如生的人物来。可见，好的小说是离不开好的人物形象为支撑的，只有将人物写活了，才能和小说一道深入人心。《黄鸡白酒》塑造的人物虽然不少，但最形象、最令人难忘的，当然还是春婆婆。某种程度上，春婆婆是迟子建形象的化身：喜爱美食，与世无争，与人为善，心存温暖。

迟子建认为："人在宇宙是个瞬间，而宇宙却是永恒的。所以人肯定会有一种与生俱来的苍凉感，那么我们所能做的，就是在这个苍凉的世界上多给自己和他人一点温暖。在离去的时候，心里不至于后悔来到这个苍凉的世上一回。"这种人生观与价值观最终渗透到她的小说创作中。从早期的《北极村童话》《旧时代的磨房》《东窗》《香坊》《向着白夜旅行》《亲亲土豆》《雾月牛栏》《清水洗尘》到《世界上所有的夜晚》《花牤子的春天》《鬼魅丹青》，再到《伪满洲国》《额尔古纳河右岸》《白雪乌鸦》和《黄鸡白酒》，迟子建满怀真诚写出了那么多充满爱意与温暖的人情物事，"在创造中以一种超常的执着关注着人性温暖或者说湿润的那一部分，从各个不同的方向和角度进入，多重声部，反复吟唱一个主题，这个主题因而显得强大，直至成为一种叙述的信仰"（苏童语）。她的这一写作姿态，无疑令人感动。

在《小说的艺术》一书中，捷克作家米兰·昆德拉曾这样说："小说存在的理由是要永恒地照亮生活世界，保护我们不至于坠入到对'存在的遗忘'。"以此打量《黄鸡白酒》，不难觅到迟子建的创作旨意：让温暖永恒地照亮生活世界。也许，《黄鸡白酒》并非她最好的小说，但其对于温暖的营造，对于生活的热爱，却是一如既往的。

铅华洗尽，所以安宁

——评池莉中篇小说《她的城》*

城市之于作家，犹如花朵之于蜜蜂。彼此成全的背后，是城市对于作家创作灵感的激发和作家对于城市创作素材的攫取。大大小小的作家们，或者身处闹市而心在僻壤，或者身处山乡而情系都城，写到城市，无论熟悉与否，喜爱与否，一旦落笔为文，总能生出一丝半缕难以名状的情愫。这情愫，自然因了各自不同的视角而呈现出异样的感受：有人在城里忙碌一辈子，却总觉得城市与他无关；也有人在城市奔波一辈子，却须臾觉得城市是他的，他属于生活在此的城市。城市武汉之于作家池莉，当属于后者。对于武汉这座城市，池莉曾如此描述："我是它的，它是我的；我是它土地上的一棵小草，它是我永远的写作背景与我探索社会的一面永久的窗口。"

无疑，三十多年的来来往往，让作家池莉对武汉这座城市有着了如指掌的熟稔和如胶似漆的耽恋。以至在广告意识浓郁的今天，提到武汉便会令人想到池莉的小说；而提到池莉又会令人想到她笔下的吉庆街、花楼街这些属于武汉的都市风景。从早期的《烦恼人生》《不谈爱情》《太阳出世》开始，武汉成了池莉文学创作的腹地与福地，从此，她在这里一发不可收

---

* 原载《出版广角》2011年第7期。

寻美的批评

拾地创作出《冷也好热也好活着就好》《你是一条河》《一去永不回》《一夜盛开如玫瑰》《生活秀》《怀念声名狼藉的日子》《有了快感你就喊》《所以》等众多细腻动人的汉派小说，尽情散发出武汉生活气息的同时，极力表现出小市民阶层的酸甜苦辣。这些作品如同一幅幅浓墨重彩的武汉风俗画，栩栩如生，热烈鲜活，汉味十足，逐渐沉淀为一种城市文化的代表精神。以此品评她的中篇小说《她的城》，我读到了一个风格依然的池莉和一个风景如旧的武汉。

《她的城》讲述了三个不同时代的武汉女人，在这座城市里成长的生命历程以及不幸的婚姻遭遇。在这部小说里，池莉以惯常的女性视角，对武汉的小市民生活进行了细致入微的描摹。较之她以往表现武汉的小说作品，《她的城》有着更从容的笔调、更深刻的感悟。多年的浸淫，让池莉的灵魂早已深入这座城市的大街小巷，其中哪怕一个普通女性，她都有着闺密一样的亲切与熟稔。小说中，无论是擦鞋店的女老板蜜姐还是擦鞋女逢春，都被她娴熟的文字描写得无比鲜活生动。而透过蜜姐和逢春以及她们家族历史背景中的种种纠葛，我们不难看出这一切都氤氲着长江的气韵和秉性。一个小小的擦鞋店，却承载了百年武汉的风云变幻，历史的厚重感与时间的沧桑感，从婆婆的身世中、从蜜姐和逢春的举手投足间流溢而出，俱在池莉不动声色的笔端呈现出透迤婀娜的韵致。熟悉的街景，熟悉的饮食，熟悉的风土人情。看似琐碎的世俗生活充满了人间的烟火气息，这种气息属于武汉这座城市。《她的城》一如既往地洋溢着池莉的小说风格，无论这座城市如何变化，池莉都以自己的眼光，细细打量着它的旧貌新颜，并且是深入肌理的打量。久而久之，变化的，是时间；不变的，是池莉身为一个武汉人的那份慵懒与眷恋。而对于每一个生活于此的人来说，这份眷恋不用说出来，也不能够说出来，它就是一种面对面的大义，面对面的慷慨，一种连借了一勺子细盐都要归还一碟子咸菜的相互惦记与诚信，是人与人之间的心灵联盟。

"她的城"，是蜜姐婆婆的城，是蜜姐的城，也是逢春的城，还是池莉的城。她们生于斯长于斯，见证了这座城市的沧海桑田，也将在这座城市慢慢老去，最终与这座城市融为一体。而这座城市，以同样的姿态察看着她们人生的跌宕起伏，品尝着她们生活的苦辣酸甜，凝视着她们素常的喜怒哀乐。现实中抑或小说中，属于她们的每一天总是从吃开始，哪怕是一碗面也能吃出江城特有的风情："热干面配鸡蛋米酒，热干面配清米酒，热干面加一只面窝配鸡蛋米酒，热干面加一根油条再配清米酒，这是武汉人围绕热干面的种种绝配。不是武汉人吃热干面也轻易吃不出好来，美食也是环肥燕瘦的。武汉人为吃到一口正宗热干面配一碗米酒，可以跑很远的路。"在池莉看来，这就是生活。生活就是有力量。不管什么生活，它就是力量强大到无法想象。而在蜜姐、逢春她们眼里，这座城并不是一座围城，她们热爱着这里的一切，再大的困难挫折都不过是生活的点缀，吃过几斤盐，走过几座桥，吃过几次亏，对她们而言，呈现的只是生活常态，增长的只是生命阅历，没什么可恼恨的，一觉醒来，"太阳明亮如斯，城郭处处风平浪静，世界被晒得暖洋洋"。

池莉曾在写作日记里如是说："我们应该怎么活着啊？我们是依靠什么在活着啊？寂寞和热闹，辛劳和安逸，贬损与荣

　　　　　　　　　　　　　　　　寻美的批评

耀，它们都依据着什么？它们又在如何左右我们的人生呢？对于这一切的拥有和丧失，舍弃与获得，我们的力量从哪里生发出来呢？朋友啊，我用什么来安慰你和我自己呢？最后，我明白了，用小说。"用小说来安慰读者和自己，这并非无奈的选择。事实上，我以为这种安慰凸显了池莉小说的精神向度，表现在《她的城》这部小说里，就是"她的城"还有着比物质之城更为内在的精神含义：从物质的城里寻求精神的突围。池莉在《她的城》里塑造了三个不同年龄阶段的女性：蜜姐婆婆、蜜姐、逢春。活到八十多岁的婆婆也好，人到中年的蜜姐也好，小嫂子逢春也罢，武汉这座城市就是她们安身立命的地方。她们的生活轨迹并不一样，但在婚姻上却有着同样的宿命，在性格上也有着同样的特点。蜜姐的婆婆，这个旧社会过来的独立的女人，这个好似神仙下凡尘的女人，满身体现出传统的仁义道德：若干年里，宋家住房一再被挤占分割；"文化大革命"中，宋江涛父亲跳楼自杀，她都顺其自然，她没有发疯没有发狂，没有哭天抢地，没有自暴自弃。她孤儿寡母不觉得恓惶单薄，也把儿子养得体面豪爽潇洒，就像家中男人还在。儿子拿所剩无几的房子送给朋友结婚，这一送就再没有归还，她也无一个字的怨天尤人。几十年来，再大再小的事情，她都安静面对，就没有人看见她的惊天动地或者地覆天翻，总是事情该怎样就怎样地顺了过去，不觉得自己有天大委屈。面对这样的女人，再硬的心肠都只能化成水。主人公蜜姐也是汉正街的女人，"现在的蜜姐，是眼观六路、耳听八方、胆大心细、遇事不慌、见人说人话、见鬼说鬼话，活活成了人精；脸面上自然就是一副见惯尘世的神情，大有与这个世界两不找的撇脱与不屑"。在擦鞋女逢春眼里，蜜姐是个不可思议的女人，既老辣且厉害，也不知道哪里生出来的一股志气，硬是比天高比地厚，烹小鲜如治大国，有凭有据过日子。但就是这样一个要强的女人，面对丈夫因病离世也只能是束手无策。然而婚姻的不幸并没有让蜜姐自暴自弃，她将自己的精力交给了事业。逢春，这个土生土长的汉口女人，嫁给玉树临风般帅气的周源，未承想丈夫却是同性恋。为了挽救自己的婚姻，逢春毅然选择去做一名擦鞋女，某一天当她邂逅了自己生命中的有情郎时，却又因为对婚姻的执着而难以释怀。婚姻是什么呢？好比小说中周源用力抽打的那个陀螺，唯有不停地抽打，才会一直旋转下去。周源和逢春这对夫妻，却对自己的婚姻没有办法，最终只好朝自己喜欢的地方走了去。在蜜姐的开导下，逢春终于走出了婚姻的围城。"这两个女人坐在大树下，在江边，在汉口，在她们的城市她们的家，说话与哭泣。"世上所有别人的故事，顿时也就远了，淡了，模糊了，市声也稀薄了。世界就是这样，变化了，变化着。长江不是黄河，江城不是京城。她们的生活就是这样波澜不惊，没有大开大合，也没有洪水滔天。婚姻的不幸并没有压垮这三个女人。相反，她们从婚姻和生活这座"围城"里，安然无恙且坦然坚毅地走出来了。

在当下众声喧哗的城市文学作品中，我们见多了热闹繁华的都市风景，见惯了尔虞我诈的都市生态。那些风景也许璀璨夺目，那种生态也许逼真传神，却似乎总是带着城市人的某种傲慢与偏见，读来难免有着几丝生分与隔阂。事实上，再大的都市，也有人生的千娇百媚，也有俗世的冷暖炎凉。譬如武汉，这座城市在小说中的蜜姐眼里是"敞——的！这就是武汉大城市气派，许多城市都没有这份气派"。对作家池莉而言，她的文学书写当然不仅仅只是呈现一个气派的大武汉，而是还要在城市霓虹闪烁和车水马龙的表象里，表现出隐藏其中的小市民、小机巧、小暧昧、小情调、小快活。在我看来，这种表现有血有肉，有着地道的城市生活气息。诚然，池莉的小说会有这样那样的缺陷，但对于一个高产且生命力持久的作家来说，池莉小说的创新性和独特性也是显而易见的。纵观她的作品，无论是写历史、写当代、写乡村还是写城市、写男女老少、写工农商学兵，几乎从来都是打一枪换一个地方，绝无雷同。并且由于题材的不同，她的小说在语言、语气、语感以及语言节奏的使用上都不尽相同。

池莉曾坦言："我不可能不写小说，我这一生当中但凡有可能我都是当作家不可能干别的。我就是喜欢与文字打交道，不愿意和人打交道。汉语言文字本身是有诱惑力的，它能够表达很多你不能表达的东西，我就特别迷恋这个。有时候我说不清楚，但是写下来挺好。我从小就喜欢这种游戏，这是正好容纳我自己的一种生活方式。"这是池莉的内心独白，也是她多年来不间断创作的精神动力。这么多年过去，武汉依然是她的城，也是小说中蜜姐婆婆的城、蜜姐的城、逢春的城。在她们的城里，池莉和蜜姐婆婆、蜜姐还有逢春一样，经冬历夏，迎风沐雨，无论世事沧桑，都始终如一地展示着自己独特的风采，毅然决然地坚持着自己的人生方向。铅华洗尽，所以安宁。身后，大江滚滚东流，林风飒飒作响，万物归于沉寂。

容易烦躁不安的是我们的心

——评王十月长篇小说《烦躁不安》

  从十六岁离开家乡第一次步入城市打工，王十月就感觉出了内心的孱弱与对周围世界的敬畏和惶恐。他曾坦言自己"对于城市的敬畏与不安，远远胜过了内心深处对城市生活的渴望"①。也许，正是这样一种敬畏与惶恐，才让他从最初的打工流浪记者成长为今天颇受文坛瞩目的青年作家。

  自处女作《出租屋里的磨刀声》开始，到《印花床帘》《九月阳光》《纹身》，再到《祭红》《烦躁不安》《国家订单》《无碑》《寻根团》《收脚印的人》，王十月始终迷恋于书写现实生活中底层小人物的无奈与挣扎。他的小说触角不但深入到了打工人日常的生活状态之中，更是深入到了他们的内心世界。如果说20世纪八九十年代的打工文学仅仅沉溺于打工场景及琐碎故事的简单描写，那么王十月的写作无疑拓展了这一文学形态的精神视野，他深入到打工人更内部的人性和精神困境。通读王十月的作品我们就会发现，其字里行间往往回荡着一种深切的悲悯情怀，这种情怀既"能像手术刀一样剖开我们内心的幽暗地带，又能像火把一样把我们内心的幽暗照亮"②。

---

① 王十月：《烦躁不安》，花城出版社，2004。
② 王十月：《文学像火把一样把我们内心的幽暗照亮》，《中国青年报》2007年11月28日。

                    寻美的批评

早在2004年，王十月的长篇代表作《烦躁不安》由花城出版社出版。这部旨在"揭示底层打工族的灵魂沧桑，书写当代都市人的精神困惑"的小说，曾被称为"打工文学有史以来最有特色、最具文学品质的一部长篇，是打工一族的《废都》"。尽管这部小说模仿贾平凹《废都》的痕迹过于明显，但我仍然认为它是一部值得解读的文本，因为在这部作品里，王十月对打工文学（我更倾向于将其界定为"底层文学"）进行了新的叙事探索，也带给了我们新的阅读期待与小说精神。

　　故事发生于公元一千九百九十九年，地点在南城。小说通过对南城几位文化人和打工人跌宕命运的抒写，反映出市场经济浪潮中处于社会底层的打工人的生活现实。作者将重笔落在打工记者孙天一身上，这位在南城著名的《异乡人》杂志工作的流浪记者，因乐于助人而卷入一场一元钱的官司之中，并因此在能改变命运的外来工十佳评选中败北。随后他又深陷妻子谢香兰、红颜知己简洁如、同居女友阿涓三个女人的情感纠葛中不能自拔，其命运也随之发生一系列的变故。于是他幻想沉溺于情场之中以摆脱无奈现实的负累，但这些女人却与他演绎出一幕幕生活的悲剧。他最后的结局——死于南城名画家、爱上了他的同性恋者天佑的刀下。

　　初读《烦躁不安》，似乎其中讲述的无非就是南城这座打工之城里，处于底层的饮食男女之间的爱恨纠葛，但王十月却将人生社会的大道寓于烦琐的人情世态的摹写中，进而言之，他将文学还原为生活，并写出了矛盾的生活状态。小说中的孙天一，虽然生活在南城这座现代化都市里，精神底子上却无比向往与敬畏老子的《道德经》，并始终以此作为自己为人处世的生活准则。然而沉重的现实生活，无情地击碎了他心灵中超脱于物质之外仅存的那一份美好，追求挣扎过后归于失落和孤独。在全书富于底层生活情调的叙述中，我们能看到的是理想的沉沦，人性的泯灭，打工人生活的无奈与心境的悲凉，整部小说笼罩在烦躁不安的情绪之中，而且是一种深层次的惶惑、不安、浮躁与迷茫。从这个意义上讲，孙天一的幸与不幸，都不仅仅只是他一个人的幸与不幸。纵观人类历史，经济的发展，社会的进步，总会以部分人利益为代价。小说中的孙天一、天佑也好，温志国、王韵也罢，乃至香兰、阿涓、宋可等等，在南城这座城市中都无法左右自己的命运。他们犹如一个个"多余人"，流浪在这座城市的每一个角落。为了能真正融入这座城市，他们苦苦追求，苦苦挣扎，然而"打工人"的角色注定了他们虽身在此城，心却只能"生活在别处"。

就小说故事而言，《烦躁不安》无疑是引人入胜的，其情节的起伏跌宕，也颇能抓住读者的心。但我尤为看重的是，这部小说更真实、更切近地写出了都市打工人的现实生活与精神困惑，摈弃了为打工文学而文学、为底层写作而写作的虚伪姿态。真实的社会显现真实的背景，真实的故事属于真实的个人，真实的美丑引发真实的爱憎，真实的情感流露真实的言行。孙天一坚守传统道义，却在强大的物欲面前无可奈何；阿涓想改变自己打工的命运，却不得不出卖自身的肉体。正是这些真实因素的存在，才让这部小说如此让人感慨，让人唏嘘。小说笔触的焦点，即在上述底层打工人的身上。作为来自底层现场的作家，王十月异常熟悉这些人，如同熟悉他曾经的自己。因而，他能写出这些渺小人物苦难命运背后的内心世界，

　　　　　　　　　　　　　　　　　寻美的批评

写出人们平常轻易看不见的东西。

在我看来，《烦躁不安》对打工文学（或曰劳动者文学）尝试着新的叙事探索，彰显出王十月在小说创作上由早期的浅显逐步走向成熟。一方面，这种成熟既表现在小说故事的叙述方式上，又表现在小说人物的塑造与小说情节的构造上。整部小说采用多重视角进行叙述，多条线索交叉并行，情节推进摇曳多姿，人物塑造入木三分，近于无褒无贬，又似亦褒亦贬，读来一气呵成，直逼心灵。另一方面，这种成熟表现在小说由生活表层深入精神肌理。《烦躁不安》通过对世纪末都市生活中异常广泛的社会现象毫无讳饰的真实描写，表现出都市底层打工人的人生悲剧与精神悲剧。此外，小说中对"性"的描写，也值得我们深思。王十月在《烦躁不安》中叙写了孙天一与妻子香兰、红颜知己简洁如、三陪女阿涓这三个女人之间的爱欲。在作者笔下，孙天一和妻子香兰的爱是一种俗世的两性之爱；他和简洁如的爱则是一种柏拉图式的精神之爱，因此他们最终也没有产生实质上的性爱；而他和阿涓之间的爱，就纯粹是一种肉欲的狂欢。孟子说，食色性也。想爱和想吃，都是人类的基本权利，也是人性理所当然的一部分，但遗憾的是很多都市打工人连这种基本的权利都得不到。长久得不到，就会成为人性的障碍。故而小说情节发展到后来，妻子香兰离开了孙天一，红颜知己简洁如也离开了他，连三陪女阿涓也因他而丢掉了性命。不过，这些人性的障碍显然并非《烦躁不安》的主题，其中的性描写，也绝不游离于情节之外，都只是作者挖掘和表现人物的一个基点与尺度。我以为，这部小说的真正主题，还是作者对生活在都市里的底层打工人生存状态的精神反思。其中一个重要的逻辑便是：同样是在南城这座城市，东城与西城的生活为什么会有天壤之别？这种逻辑，用王小波的话说就叫作"黑色幽默"。

而《烦躁不安》在对打工文学进行新的叙事探索上体现出来的小说精神，即是其中的悲悯情怀。同样是来自湖北的作家刘醒龙认为他的文学观，可以用他的一部长篇小说的标题予以概括：生命是劳动与仁慈。刘醒龙认为，最朴素的东西，往往是最深刻的。作家南翔也认为，"当下小说的悲悯性主要由苦难、无奈、见怪不惊的荒唐以及恤人惜物的温婉构成"①。这种悲悯性体现在《烦躁不安》中，便是王十月能够在感人的细节上营造小说氛围，在生活场景的叙述中饱含情感力度。如小说中孙天一对其他打工妹的关照，和简洁如之间超越性爱的情谊。还有身为三陪女的阿涓，虽沦落风尘却也渴望真实可靠的爱情，等等。

继《烦躁不安》之后，王十月陆续创作了《活物》《31区》《大哥》《无碑》《收脚印的人》等长篇小说，尽管其写作技巧与手法越来越娴熟，但作为一部"揭示底层打工族的灵魂沧桑，书写当代都市人的精神困惑"的小说，此前的《烦躁不安》呈现出文学上的多重价值。它不仅还原了底层生活的本真，还让王十月的写作开始有着比较鲜明的底层意识和他们这个阶层的文化自觉。纵观整部小说，其笔触也开始深入到了对社会转型期感同身受的生存困惑、道德困扰、文化冲突、人性

---

① 南翔：《当下小说意义悬置的审美倾向》，《南昌大学学报》（人文社会科学版）1999年第4期，第6页。

尺度，甚至人类永恒的精神归宿等终极问题的追问，字里行间透出丰富而厚重的表现力，从而给人以灵魂的震颤——这，无疑是他对底层文学进行新的探索之后所获取的精神超越。

正是带着这种超越精神，在此后的漂泊岁月里，王十月创作出了《国家订单》这样一部闪烁着现实主义光芒的佳作，并以此斩获第五届鲁迅文学奖。因而，我有足够的理由相信，《国家订单》必将成为王十月小说创作的里程碑；我也有足够的理由相信，在文学的漫漫长路上，王十月必定会走出一条更宽广、更宏阔的金光大道。

第三章

随想录

文学信仰、作家使命与批评品格

新时代背景下，我们的作家与批评家何为？唯有坚持与时代同步，坚定内心信仰，明确使命责任，坚守自身品格，才能创作出无愧于时代的文艺作品。

一、作家要坚守信仰，不辱使命

当下文坛，最引人关注的并非那些默默耕耘的作家，璀璨的光芒不属于他们；最受人瞩目的并非那些思想厚重的作品，成功的荣耀不属于它们。反之，一些善于制造新闻话题的作家、一批熟谙市场潜规则的作品，受到读者盲目追捧。大众的眼球，似乎越来越热衷于一场场喧闹的文学事件，进而由此决定作家作品受认可程度的高低。譬如，文学排行榜的发布、作家富豪榜的排名、影视作品的改编、作家个人的隐私等等。倘若评判一个时代文学高下的标准，不再是文学作品的好与坏，而是文学事件的大与小，又倘若，我们的作家纷纷摒弃了文学的思想和写作的信仰，那么，我们的文学在热闹过后，还能剩下什么？

我深知，身处一个普遍奉行物质与权力的时代，公然谈论文学信仰不啻于一种奢望。在一些拜金主义者眼里，文学信仰一文不值，非但与现实格格不入，还显得那么奇异另类。甚至在当下不少作家心中，文学也早已和市场同流，与世俗合污，唯独与信仰无关。信仰的缺失，惜乎成为这个时代的文学之殇。久而久之，炒作手段的高低、作品版税的多寡、个人名利的大小，成为某些作家的终极追求。失去了信仰的文学，还是文学吗？文学除了市场和读者，毕竟还要有思想与信仰的烛照；作品除了版税和印数，毕竟还要有精神与心灵的抚慰。

必须重提文学的信仰。这不是一件多么令人尴尬的事情，恰恰相反，我认为它是一个作家之所以为作家的基本素养与品格。放眼古今中外，无论哪个时代，凡文学繁荣者，必定有着浓厚的文学氛围；无论哪位作家，凡成就斐然者，必定有着虔诚的文学信仰。对每一位有志于文学的作家而言，信仰不是精神点缀，可有可无，而是生命食粮，贯穿始终。黯然时，信仰是一盏明灯，照亮孤寂乃至清贫的写作之路；失意时，信仰是一抹暖阳，抚慰迷茫而又无助的困惑之心。唯有信仰的烛照，文学作品才能因此而更加深刻，文学影响才能因此而更加深远。也唯有在信仰的指引下，作家才能为时代、为社会立言。

为时代、为社会立言，传达的是一个作家的胸襟与气度，彰显的是一个作家的道义与担当。墨西哥作家富恩特斯曾说过："如果我们不开口说话，沉默的黑暗统治就会降临。"对任何一个有良知的作家来说，富恩特斯的话即意味着关注社会现实、关怀人生遭际、关心民族命运——这是文学最基本的东西，也是作家最基本的使命。由此，我想起了俄国伟大作家托尔斯泰。出于道义和良知使然，他塑造了不可磨灭的艺术形象，表现出俄罗斯民族深重的苦难和深沉的思索，以及内心的憎恨与热爱，借此深深打动并唤醒他的国家和人民，从而被誉为那个时代的"精神导师"和"指路人"。

而我们今天有些作家，面对现实中的疼痛、忧伤和种种不幸，则干脆"躲进小楼成一统"，沉湎在个人的世界里，以"个人写作"的名义远离生存现场——这无异于另一种精神逃避。诚如作家韩少功所说："眼下有不少作家只剩下嘴头上几个标签，丧失了思考和发言的能力……民众关心的，他们不关心。民众高兴的，他们不高兴。民众都看明白了的，他们还看不明白，总是别扭着。……以至现在，最平庸的人没法在公司里干，但可以在作家协会里混。最愚蠢的话不是出自文盲的口，但可能出自作家之口。"①他的这番话，无疑值得那些混世的作家深思。

必须重提作家的使命。

由此，我想到了作家贾平凹。在接受记者采访时，他对自己的创作生涯如此总结："我曾获第一届全国短篇小说奖，那是新时期第一个国内的奖项，当时和我一起得奖的有二三十个人，现在他们基本上都不写小说了，只有我仍在坚持。"②他进而强调，中国文人要为时代、为社会立言。无疑，这是贾平凹的肺腑之言，也是他这么多年来始终屹立于中国当代文坛的秘诀——坚持信仰，不辱使命。数十年如一日的坚持，是贾平凹内心不变的文学信仰，正是这份从不言弃的信仰，成就了一个长盛不衰的贾平凹。他在采访中还谈到："我一直认为，

---

① 韩少功：《我们傻故我们在》，《天涯》2006年第2期，第70—73页。
② 杨小玲，孔婷婷，贾平凹：《中国文人要为时代为社会立言》，《陕西日报》2012年5月7日。

创作是不需要热闹的一个行业。作为一个作家说到底是作品，别的都是过眼烟云。"①诚以为然。世界如此喧嚣，我们的作家，又能否对此不再浮躁虚妄，而是从容淡定，沉下心来，写出更加温暖的作品来？时代如此复杂，我们的作家，又能否对此不再熟视无睹，而是挺进时代，直面生活，写出更加深刻的作品来？

二、作家要有所为有所不为

受甚嚣尘上的实用主义和功利主义役使，许多东西正变得面目全非，包括文学。大众狂欢的表象下，潜伏的其实是某种病态的蔓延。道德沦丧和价值观紊乱，即是其典型表现。充耳所闻，尽为短视的"我死后，哪管它洪水滔天"；满目所见，皆是只顾眼前、忽视长远的营营碌碌。受此影响，当下文学随之也越来越功利化、娱乐化。如学者南帆所说："大众传媒之上，我们基本读不到文学作品，读到的是一大堆关于文学的消息。"②文学和娱乐的合流，此乃当下中国文学的一个重要特点。其中，一个显而易见的事实即是，演而优则写，写而优则演。前者导致了娱乐圈的出书热，后者导致了文学圈的改编热。两者最终共同演绎出一幕幕吸人眼球的闹剧。热闹过后，

① 杨小玲，孔婷婷，贾平凹：《中国文人要为时代为社会立言》，《陕西日报》2012年5月7日。

② 南帆：《我们这个时代的文学生活》，《江苏大学学报》（社会科学版）2012年第1期第14卷，第1—7页。

真正属于文学的东西烟消云散乃至销声匿迹。许多作家都憋足了劲地渴望一夜成名，但最好的方式不再是过去那种在知名文学期刊上发表一部有分量的作品，而是不择手段地炒作，譬如行为艺术，或者不怕腻歪地将小说改编成影视作品。久而久之，我们分不清究竟是娱乐成全了文学，还是文学堕落成娱乐。

甚至连一些颇有成就的作家，也难以经受住物欲的考验，面对各种喧嚣和诱惑，内心开始浮躁，写作的路子越走越窄，以至于成名前与成名后，其作品呈现出截然不同的精神风貌。更多作家，则或主动或被动选择了向出版市场和消费潮流缴械：青春文学一火，蜂拥而上的"老黄瓜刷绿漆——装嫩"；玄幻小说、穿越小说一火，不约而同地故弄玄虚或者进行时空穿梭；谍战文学一火，则又睁眼闭眼全是永不消逝的电波……总之，什么流行他写什么，全然不顾自己的写作优势和读者的审美期待。正如批评家谢有顺所言："听说写身体、写欲望的作品好卖，大家就都去写身体、写欲望，甚至写下半身；听说有民族文化内容的作品，容易获得国外出版商的认同，就都去写貌似有民族文化关怀的作品；听说只有写时尚生活的作品，才能俘获读者群的心，于是，二十几岁的年轻作家，写的几乎都是都市时尚生活，农村在他们的作品里，成了刻意回避的领域……"[1]这就是当下的文学现实。故而我觉得，对于一个真正优秀的作家来说，一定会有所为有所不为。他的写作，不因时代的变迁闻风而动，不因市场的裹挟随波逐流，而是只顺从自己内心的指引。

---

[1]　谢有顺：《重申灵魂叙事》，《小说评论》2007年第1期，第16—20页。

还有一种值得深思的文学潮流，便是底层写作。一个时期以来，随着中国社会各种矛盾和问题的丛生，底层文学似乎在一夜之间成了香饽饽。于是，作家有无底层意识、作品有无底层关怀成为评判一个作家水平高下及其作品好坏的重要标准。由此，那些千篇一律千人一面的底层经验和底层场景，几乎统治了当下写作的大势。作家具有现实主义倾向没有错，但并不是说，唯有表现底层的作品才是现实主义。也并不是说，大家都在关注底层，你若不去写就要落伍了，所以跟风去写底层。在这种情况下，可以肯定的是，对底层的不熟悉将会使得你的底层写作陷入虚假境地，你的底层意识与底层关怀，极有可能也只是没有根基的无病呻吟。况且，在很多作家那里，"底层"其实是一个非常片面和狭隘的概念。他们笔下的底层，不过是想象中的底层或者从各种媒介道听途说来的底层罢了，其所谓的底层叙事，也和当下群体庞大且真实存在的城市民工、蚁族、蜗居者、上访者和被拆迁者，有着不止一层的隔膜。事实上，当下将底层写得深刻而又到位的作家并不多见，更多的，是流于表层的跟风写作。对此，小说家徐则臣更是一针见血地指出其弊端："作家和批评家越来越功利，越来越投机了，很少有作家能坚定地贯彻自己的写作美学……那么多人对时髦的底层叙事趋之若鹜让我惊异，而且完全无视小说最基本、最朴素的东西……"①徐则臣绝非反对底层写作，而是反对趋之若鹜的文学跟风。从这里延伸开来，我们当然同样不是反对作家关注当下的生存现实，书写这个时代的弱势群体，而

①　转引自谢有顺《人心的省悟》，《天涯》2007年第2期，第47—59页。

是提倡在切身体验之后的关注和书写，是在调查研究之后的关注和书写。

因此，我愿意再次强调：面对时代的喧嚣，作家要有所为有所不为，绝不能被某些口号和潮流所左右。文学的根本价值，就在于它的独立性——主要表现于作家人格与思想的独立。这才是真正属于"个人"的写作，也才是创造性的、有价值的写作。

三、文学批评的品格及其姿态

一个时代的文学批评家的批评姿态，折射出这个时代的真实文学状况和人文环境。在我看来，文学批评和文学创作一样，须得有一个对抗社会时尚和过于喧嚣流行色的传统，而这，却异常清晰地体现在文学批评家的批评品格及其批评姿态上。毋庸置疑，以客观化的审美视角进入文学批评，显然要比单纯的吹捧与酷评真实得多，也有价值得多。一味赞歌式的浮夸难免失却文学批评家应有的品格和尊严，而一味恶意式的贬损又容易陷入简单的人身攻击，偏离了文学批评的正常轨道。文学批评家进行批评的尴尬之处，往往就是以中庸为真谛，向着世俗和名利低头。而真正的文学批评大师拿起手中的笔时，是不顾世俗利害、唯作品文本说话的。他们客观冷静地直面一切文学思潮、文学现象以及作家作品。

一个真正的文学批评家，应该坚守自己独立的批评品格，远离世俗的主流风尚，对文学进行精神与灵魂的审视，而不是庸常的絮语。然而，中国当下文学的主流批评恰恰存在着一定的灵魂缺失与精神萎缩。文学批评渐渐被市场与媒体所左右，总是在大而无当的赞歌与恣肆恶意的攻击之间进退维谷，作家和读者很难听到真正的批评的声音。大多数文学批评家将自己的批评视角与笔墨投向了文学的热闹喧嚣之地，而对一些处于边缘地位出于种种缘故未能进入主流文坛的作家作品，却少有注意。事实上，在一些边缘作家的作品里，我们往往能够读到异于所谓主流的特别内容。譬如王小波，他在世的时候，并没有多少批评家的目光注意到他，关于其作品的译介自然也是其身后的事情了。而王小波的出现无疑显示了文学的另一种可能，他的作品在精神上和鲁迅式的焦灼与反抗，可谓有着异曲同工之妙：对人间猥琐的嘲弄，对现实生活的焦虑，对芸芸众生的哀怜，以及回到生活的深处与内心的深处，"将人的狂放、朗然之气弥散在作品中"，"在嘲弄社会的同时，也冷视了自我"。显然，王小波之死唤醒了一种新的文学批评的诞生，即充满学术良知、生存尊严与批评真理的文学批评。不过，这种文学批评并非当前文坛的大多数，恰恰相反，它只在少数批评家那里存在着，热闹的文坛依然那么热闹，热闹过后，一片虚无。文学批评的光芒，倘若日益被甚嚣尘上的商业化炒作完全掩盖，文学批评的末路或许也就为期不远了，我们的文学批评必须对此有所警觉。

那么，究竟怎样的文学批评才是真正的批评，怎样才能让当下的文学批评走出两种极端，回归批评本身的要义？或者换句话说，文学批评何为？关于这个问题的回答，实际上也就牵涉到文学批评者的批评姿态问题。

　　　　　　　　　　　　　　　寻美的批评

文学批评的姿态首先在于文学批评本身。真正的文学批评姿态，必须从文学文本出发，超越固有的批评体系和禁锢，坚守一种精神的高度与文学的品格。而一个真正的文学批评家，必然是一个具有高度自觉的批评意识和较强的批判能力的人，应该坚守着自己的理想和灵魂，毫不含糊、毫不妥协地表达自己对当下文坛的清醒认识和独立批判。真正的文学批评姿态应该尽力使批评家与作家之间避免可能出现的暧昧和吹捧，而是拥有自己尖锐的锋芒，独立的精神，批判的立场，同时保持真诚的态度。遗憾的是，当下的文学批评界，脱离文本和作品的夸夸其谈式批评大有存在。

　　其次，文学批评的姿态在于真实，简而言之就是敢于说真话。诚如作家巴金生前曾反复强调的：讲真话，把心交给读者。在作品中讲真话，这的确很重要。俄罗斯作家索尔仁尼琴就此有过类似的表达："一句真话的力量比整个世界都重。"我们的批评家应该在面对一切文学现象和作家作品时，都能够"将判断与事实，激情与理性和谐地统一起来，以诗意朴实的方式讲真话，说人话"①。文学批评家并不仅仅只是一个头衔，更多的是一种责任，一种对文学的道德的责任。索尔仁尼琴亦曾说："每一位作家对人类的罪恶都有普遍的道德责任。"同样，每一位批评家对作家和作品也要有"普遍的道德责任"，并勇于担当这样的"道德责任"，对于具体的文学现象和作家作品，既不滥用批评话语判断的权利，又不至于使批评的文字屈从于不负责任的简单的艺术想象，而是对其进行理

---

① 李建军：《时代及其文学的敌人·自序》，中国工人出版社，2004，第3页。

性细致的文学分析和直率果断的艺术评价。毋庸置疑，我们仍然缺乏对文学负责任的、敢于不看脸色直言的批评家，当下的文学批评，则因在大多数时候缺乏健康的批评风气和成熟的批评意识，而成了一种可有可无的文化点缀。

丧失文学批评尊严与品格的追求，必然会导致批评家的急功近利，让文学批评现场充塞着放之四海而皆准的大话、神话、假话、套话、空话、废话。进而导致批评家们不学无术，装腔作势，强不知以为知，以无耻为无畏，直至文学批评品格的彻底丧失，直至文学批评尊严消失殆尽后，依然以追名逐利为终极信仰。作为文学批评家，我们始终应该恪守的一点就是：文学批评的力量不在于时尚和先锋，而在于怀疑和超越，它应该同现实保持一种必要的张力和距离，有着自己独立的思想。倘若没有丝毫的批判性而只是一味追逐文学时尚和肯定文坛现状，无疑就是对文学现存价值的一种谄媚，就会变成像马尔库塞说的"把现状变成唯一标准"的一种"拍马屁"。而文学批评更需要思想与品格的烛照，须知，文学批评一旦缺少了思想与品格做内核，就很容易变成纯粹理论与概念的演绎，如同小说作品失去了精神内核就会变成简单的技巧叙述一样。所幸的是，这个时代到底还有清醒的批评家，在文学的天空里孜孜不倦地探索着。

故而，坚守一种客观、真诚、质疑、率直的文学批评姿态，不仅仅只是一个文学批评家最起码的道德底线，更是一个文学时代的批评价值之所在。

文学的泛滥与经典的匮乏[*]

对中国现当代文学经典的建构，一直是国内学术界热衷的"大事件"。早在1994年，钱理群等学者就曾发出"现代文学必须经典化"的强烈呼吁。如今，二十个年头虽已倏然过去，所谓的现代文学经典却始终停留于争议阶段，非但未有取得共识，反而呈现出愈发焦虑的趋势。一个值得注意的迹象即是，在现代文学经典尚无定论的今天，部分文学评论家和学者又纷纷将目光聚焦于当代文学，忙不迭对其进行类似于现代文学经典化的阐述与建构。前些时候，文学评论家吴义勤就忧心忡忡地指出，当代文学出现评价危机的重要原因，在于经典化的滞后。他说："把经典的命名权推给时间和后人，这使得对当代文学经典作品的确认，成了被悬置的问题。"

几乎同一时间，学者程光炜在其《当代文学中的"鲁郭茅巴老曹"》一文中，不约而同地表达了他之于当代文学经典的看法："对当代文学六十年，至少在我个人对'后三十年'文学的评价中，贾平凹、莫言、王安忆和余华的文学成就，已经具有了经典作家的意义。即使在1917年以来的中国现代文学中，他们的成就似乎也不应该被认为逊于已经被广泛认可的'鲁郭茅巴老曹'。"从程光炜这段话中，我读出了两层意思：一是贾平凹、莫言、王安忆和余华可被认定为当代经典作

*　原载《文学报》2014年5月8日《新批评》专栏。

家；二是认定参照的标准，乃是现代文学史上的"鲁郭茅巴老曹"。结合自己的阅读经验，我对"鲁郭茅巴老曹"的评价及对当代文学的判断，与上述看法有所差异。总体而言，我认为这是一个文学十分泛滥而经典却极度匮乏的时代。

一、文学经典背后的意识形态

1949年后的很长一段时间里，中国文学充当着政治宣传的工具。在此背景下，"鲁郭茅巴老曹"的经典作家地位逐步得以确立。显然，"鲁郭茅巴老曹"这一排序的生成，折射的是1949年后某个时期内，国家主流意识形态对于现代文学经典的选择性建构。对此，程光炜教授还曾撰写《"鲁郭茅巴老曹"是如何成为"经典"的》一文，文中指出："鲁郭茅巴老曹"是经过文学史精心策划和"型构"的一个文学经典。故而，"鲁郭茅巴老曹"的命名与排序，并非传统文学意义上写作水平的高下，更大程度上体现的是政治意识形态在文学领域的渗透。

观照20世纪文学史，不难发现以下事实：文学经典的建构、解构与重构，确乎离不开特定的时代、人群、环境，以及特定的意识形态。还以"鲁郭茅巴老曹"为例。被确立为经典作家后，他们在文学创作上的表现，与1949年前竟然有着天壤之别，不禁令人唏嘘无比。譬如，其中的老舍先生，曾被誉为深受大众喜爱的"人民艺术家"。1949年后，他却站在时代和政治的立场上，全盘否定自己那些在现代文学史上早已形成定论的作品，并十分匆忙地按照新时代的要求对其进行修改。曹禺，这位23岁就写出《雷雨》的天才剧作家，却在39岁之后直到他去世的47年间，再没能写出一部令他和观众满意的作品。而最具有代表性、最具有震撼力、最发人深省的例子，当数郭沫若了。他曾在1966年的一次会议上说过一句名言：“拿今天的标准来讲，我以前所写的东西，严格地说，应该全部把它烧掉，没有一点价值。”一句话，就彻底颠覆了自己昔日一代“文学巨匠”的声名。

近年来，学术界在对现当代文学经典的多次解构与重构中，亦形成迥然有别的各种文学经典版本：有将鲁迅与胡适平起平坐的；有将鲁迅、沈从文、张爱玲、周作人、穆旦、曹禺相提并论的；有将鲁迅、郭沫若、茅盾、丁玲、艾青、姚雪垠一视同仁的；有评选20世纪九位小说“大师”，将金庸排列第四，而将茅盾剔除在外的；还有编辑出版“世纪文学60家”书系，将贾平凹排在巴金、曹禺、郭沫若、钱锺书之前名列第六的……众说纷纭，莫衷一是。由此，我想起了美国学者哈罗德·布鲁姆关于经典的看法：“经典的形成涉及一个深刻的真理：它不是由批评家、学术界或政治家来决定的。作家、艺术家、作曲家们自己决定了经典性，因为他们把最出色的前辈和最重要的后来者联系了起来。”所以，随着时代变迁和意识形态变化，20世纪50年代确立的“鲁郭茅巴老曹”这一文学经典，亦会遭遇不断被解构乃至重构的命运。

值得一提的是，出于意识形态原因而无法被列入此阵营的其他作家，写出漂亮文字及深刻作品的大有人在。譬如，在学者夏志清撰写的《中国现代小说史》中，就至少还有沈从文、张爱玲、钱锺书、张天翼等作家深受他青睐。换句话说，"鲁郭茅巴老曹"不过只是一种客观的文学存在，尽管曾贵为经典，却并不能代表中国现代文学的全部。

二、中国当代文学有无经典

若仅从文学史书写角度予以探讨，我能理解吴义勤、程光炜等先生对于中国当代文学经典化的呼吁和推动。但是，必须看到，文学经典的形成毕竟不是"此时的事物"，中国当代文学有无经典，亦非经典化就能化出来的。评论家王彬彬就说过，只有那些经得起反复细读的作品，才有可能经典化。"作品的每一个细节都要处理得非常好，非常妥帖，富有文学意味，才是好作品。按这个标准，当今很多作家的作品，都还达不到优秀。"这足以引起我们的作家深思。

客观地说，当下中国文学面临的现实处境并不乐观。一方面，从事文学写作的人正以前所未有的热情和激情越写越多，互联网的兴起更让文学几成泛滥之势，但面对时代的复杂与斑驳、荒诞和疼痛，多数作家却"自愿放弃心灵对某种真实的探求，不去主动让灵魂抵达社会现实的最内部，抵达人的最真实的内心"，而是选择和市场同流，与世俗合污，以致出现"回避崇高，情感缺失，以量代质，近亲繁殖，跟风炒作，权力寻租，解构经典，闭门造车，技术崇拜，政绩工程"的恶俗景象。因此，真正属于这个时代的好作品仍然匮乏。另一方面，耐着性子阅读文学作品的人越来越少。在当下许多人的阅读生活中，成功学、厚黑学、养生学类读物占据了主流，即使涉及文学，也基本局限于玄幻、盗墓、官场、职场为主题的类型文学。一言以蔽之："务实性"成为时尚，"娱乐化"成为主流。所以，有论者认为，我们今天有小说、诗歌、散文等等，却鲜有文学，文学的本身存在方式被连根拔起，不再从其历史的土壤中汲取任何的营养，不再有存在的任何新发现，文学本身发展的历史停滞了，而依其惯性产生出来的只是非艺术性的文字作品而已。如此情形，敢问经典何在？

近日，当读到美籍华裔作家哈金的《伟大的中国小说》一文时，我对中国当代文学的现状及前景再次表示忧虑。哈金在这篇文章中提出了"伟大的中国小说"的概念，在他看来，"伟大的中国小说"应该是这样的："一部关于中国人经验的长篇小说，其中对人物和生活的描述如此深刻、丰富、真确并富有同情心，使得每一个有感情、有文化的中国人都能在故事中找到认同感。"按照这个定义，哈金认为"伟大的中国小说"从未完成，也不会写成。果若如此，那么，谁是或将是中国当代文学的"鲁郭茅巴老曹"？

三、如何看待文学经典

不可否认，真正的文学经典，对于社会大众有着极强的精神引领作用。但究竟什么样的文学作品才能沉淀为经典？作为读者，抑或作为批评家，又该如何看待文学经典？

也许，文学写作的特殊性，导致评定文学经典的标准难以统一和固化，但至少有一点可以肯定：唯有经过岁月淘洗和时间考验的文学作品，才能成为经典。或者换个角度，借布鲁姆的话来说："一项测试经典的古老方法屡试不爽：不能让人重读的作品算不上经典。"文学经典如果有生命力，这种生命力就在于不同时代的读者，愿意对其进行反复阅读和阐释。而经典之所以是经典，就在于它既塑造了经典的人物形象，譬如鲁迅笔下的孔乙己和祥林嫂，巴尔扎克笔下的葛朗台和高老头；又积淀了丰富的思想，譬如曹雪芹的《红楼梦》和福克纳的《喧哗与骚动》；还体现了独特的审美追求，譬如陀思妥耶夫斯基的复调小说，刚去世不久的马尔克斯的魔幻现实主义小说。从而达到文学性、思想性和审美性的完美统一。

正是通过不断地阅读文学经典，德国诗人歌德和美国作家海明威后来在自己的写作生涯中才悉心体悟到，任何一个认真的当代作家，都不是同自己的同辈人竞争，而是同古代的伟大人物和死去的优秀人物一决高下。美国作家爱默生亦曾说过："只有传世之作才值得继续流传下去。"由此，我们当然可以想象，某个中国当代优秀作家及其作品将来会成为经典作家作品，但恰如布鲁姆所说，批评家并不能造就经典之作，"对经典性的预言，需要作家死后两代人左右才能够被证实"。中国古典文学中的四大名著，莫不如是。倘若没有足够的耐心，难免会有失偏颇。

总之，文学经典化的完成及经典作家作品的树立，不仅与作者、读者、批评、阐释等因素密切相关，还离不开意识形态、时间等其他多种要素共同且持续的作用。但对于中国当代文学而言，目前正进入一个文学泛滥与经典匮乏并存的时期，说什么似乎都有点为时过早。毕竟，一切尚在路上。

小说的尊严*

　　新世纪以来，文学受大众和流行文化的影响愈加深远。经济社会的进一步市场化和多元化，正在迅猛地改变着文学的根本面貌及其固有版图。举小说为例，不少作家似乎越来越缺乏叙事的从容和写作的耐心，更多地倾向于讲述一个离奇夸张的好看故事，以此取悦时代的审美风尚和大众的阅读期待。在他们笔下，小说写作不再是平庸与难度的角力，不再重视灵魂的救赎和思想的启蒙，仅仅只与畅销和印数有关。小说成了追新猎艳的世俗传奇或虚假俗套的市井故事。很显然，一部真正有价值的小说，重点和高度不在于此。今天的文学（尤其包括小说）创作，若是一味地向市场和版税缴械，势必因为品格的缺失而放弃应有的尊严。说到底，小说固然离不开故事的支撑，但小说写作不是百姓故事的复制，亦非个人隐私的贩卖，在情节和悬念之外，必定还有心灵的抚慰和思想的烛照——若无此用，谈何尊严？

　　小说尊严的匮乏，无疑是当前不可否认的文学现实。究其根本，皆因太多作家的心态过于浮躁甚至急躁。不妨以长篇小说为例：今天的长篇小说创作尽管以每年超越千部的汗牛充栋之势蓬勃生长着，但客观地讲，又有多少经得起历史的检阅

---

* 　原载《中国艺术报》2013年8月23日《文艺评论》版。

呢？一百年后，甚至五十年后，还会有人阅读今天的小说吗？由此我想，写作市场的繁荣背后，潜藏的其实是文学信念的溃败和写作耐心的隐退，暴露的其实是整体价值的紊乱和个人思想的贫瘠，取而代之的，是随波逐流、愤世嫉俗的自说自话，是矫揉造作、闭门造车的自欺欺人。心态的急功近利，必然导致小说尊严的缺席。我们今天不缺长篇小说的数量，缺的是质量。必须看到，相对于中短篇小说的篇幅而言，长篇小说有着独一无二的"长度、密度和难度"，作家莫言认为这"是长篇小说的标志，也是这伟大文体的尊严"。他曾在《捍卫长篇小说的尊严》一文中疾声呼吁："长篇小说不能为了迎合这个煽情的时代而牺牲自己应有的尊严。长篇小说不能为了适应某些读者而缩短自己的长度、减小自己的密度、降低自己的难度。"我愿意将这种尊严看作是小说必备的思想品格，唯有具备这种思想品格，小说创作才能站得起、立得住，才能改变当下精神低迷的文学现状和生命虚无的写作立场，最终构筑一个有灵有肉的文学世界和精神家园。

不独是长篇小说，中短篇小说创作同样不可忽视尊严的确立。尊严从何而来？尊严渗透于文学作品中。作家南翔认为，一个好的文学作品，应该具有三大信息量：一是生活信息量，二是思想信息量，三是审美信息量。他进而指出：生活信息量是我们全力搜寻与表现的人物、情感、历史及其生活细节，思想信息量是我们要通过人物、故事传导出来的深邃、理智而清明的思考，审美信息量则是我们的话语方式、结构方式等。对南翔的这一文学主张，我们还可以作如是理解：优秀的、有尊严的文学作品归结于生活的广度、思想的深度和审美的高度。

　　　　　　　　　　　寻美的批评

生活是树根，审美是树枝与树叶，思想则是树干。有思想的作品并非故弄玄虚故作深沉，而是关于生存状态、关于终极命运、关于生命意义的理性思考。对一部出色的小说而言，思想不是可有可无的点缀，它贯穿于文本的始终。确立小说的尊严，则正是将文学性、思想性和审美性贯穿于整个创作过程。

小说尊严的有无关乎一部小说的好坏。回顾新时期以来的小说创作，纷繁热闹地经历了多种流派或主义的技巧性探索。在我看来，无论是先锋派的注重"怎么写"，还是现实主义的注重"写什么"，都并非评判一部小说好坏的唯一标准，关键在于这种写作是否体现出小说应有的尊严。事实上，我以为小说写作既没有固定套路，也没有永恒模式，谁都无法规定小说必须如此这般发展。我们也许无法给什么是好小说下一个确切的定义，但我心目中的好小说，还是有一定的标准，那就是毫无功利地关注人类的生存状态、精神命运和心灵世界，给自己、给小说人物以活着的尊严。在批评家谢有顺看来，"小说的使命即是照亮生活世界，并守护这个世界的复杂性和丰富性"。对此我深以为然——这样的小说，才是真正赋予了写作的尊严，并能真正经得起时间的考验。

中国小说发展至今，是到了大张旗鼓确立其尊严的时候了。那么，如何才能确立起小说写作的尊严？我以为，最根本的是倡导一种精神的叙事。所谓精神的叙事，即是在小说创作中"能看到生命的宽广和丰富，能'饶恕'那些扭曲的灵魂，能有无所不包的同情心，能在罪与恶之间张扬'无差别的善意'，能对坏人坏事亦'不失好玩之心'，能将生之悲哀和生之喜悦结合为一，能在'通常之人情'中追问需要人类共同承担的'无罪之罪'，能以'伟大的审问者'和'伟大的犯人'这双重身份写出'灵魂的深'"。换句话说，能通过小说传达出人情与人性之美，将生命关怀和悲悯情怀渗透其中。一切伟大的文学，无不有着这一可贵品质。唯有这样的文学作品，才能深入人心并打动人心。显然，我们的时代需要这样的精神叙事。因为，曾有的经验书写和欲望叙事，已无法表现出这个时代的复杂与辽阔。时移世易，文学的使命始终如一，文学气息的流转却在悄然发生改变，精神叙事适逢其时。唯有尊重精神、珍视生命的写作，才能传达出人世的善良和温情，才能表现出心灵的真实和厚度。我多么希望看到，能有更多作家成为真正的精神叙事者。他们的写作，以确立尊严为归旨，不再停留于现实的表层，而是深入社会的肌理；不再沉迷于身体的快感，而是着力于思想的发掘；不再热衷于欲望的宣泄，而是倾心于精神的雕刻。

我深知，在当下崇尚娱乐化、速朽化的时代背景中，向肤浅、粗糙的小说写作倡导精神叙事，是一件吃力不讨好的事，但我决不妥协，我愿意在自己的文学生涯中，坚守精神的高地，开拓灵魂的视野，从而赋予小说应有的尊严。

好小说与什么有关*

在今天这个充满喧嚣和诱惑的物质时代，我不知道还有多少人愿意静下心来，或者黄昏里，或者临睡前，或者夜深后，或者旅途中，无论开怀、欣喜、失意、孤独、忧伤、疲倦时，读一读小说。如果有，那将是小说和作家之幸；如果读的人很多，则无疑是小说和作家之大幸。当然，那些只想将小说写给自己看的作家除外。

客观地说，当下中国小说面临的现实处境并不乐观。譬如，曾经以先锋小说风靡于当代文坛的作家马原，就早已"金盆洗手"不写了，其理由是：小说死了。他的这一判断虽因带有个人主观性而未免过于悲观，但从一个侧面反映了小说在这个时代的生存境遇。一方面，从事小说写作的人正以前所未有的热情和激情越写越多；另一方面，耐着性子阅读小说的人却越来越少。之所以出现这样一种尴尬局面，与整个社会大环境固然关系密切，诸如拜金主义的盛行、传播媒介的多样化等等，这可视为其中的客观因素。不过，其中还有一个重要原因，则是源自作家本身。与少数作家的精神坚守相比，更多作家容易受到外在环境和出版市场的影响，内心正变得越来越脆弱和浮躁，从而导致写作耐心的极度缺乏。在他们笔下，小

*　原载《中国艺术报》2011年11月2日《文艺评论》版。

说写作不再是平庸与难度的角力，不再重视灵魂的救赎和思想的启蒙，仅仅只与畅销和印数有关。相应地，他们如果聚在一起，谈论的话题也不是小说的优劣，而是版税的多寡、炒作手段的高低及其他各种八卦新闻旧事。这是造成今天作家和读者相互不满意的深层原因。

我不反对作家为了兴趣甚至生存而写作，我反对的是，作家以写作为名堕落为金钱和名利的奴隶。一个真正有抱负的小说家，应以写出好的小说为旨归。对读者来说，则以读到好的小说为快事。只是，作为一个读者，我在有限的阅读体验中，充分感觉到好小说踏破铁鞋无觅处，而味同嚼蜡、粗制滥造乃至令人窒息的小说比比皆是。那么，什么样的小说才算得上好小说呢？

作家纳博科夫认为，文学作品首先是对个人产生重要意义，他也只愿对读者个人负责。作家池莉也有着相近的观点。她觉得好小说并不在于作家自己所声称的社会意义，也并非日后社会对于该小说的意义评价，而仅仅在于作品本身：熟悉生活并且能够洞察生活，用自己独特的文字功夫将独特的生活理解表达出来，深入浅出、恰到好处并且色香味俱全——无论什么题材。所以，她认为，小说首先是好看不好看的问题。小说与所有的艺术品一样，与花朵、舞蹈、绘画、雕塑一样，其关键要素便是好看和迷人。好小说要动人，要拥有超越时代的风韵和魅力，要像越陈越香的好酒，任何时候开坛，都能够香得醉人。

回顾新时期以来的小说创作，经历了纷繁热闹的多种流派或主义的技巧性探索。在我看来，无论是先锋派注重"怎么

寻美的批评

写"，还是现实主义注重"写什么"，都并非评判一部小说好坏的唯一标准。事实上，我以为小说写作既没有固定套路，也没有永恒模式，谁都无法规定小说必须如此这般发展。我们也许无法给好小说下一个确切的定义，但我心目中的好小说，还是有一定的标准，那就是毫无功利地关注人类的生存状态、精神命运和心灵世界。说到底，小说固然离不开故事的支撑，但小说写作不是百姓故事的复制，亦非个人隐私的贩卖，在情节和悬念之外，必定还有心灵的抚慰和思想的烛照。

据此，我心目中的好小说应该是这样的：语言追求精雕细琢，细节注重准确传神，故事演绎引人入胜，人物塑造鲜活生动，叙事从容，想象力丰富。更重要的，是如何与现实生活接轨、发现并揭示生存真相，如何从精神气质上与时代同步，如何适应现代人性并予以精神关怀，从而引领读者向善、向美、向崇高，对社会与人生进行独立思考与理性判断，进而提升整个人类的精神生活水准。

莫言的小说经验*

　　《讲故事的人》，这是莫言问鼎2012年诺贝尔文学奖后，在瑞典学院发表的主题演讲。其中关于小说写作经验之谈，我以为尤其值得广大作家重视。概括起来，至少有以下几点可供借鉴：

　　关于写作根据地。"一个作家必须有一块属于自己的地方。"关于这一点，在不同作家那里轻易能找到属于他们的地方，譬如，鲁迅笔下的未庄、老舍笔下的北平、沈从文笔下的湘西、贾平凹笔下的商州、苏童笔下的枫杨树村、毕飞宇笔下的王家庄……属于莫言的地方，自然是高密东北乡。在莫言的小说世界里，高密东北乡是他反复吟哦的精神家园。对一个作家而言，为何必须有一块属于自己的地方？盖因只有找到了属于自己的地方，作家的创作才能找到灵魂的栖息地，才能找到内心的避风港。

　　关于创作姿态。文学源于生活又高于生活，这是亘古不变的文学真理。正因如此，莫言才会在演讲中强调："一个人在日常生活中应该谦卑退让，但在文学创作中，必须颐指气使，独断专行。"这种创作姿态，彰显的其实是作家的文学抱负。文学创作首先面对的毕竟是作家自己，而文学创作最大的敌

---

* 原载《中国艺术报》2012年12月12日《文艺评论》版。

　　　　　　　　　　　　　　　　　　　　寻美的批评

人，往往也是作家自己。此时需要的，当然不是怯懦退让，而是"颐指气使，独断专行"。唯其如此，作家的创作潜能方可得到最大限度的释放。对一个胸怀高远抱负的作家来说，写作显然是最好的生活方式，创作过程中，他因灵感迸发而抵达物我相忘境界，他陶醉于笔下的人物、故事以至无法自拔，他相信自己此刻正通往伟大小说的路途中，他必须倾其所有，披荆斩棘，毫不畏惧，以求得心中那部好作品的诞生。

关于想象力。"小说必须虚构，必须想象。"莫言如是说。对此，我的理解是，小说是虚构的艺术，虚构的方式，便是想象。某种意义上，作家的想象力越丰富，笔下的作品也就越丰富。换句话说，作家的想象力有多远，创作就能走多远。秘鲁作家略萨亦曾说："虚构不是经历的生活，而是用生活提供的素材加以想象的心理生活；如果没有这种想象的生活，真正的生活就可能比现在的状况更加污秽和贫乏。"可见，虚构不仅是一个作家创作能力的体现，更是一种可贵的文学品格。正如哥伦比亚作家马尔克斯所言："小说是用密码写就的现实，是对世界的猜测。"这种猜测，说到底还得依赖虚构或想象。透过莫言《丰乳肥臀》《生死疲劳》等作品，我看到了想象力之于作家的重要性。

关于小说人物。莫言将小说写作概括为讲故事，而故事好看与否、动人与否，和人物塑造息息相关。我以为，每一个伟大作家笔下，必定至少有一个经典人物，就如莫言所说："一个作家所塑造的若干人物中，总有一个领头的。"这个领头人物，即是上文所述的经典人物。古今中外，但凡提到那些青史留名的作家，读者脑海就会立刻浮现出他们塑造的经典人物形象。譬如，曹雪芹笔下的贾宝玉、鲁迅笔下的阿Q、巴尔扎克笔下的高老头、托尔斯泰笔下的安娜·卡列尼娜等等。因此，在某种程度上，写小说其实就是写人物，人物塑造的成败，直接决定着小说的好坏。这就告诉我们的作家，讲故事的能力和水平固然重要，但最终还是要落实到具体的人物形象上来，人物和故事同等重要。

关于个人经验。按我的理解，作家的个人经验，体现在文学创作中即为"写什么"，作家的写作技巧，体现在文学创作中则为"怎么写"。一直以来，在某些作家那里，"写什么"和"怎么写"似乎是非此即彼的关系，或认为"写什么"比"怎么写"重要，或认为"怎么写"比"写什么"高明。莫言却认为，"作家的创作过程各有特色……最后都必须和个人的经验相结合，才有可能变成一部具有鲜明个性的，用无数生动细节塑造出了典型人物的、语言丰富多彩、结构匠心独运的文学作品"。简而言之，莫言倡导的是"写什么"和"怎么写"并驾齐驱。"生动细节""典型人物""语言丰富多彩""结构匠心独运"，这关乎的是"怎么写"，"必须和个人的经验相结合"，"才有可能变成一部具有鲜明个性的……文学作品"。因此，好的文学作品，从来就不存在"写什么"与"怎么写"的分歧，恰恰是这两者的完美结合。

关于文学立场。文学是人学，莫言对此深信不疑，在他看来，"小说家是社会中人，他自然有自己的立场和观点，但小说家在写作时，必须站在人的立场上，把所有的人都当作人来写。只有这样，文学才能发端事件但超越事件，关心政治但大于政治"。站在人的立场上，这是一个作家最基本的写作伦理。真正的小说，关心的永远是人，叙写的永远是人的生存状态与精神境遇。伟大的文学，应有着"寻找人""发现人""肯定人"的思想追求与审美质地。

莫言获奖，源于他以自己的方式，讲述自己的故事。他的小说，无疑体现了中国气派与中国经验。这种经验，回应传统，直指当下，走向世界。莫言的成功固然不可复制，但我想，文学创作原本存在相通之处，所谓"他山之石，可以攻玉"，若能以此为契机，重新审视他的小说经验，对于中国文学的当下与未来而言，岂不是功莫大焉？

当下诗歌的虚与实*

　　《诗刊》副主编商震在"中原诗群高峰论坛"上接受记者采访时认为："现在我国的诗歌产量要大于唐朝，每天诞生上万首诗歌并不是虚妄之言。可以这么说，当下诗歌的发展不亚于盛唐。"无独有偶，最近我在《北京文学（精彩阅读）》2012年第2期读到一篇文章，名为《当下诗歌：诗歌史上最正常的时期》，该文作者燎原表达了与商震类似的看法："眼下的诗歌——姑且把它设定在21世纪新十年这一范畴，既是当代诗歌史上最为正常的时期，也是最富文本成果的时期之一。"当下诗歌究竟是不是诗歌史上最为正常的时期，其发展是不是真的不亚于盛唐？燎原和商震从不同角度给出了各自的判断。我想，同意他们观点的或许不在少数，否定他们观点的也一定大有人在。作为一名诗歌爱好者，姑且就此谈谈自己的看法。

　　事物的权衡，总会有一个参照系。关于当下诗歌好坏的评判，同样如此。是不是一定要比肩盛唐、一定要盖棺定论为最？我看大可不必。一个时代有一个时代之文学，盛唐诗歌因其国势之昌带来气象上的"博大、雄浑、深远、超逸"（袁行霈《盛唐诗歌与盛唐气象》），越千年而不衰，可谓"潮平两岸阔，风正一帆悬。海日生残夜，江春入旧年"（王湾《次北

---

* 原载《伊犁晚报》2012年7月18日。

　　　　　　　　　　　　　　　　　　　　　　寻美的批评

固山下》）。放眼回望，孟浩然、王之涣、王维、李白、杜甫，一个又一个如雷贯耳的诗人背后，映照出一个时代的浩荡文脉。而当下诗歌，因为多元、浮躁的时代特征，造成其写作上的喧嚣、芜杂。互联网的发展，更为其传播带来极大便利。于是，一个令大家尴尬的局面由此产生：写诗的人多于读诗的人。言外之意即是，诗歌的写作门槛很低，只要你愿意，人人都可以成为诗人。在这种背景下，势必会出现像商震所说的"现在我国的诗歌产量要大于唐朝，每天诞生上万首诗歌并不是虚妄之言"。但因此而抛出"当下诗歌的发展不亚于盛唐"之结论，难免会给人以牵强附会之感受。首先，当下诗歌与盛唐诗歌，一为现代诗，一为格律诗，原本在形式和意蕴上就无可比性。其次，正因为当下诗歌写作者众多，使得诗人队伍良莠不齐，山头主义、圈子主义盛行，拉帮结派者有之，沽名钓誉者有之，下半身、梨花体、羊羔体，你方唱罢我登场，琳琅满目，泥沙俱下。凡此种种，又怎能轻易说"当下诗歌的发展不亚于盛唐"呢？再者，盛唐诗歌毕竟经过了历史的检阅，才有了那些传诸后世的千古绝唱。若真要拿当下诗歌与之相较，再等一千年如何？

当然，另一个不容忽视的事实，即是当下诗歌在几代诗人的努力下，的确逐渐臻于成熟和完善。随着时间的流逝，新世纪以来，更多诗人以自己真诚的写作，让现代汉语诗歌走向了一个全新的境界。一批又一批的诗人和小说家一样，在当代文坛异军突起，引起了广泛关注，得到了许多读者特别是诗歌爱好者的认可。他们在与世无争的心态下，默默无闻地耕耘着。批评家谢有顺曾说："在今天这个时代，小说可以畅销，散文可以名世，话剧可以成为政府文化项目，批评也可以寄生于学术场，唯独诗歌，一直保持着边缘和独立的状态。没有市场，没有版税回报，也没有多少文学权力的青睐，它坚韧、纯粹地存在，如同一场发生在诗人间的秘密游戏，有些寂寞，但往往不失自尊。"边缘、独立、坚韧、纯粹、寂寞又不失自尊，这同样是今天的诗歌现实，我们必须对此心怀敬意。

　　进而言之，在当下的文学语境中，诗歌远没有我们想象的那么神圣，也远没有我们想象的那么卑微。远没有我们想象的那么阳春白雪，也远没有我们想象的那么下里巴人。"诗言志"——很多时候，它甚至不是形而上而是形而下的，或者就是一道阳光，一滴水珠，一声叹息，一句问候。自然而然，诗歌也远没有我们想象的那么颓废、那么堕落、那么边缘、那么沉寂、那么玩世不恭、那么不值一文，更远非文学发展中"扶不起的阿斗"。应该看到，古今中外，在赖以生存的这个地球上，有生命的地方就有诗人，有文学的地方就有诗歌。人类不灭，诗歌永存。

　　因此，对于当下诗歌，我们既不要自欺欺人，也无须妄自菲薄。就个人而言，对于诗歌的当下与未来，我始终保持清醒而又乐观的心态。在我看来，一个真正的诗人，内心必然拥有超强的定力，从而抵挡俗世中的各种诱惑。这样的诗人，即使无法成为伟大的诗人，也断然不会成为平庸的诗人。

　　　　　　　　　　　　　　　　　　　　　　　寻美的批评

我们的时代及其文学选择[*]

　　德国汉学家顾彬对中国20世纪90年代后迎合市场、迎合声色肉欲的作家及其作品，始终秉持严厉的批判态度，并认为很多作家不是在创作，是在玩文学。顾彬对中国当代文学的这一看法，着实令我们为数不少的当代作家汗颜。显然，无论其出于何种原因及思考而做出以上判断，对当下中国文学的触动都是极其强烈的。顾彬的观点虽因考察方法与角度的不同而难免失之偏颇，却至少在一定程度上反映了中国当代文学缺乏经典作品的不争事实。21世纪的今天，"中国崛起"的声音早已响彻寰宇，反映在文学创作上，即是长篇小说以每年超千部的产量显现出欣欣向荣的表象。与此同时，我们的文坛逐渐随着市场经济的浪潮日益娱乐化、庸俗化、侏儒化。可见，多数时候，一个时代的经济发展与文学繁荣并不同步。因此，美国学者哈罗·布鲁姆将这个时代称之为"混乱的时代"。所谓混乱，意即价值观的扭曲和信仰的畸变。关于这一点，作家路遥早已指出："在当代的现实生活中，我们常常看到这样一种现象：物质财富增加了，人们的精神境界和道德水平却下降了；拜金主义和人们之间表现出来的冷漠态度，在我们的生活中大量存在着。……如果我们不能在全社会范围内克服这种不幸的

* 原载《草原》2012年第2期。

现象，那么我们就很难完成一切具有崇高意义的使命。"时至今日，逝去的路遥所深怀的这种忧虑，非但未能消除，反倒因为社会成员的集体麻木而愈来愈显得彤云密布。

人类追求现代化的步伐，从其一开始就似乎再也难以停歇。对中国而言，现代化固然带来了经济的腾飞和物质的丰富，但精神的萎缩和道德的失范，不折不扣地成为这个时代的病象。要知道，"现代化从来就是一把双刃剑，它一面以利锋斩断一切保守、僵化、迷信等的思想观念和习惯势力，另一面又以冷酷的锋刃对人的温情、质朴以及一切已经建立起来的伦理秩序和道德体系日加凌逼"。正是在这个意义上，批评家谢有顺冷静而客观地说道："这是一个大时代，也是一个灵魂受苦的时代。所谓大时代，是因为它问题丛生，有智慧的人，自可从这些问题中'先立其大'；所谓灵魂受苦，是说众人的生命多闷在欲望里面，超拔不出来，心里散乱，文笔浮华，开不出有重量的精神境界，这样，在我们身边站立起来的就不过是一堆物质。即便是为文，也多半是耍小聪明，走经验主义和趣味主义的路子，无法实现生命上的翻转，更没有心灵的方向，看上去虽然热闹，精神根底上其实还是一片迷茫。"他进而指出："中国当代文学中，这些年几乎没有站立起来什么新的价值，有的不过是数量上的经验的增长，精神低迷这一根本事实丝毫没有改变，生命在本质上还是一片虚无。"而在我看来，造成这种迷茫与虚无的根源，盖因"在一个新潮迭涌、乱象纷呈的环境里写作，其实是一件很艰难的事情，因为，病态的求新求变的风气，很难使人沉静下来，很容易使人谋虚逐妄，很容易使人蔑视规范和拒绝传统"。于是，更多的作家选择了回避沉重，迎合轻浮；选择了抛弃精神，拥抱世俗。故而我想，顾彬认为"中国当代文学全是垃圾"，是否就此而言的呢？

因此，面对时代的浮躁与喧嚣，重提作家"为谁写""为何写""写什么"以及"如何写"等诸多常识性问题，显然并非多余。因为这个时代已有太多的作家，对上述问题视而不见，他们的写作，仅仅为个人写、为名利写，往往热衷于写性和欲望，漫不经心，毫无立场，既缺少对生命应有的尊重和匮乏对存在必要的追问，又不屑于对人性进行细致挖掘和对灵魂进行深度探索，而是躲进象牙塔里成一统，无病呻吟，顾影自怜。对于此类文学，我将其视为"失重的文学"，缺乏根基，永远是飘在空中的。值得庆幸的是，尚有一批孜孜不倦的作家，以其真诚的写作姿态创作出不少厚重的作品，从而不至于让这个时代的文学显得过于贫瘠和苍白。譬如莫言、贾平凹、王安忆、格非、毕飞宇、麦家、东西等等，当然，这份名单还可以开列得更长一些。

由此，我想到了一个关于写作的更深层次的问题。在这个混乱而又嘈杂的时代，我们究竟该做出怎样的文学选择？诚然，"我们的时代无时无刻不在选择着文学，而我们的文学也在不断地选择着自己在时代生活中扮演的角色或自身对时代最敏感的问题，这种双向的选择越是刻板、僵硬、整一化，文学就越不会真正繁盛。越是多样而自由，文学就越能不断焕发活力"。而在这种自由选择的背后，我认为还应有"寻找人""发现人""肯定人"的文学思想与审美质地，毕竟文学归根到底是人学。诚如批评家谢有顺所说："文学实在是最日常的事物，凌空蹈虚、好高骛远反而远离了文学的本心。好的文学，应该告诉我们人类是如何生活的，也应该告诉我们人类是怎样走来的，又将如何走下去。也就是说，文学中的'生活世界'，还应与'人心世界'对接。"为此，他进一步强调："文学是灵魂的叙事，人心的呢喃，这是任何时候都不能动摇的根本指向。""文学如果不能从生命、灵魂里开出一个新的世界，终究没有出路……守住生命的立场，肯定这个世界的常道，使文学写作接续上灵魂的血管，这是文学的根本出路，古今不变。"之所以要将"生活世界"与"人心世界"对接起来，是因为"真正的小说关心的是人，叙写的是人在某种特殊的生存环境里的人生遭遇和内心体验，小说家的写作目的，就是要通过有意味的情节想象和具有典型性的人物形象，帮助读者认识社会，认识生活，向读者提供人生的经验和智慧，从而对读者人格成长和道德生活发生积极的影响"。批评家李建军的这一看法无疑指出了其中的真谛。事实上，这个世界上真正伟大的文学作品，无不对人类道德思想产生重大影响，譬如托尔斯泰的《战争与和平》、肖洛霍夫的《静静的顿河》、雨果的《悲惨世界》、普鲁斯特的《追忆似水年华》、马尔克斯的《百年孤独》、曹雪芹的《红楼梦》、鲁迅的《呐喊》、路遥的《平凡的世界》等等。

中国改革开放以来，经济快速发展，但人们的精神（文化）失落了，人们的内心缺失了信仰。也就是说，我们不知道我们活着为什么？我们的精神高地在哪里？因此，我们需要在小说创作中重拾这样一个命题：人活着为什么？"世界文学史上，凡是今天还焕发着光辉的作品，无一例外都是深究世界和生命奥秘的，是复杂的，带着根本性的疑问的。人为什么活着？人为什么会恐惧？活着为什么这么艰难？绝望怎么产生的？等等。有了这种问题意识之后，作品的精神品格就复杂了，而复杂常常是伟大作品的品质。不是故意弄得复杂，而是精神世界太过于丰富。一些作品的失败，就是因为它们太简单了，太直接了，太白了，一目了然，没有可以深究和回味的东西。……真正的好作家应该在存在的问题上长驱直入，深深地钻探世界和人性的真相，它的文学品格才会复杂、深邃、博大。……那些伟大的文学和思想能留下来，就在于它们呈现了一些非凡的东西，并给人类留下了许多永恒的疑问。"由此，我想起了法国著名哲学家、思想家和作家萨特在其《什么是文学》一文中，也曾对上述类似文学现象做了极其形象的描述："但是我们不注意他们提供的证据，因为对于他们企图证明的事情我们毫不关心。他们揭露的弊端与我们的时代无关；另一些使我们义愤填膺的弊端，他们却根本想不到；历史推翻了他们的某些预言，而那些日后证实了的预言则因为它们变成事实是那么久以前的事情，我们忘了这曾是他们的真知灼见；他们的有些思想已完全死去，另一些思想则为全人类接受，以致被我们看作老生常谈。于是这些作家最出色的证据已失去时效，我们今天欣赏的只是推理的条理分明和严密性；他们煞费苦心的经营在我们眼里只是一个装饰品，一个为展开主题而构造的漂亮建筑物，与另一些建筑物，如巴赫的赋格曲和阿尔汗布拉宫的阿拉伯装饰图案一样没有实际用途。"为此，萨特提出他心目中理想的文学作品："我们既非过分感动，又非完全信服，于是可以安全地享受众所周知能从艺术品得到的有节制的快感。这便是'真正'的'纯粹'的文学：一种呈现为客观形式的主观性，一种经过古怪的安排后变得与沉默相等的言辞，一个对自身有争议的思想，一种理性，但它又是疯狂戴上的面具，一种永恒，但它暗示自己仅是历史的一个瞬间，一种历史瞬间，但它通过它揭露的底蕴，突然指向永恒的人，一种永久的教训，但它与教训者本人的明确意志相左。"这种文学作品，无疑值得我们的作家学习与借鉴。

这些年来，中国文学获得长足发展确乎是客观事实，但文学创作中的思想性、艺术性、审美性等本真要素的缺失亦是不容忽视的事实。尤其是20世纪90年代以来，因受商品经济大潮的冲击以及互联网的发展，从事文学写作的人越来越多，中国文学进入一个"人人是作家"的时代。从某种意义上而言，这种局面的出现对繁荣文学创作有一定积极作用，但随之带来的问题是，写的人越多，产生的文学垃圾也就越多，鱼龙混杂、良莠不齐，与此同时，真正崇尚文学阅读的人却并没有随之增加。有论者认为，我们今天有小说、诗歌、散文等等，但是却鲜有文学，文学的本身存在方式被连根拔起，不再从其历史的土壤中汲取任何的营养，不再有存在的任何新发现，文学本身发展的历史停滞了，而依其惯性产生出来的只是非艺术性的文字作品而已。

众多作家不再将文学写作视为一件神圣的事情，在他们眼中，文学写作变得和吃喝拉撒睡一般，成为个人日常生活的组成部分。他们的潜台词很明白："文学就是文学，哪有那么多理想啊，沉重啊，担当啊？我就是为自己写作。"不错，文学必须首先是文学，这是进行文学创作的先决条件。然而，若仅仅只是一堆堆庸常文字的垒砌，读者凭什么要去阅读？文学又

　　　　　　　　　　　寻美的批评

因何而伟大？很显然，文学和哲学、美学等其他艺术类型一样，必须有一颗敬畏之心和一份真诚之情，方可结出有"价值"的硕果来。波普尔在写于1952年的《猜想与反驳》中说："真正的哲学问题总是植根于哲学之外的迫切问题，如果这些根基腐烂，它们也就消亡。"由此我们也可以这么说：文学的价值并不仅由文学本身构成，文学如果不植根于文学之外的问题，也注定会"腐烂"并进而"消亡"的。仅仅追求"文学就是文学"的文学，注定难以成为伟大的文学。

那么，文学之外的问题所指为何？古人讲"天道人心"，蕴含着真理、博爱、苦难、拯救和人类心灵等重大问题，这些问题同样应是文学之外的问题。也就是说，文学写作除了关注其本身的文学性之外，还应关注人的生存境况这一"迫切问题"。在我看来，"文学为人生"和"文学为艺术"都不错，但都不够完美，若将两者结合起来，做到既有"为人生"的责任与担当，又有"为艺术"的审美与情感，则何其伟大！"真正的作家把文学当作讨论生活的一种方式。他关心、同情弱者和不幸的人们。他把写作当作帮助人们摆脱苦难、获得拯救的伟大的伦理行为。他大胆地抨击罪恶，无畏地追求真理，执着地探寻生活的意义。"作家贾平凹也认为："作品要写出人类性的东西，要有现代意识，也就是人类意识。""衡量一部作品，主要看心灵方面的东西和文字方面的东西，心灵的东西在文字背后，是渗透出来的。"在此意义上，文学如何与现实生活接轨，如何从精神气质上与时代同步，如何适应现代人性等等这些问题，都是值得我们思考的。伟大的文学不是迎合而是引领读者，向善、向美、向崇高，对社会与人生进行思考。

最后，让我以批评家吴义勤的话结束本文："我们不缺能迅速敏锐地捕捉和表现时代的现实主义作家，也不缺关心历史、文化甚至人类命运的'思想家'，但我们缺少那些对于艺术的完美有高度敏感和追求的真正的'艺术家'。"

第四章

访谈录

深圳孕育着最富现代性的城市文学形态
——蔡东访谈录[*]

一、个人创作及阅读：以写作捍卫一个更好世界

陈劲松：蔡东老师，你好！前些时候，青年作家王威廉来信告知，他和青年批评家陈培浩今年在《特区文学》共同主持《大湾区文学地理》专栏，欲邀请我和深圳作家做一个对谈。得知访谈对象是你后，我欣然接受了邀约。一则，有幸认识并关注你的写作十多年了，尽管我们曾经在不同场合也有过各种交流，但像今天这样郑重其事的访谈还是第一次，我们正好可以借此机会就彼此感兴趣的话题再深入聊一聊。二则，我从研究生时期即开始阅读深圳作家作品，并持续跟进其创作态势。粤港澳大湾区成立后，我又将关注视野延伸至香港、澳门及珠三角其他城市的文学创作及发展，在此过程中，我对深圳文学乃至粤港澳大湾区文学产生了诸多思考，亦伴随着不少困惑，我愿就此和你进行分享和探讨。我想，我们的对谈大致可以围绕你的个人创作与阅读、深圳文学及城市写作、粤港澳大湾区文学现状和未来等话题展开，当然也不局限于此，可以尽量轻

* 原载《特区文学》2020年第5期。

松活泼一些。你看如何？

蔡东：说真的，一听说要做访谈，抵触、担忧、害怕一起涌上来。很多话题翻来覆去说，难有新意。另外，作家重要的永远都是作品。访谈做得多，心慌意乱，小说写出来，心里才踏实。纠结是有的。但正如劲松兄所言，相识多年还是第一次做对谈，机缘到了。看到你发来的几个对谈话题，花了很多心思，这些问题也很有展开谈的必要。

陈劲松：我至今记得最早邂逅你作品时的情形。十四年前的那个春季，我尚念研究生，某天去学校图书馆翻阅文学期刊时，偶然读到了你发表于《人民文学》2006年第3期《新浪潮》栏目的《嘿，天堂》——一部以深圳为故事背景的中篇小说（虽然作品没有出现深圳字眼，但从其中的场景不难辨识）。彼时，在导师的影响下，我正有意鼓捣一篇类似的小说，所以特别留意相关作品。可是，当我读完这篇精彩小说，尤其看到文末的作者简介，发现你居然也只是和我同龄的在读研究生，而非想象中的成熟作家时，我内心的沮丧莫可名状，随之放弃了这个念头。说实话，那个年纪的你，在这篇小说中表现出来的从容与娴熟，让我刮目相看。因此，我们的对谈不妨从回顾你这篇小说开始。还能想起当时的创作背景吗？

蔡东：《嘿，天堂》应该写于2005年，读研时期。2003年研究生入学的时候，我有了一台电脑。父母知道我喜欢写东西，经常在学校外面的网吧待到很晚，他们就给我买了一台。我家是普通工薪家庭，谈不上富裕，尤其母亲生活挺节俭。现在想来，买电脑是一笔意外且不小的开支，但家里为我想得周到，鼓励我发展自己的兴趣。家庭氛围也宽松，很多事情是我自己做决定，没有感受过管束和逼迫。我以为同龄人的成长经历是类似的，工作后接触到更多人，同事、学生，了解到更多样的家庭关系。脑子里有了这根弦后，跟以前的同学也开始聊这些话题，了解到家庭内部人际关系的势利和残忍，长辈怎么逼子女，有条件的爱，精神虐待，挣脱、逃离甚至切割，感觉挺震撼，震撼下也写了小说《来访者》。那会儿宿舍里有电脑，写小说就不用出去了。写《嘿，天堂》时，用一条床单做帘子围住书桌，写得天昏地暗，是忘我的境界。这种写作状态很少有。写作的缘起是去深圳游历了一趟，受到很大冲击。此前的人生经历很简单，就是一直上学，没操心过生活，从山东的校园到深圳，打个比方就像家养动物进了丛林，回学校后就写了这篇小说。

陈劲松：在你的《嘿，天堂》之前，我读过《天堂向左，深圳向右》，一部同样以深圳为故事背景的长篇小说。较而言之，《嘿，天堂》和《天堂向左，深圳向右》均以"寻找"为主题，且有着异曲同工的创作归旨：两者都写出了一代青年在深圳这座现代化城市（天堂）追求理想和爱情，却最终都化为泡影后的迷惘和虚无。不过我以为，和《天堂向左，深圳向右》的粗犷喧嚣相比，你的《嘿，天堂》由于采取的是女性化视角，故而显得更加细腻温和。你读过那部小说吗？你自己如何评价《嘿，天堂》对于个人早期创作的价值和意义？

蔡东：那部作品很有名，当年这个句式挺流行，但小说至今还没读过。《嘿，天堂》是很早的作品，当然有很多问题。但我喜欢这篇小说的叙述，有生活质感，丰润不干枯。《人民文学》的宁小龄老师读了初稿，给出修改建议，定稿后只等了几个月小说就发表了。那时还在读书，小说在喜欢的刊物上发出来，是莫大鼓励，一下子有了信心。

　　陈劲松：嗯，我理解你那种高山流水遇知音的感觉。提到作家的个人创作史，"创作动机"往往是一个绕不开同时非常有趣的话题。譬如，作家莫言多次忆起自己写作的最初的原动力，"就是为了改善自己的命运，为了改善自己的社会地位，说得更俗，就是为了天天能吃饺子"。作家阎连科也一再强调自己年轻时的写作动机多么功利："能提干。"他坦承："最开始写作很纯粹，就是想到城里去。"对于莫言、阎连科那一代作家来说，这样的创作动机显然带有深深的时代印痕，虽现实却无奈。后来，在你的创作手记《写作：天空之上的另一个天空》中，我读到了这样的句子："我写作的隐秘动力，来自灵魂深处的矛盾。""写作成为了一种调和，或者说，是一个自救的办法。""写小说是一次美妙的误入歧途，且很难迷途知返。"具体说来，你是如何踏上文学之路的？其中又有哪些难忘经历？

　　蔡东：我是生活型的人，愿意沉下心来过日子，也能在家庭生活中找到乐趣。人活在世上，既有愉悦和享受的时刻，也必然要承受生活的压力。对我来说，没有比读小说更好的解压方式了。拿起一本小说，读进去，人就去了另一个地方，这是最好的休息。人到中年，特别能体会弗罗斯特诗歌《雪夜林边小驻》的滋味，"睡前还有很多路要赶"，读本小说，就像是赶路途中在雪夜林边的暂时停驻。我算不上表达欲很强烈的人，一篇小说要酝酿很久。读书的时候喜欢看小说，也尝试着写一写。写作初期找不到感觉，不是很快受到关注的作者，写了很多年，渐渐有心得，也渐渐有人注意到我的小说。

陈劲松：大学时上文学理论课，讲过英国浪漫主义诗人华兹华斯，我至今记得他的一句话："适合自己的生活才是美好而诗意的。"或许这也可以用来对应你的生活和写作，恰如他的另一句话："朴素生活，高尚思考。"听了你刚才的讲述，我充分体会到作家创作背后的种种艰辛，也完全理解作家针对批评家过于吹毛求疵乃至刻意贬损其作品时，发出"站着说话不腰疼"的嘲讽。事实上，自文学批评诞生以来，作家和批评家之间的处境始终非常微妙，不少人还专门撰文讨论两者之间的关系。譬如茅盾，就在《作家和批评家》一文中谈到："作家们抱怨批评家们'不负责任'，只会唱高调，可是总说不出个所以然来叫作家佩服。"而与此同时，"批评家也是同样地抱怨着"。对此，茅盾认为"互相抱怨是无聊的，要互相帮助"。这种彼此相互成全的境界固然值得向往，不过现实或许没有那么令人乐观。我比较好奇的是，身为作家的你，如何看待作家和批评家之间的关系？交往过程中，是否遇见叫你佩服的批评家？他们的文字对你的创作有无真正影响或启发？

蔡东：有启发，会在有些评论家的评述里发现自己未曾觉察的东西，变得更自觉。小说写出来，当然希望收获赞美，而中肯的批评就像难喝的良药，只能表情痛苦地往下咽，咽下去了就有好处。其实评论家蛮温和的，看到毛病，点到为止，后来我自己更深地参悟到了，心领神会，也明白这是一份善意。

陈劲松：你的心领神会何尝不是一种相互理解的善意！某种意义上，好的批评家和好的作家一样，可遇不可求。鲁迅曾说："批评家兼能创作的人，向来是很少的。"但在阅读你作品的过程中，我发现除了创作小说，还写了不少创作谈和评论文章，譬如你对作家邓一光和迟子建的论述，就非常令人赏心悦目。细读之后，我感觉你的评论文章灵气斐然，迥异于某些专业批评家尤其是学院派批评家的佶屈聱牙。你如何看待自己这种"创而优则评"的双重身份？你心目中理想的批评家是什么样子？

蔡东：谢谢劲松兄夸赞。这些年写的评论很有限，不算学术文章，"感受派"的写法，称作艺术随笔更贴切。理想的批评家是什么样子？前段时间读到岳雯的一篇文章，太喜欢了，有真气，有性情。岳雯说："我们视批评为写作。这是另外一种形式的抵抗。尽管我们中的大部分人出身学院，或就职于学院，但我们不满足于论文式的写作方式。"说到理想的批评家，大概就是爱惜自己的文字，不在乎多一篇少一篇，拒绝样式陈旧的"论文"——这类论文跟机器写的一样，感受不到作者的灵性，不慎读到是浪费时间，而炮制者大概就是在浪费生命了。

陈劲松：岳雯的这篇文章，我也读到了，对其观点，深表认同。我们再聊聊虚构和非虚构的话题吧。作为近年来较为流行的探讨文学写作的两种不同手法，尽管两者并无高下之分，但还是在作家之间尤其是学术界引起了一些争议，争议的焦点，在于实际写作中两者究竟应该泾渭分明，还是应该互为一体。我以为，虚构也好，非虚构也罢，回应的其实都是文学和现实（世界）的关系问题。譬如，法国作家菲利普·福雷斯特认为，小说就是回应现实。他强调，真正的文学应该是基于个人经历的一种"真实"，这种真实只能通过文学的再现而存

　　　　　　　　　　　　寻美的批评

在。作家梁鸿则将写作与世界比喻成魔术师与真相的关系，在她看来："文学世界是一个既不同于现实世界，但又一定诞生于现实世界的世界，它与现实世界之间是你中有我、我中有你的关系，是看似一个面像，其实是由无数面像组成的关系。"你在写作过程中如何处理文学和现实的关系？或者说，你怎样理解虚构和非虚构的关系？

蔡东：非虚构我了解不多，读过一些，写法很讲究，叙事上有艺术价值。虚构和非虚构看起来手法迥异，其实都是洞察世界和世相、人和人性，都必然是带着主观色彩的对现实的再创造。对非虚构来说，再创造不是扭曲捏造，也不是作者需要什么就留下什么，而是以真实为前提的艺术表达。说到底，虚构也好，非虚构也好，不管什么姿态，终极目的不都是抵达真实，抵达更深刻及被遮蔽的真实吗？虚构和非虚构也面临着同样的挑战：如何抵抗时间。这方面，非虚构可能风险更高，写作不可能回避现实，非虚构尤其长于拥抱"热点"，时过境迁，易于过时，这就对写作的艺术和思想的穿透力提出更高的要求。

陈劲松：你说得没错，较之虚构，非虚构关注更多的可能是"此时的事物"，能否经得起时间长河的淘洗，作家们对此应有所考量。一般而言，作家创作经验的获取不外乎两条途径：阅历和阅读。其中，阅读的作用尤为重要。因阅读其他作家作品而在自身创作时深受影响的例子不胜枚举，譬如契诃夫之于鲁迅、劳伦斯之于张爱玲、奥威尔之于王小波、马尔克斯之于莫言、川端康成之于余华、博尔赫斯之于格非、卡佛之于苏童、卡夫卡之于残雪……影响的结果，大多体现在作家的创作观上。你也说过："一个小说作者的文学观，隐含在写作里，也体现在阅读上。"那么，你有着怎样的阅读旨趣？古今中外哪些作家作品给你的创作带来了不可磨灭的影响？

蔡东：我在阅读方面是杂食者，读经典，也读新书，读笨重型的作家，也读轻盈型的作家。但不喜欢故弄玄虚的小说，把写作变成杂耍和游戏，还自以为有创意、很实验。举个例子，读《几乎没有记忆》这样的小说，既感受不到作者的诚恳，也感受不到作者的才华。

陈劲松：莉迪亚·戴维斯的《几乎没有记忆》吗？我没有读过，无法评价。但我想，每一个真正有抱负的作家，都应努力成为读者和批评家心中的好作家。然而，究竟什么样的作家才算好作家？在批评家谢有顺看来："如果一个作家缺乏深刻的愤怒和敏锐的同情，那他的写作就很容易为工具理性所劫持，缺失那种足以看清罪恶、唤醒美善的忠直力量。在此之外，他还要有对叙事探索的不懈热情，对艺术语言的不断打磨，对个体命运的持续关注，对内心世界、生存困惑的执着追问，唯其如此，写作才能根植现实而超越现实，并在学习经典的同时也创造出自己的艺术世界，进而为写作加冕。"这实际体现的是一个作家对于真善美的追求。某位作家更是从三个不同层次将作家分成三种：坏的作家暴露自己的愚昧；好的作家使你看见愚昧；伟大的作家使你看见愚昧的同时，认出自己的原型，而涌出最深刻的悲悯。读了陀思妥耶夫斯基、巴尔扎克、卡夫卡、曹雪芹、鲁迅等伟大作家的作品后，我对上述观点感同身受。当然，关于坏作家、好作家和伟大作家的评判标准或许还有很多，正所谓"一千个读者就有一千部《哈姆雷特》"。那么，你认同关于作家的三分法吗？对于他心中三个层次的作家，分别有何相近或不同理解？

蔡东：三分法主要从认知"愚昧"的角度来谈，有特定的语境。我认同谢老师"唤醒美善"的说法，我心目中的好作家，勇敢又一派天真，不惮于书写人间的苦厄、丑陋、残酷，同时又有勇气建构，以写作捍卫一个更好世界的可能性。

陈劲松：的确，在书写黑暗和苦难的同时，不忘光明与救赎，这诚然是一个好作家的固有情怀。在我有限的阅读视野中，发现存在这样一种现象：不少作家写到一定时候，有意无意陷入了自我重复的怪圈，包括写作风格、人物形象、故事情节等，我总会在他们后面的作品中找到前期作品的影子，这似乎也可视为作家的"中年危机"之一。对此，你怎么看？你目前的写作是否遇到上述窘况？一个优秀乃至伟大作家，如何才能突破此类瓶颈，超越自我，创作出经典作品？

蔡东：写作历程中有自我重复，也有对重复的突破。几乎每个写作阶段都有瓶颈，这伴随着写作本身。我觉得一直写，不断自省，就会慢慢提升和改变。没有一劳永逸，万事万物都在变化，写作也是如此。

二、深圳文学及城市写作：天才的发现和表达从来都是稀有的

陈劲松：《特区文学》将我们对谈的这个栏目命名为《大湾区文学地理》，比较前瞻，富有远见。从你个人的创作和阅

读中，我们也不难看到深圳这座城市对你的影响。接下来，我们不妨将话题转到深圳文学及城市写作这个方向吧。2020年适逢深圳经济特区成立四十周年。从四十年前的边陲小镇到今天的国际化大都市，深圳的发展成就有目共睹。"来了就是深圳人。"这是深圳近年广为流传的开放标语。你南下深圳并生活于此快十五年了，按理说早应与这座城市融为一体，但你在2016年接受中国作家网采访时提到，"来深圳的前几年，感觉自己和这个地方互为异物"，"在小说里，深圳是一个让我们的内心风声鹤唳的地方"。你感觉是什么原因导致"自己和这个地方互为异物"？这种"风声鹤唳"的感觉至今有什么变化吗？

蔡东：定居南方后，我并不适应这里的气候和生活节奏，经常想家，也一度回避书写当下经验，仍以家乡的人、事、情感、记忆为写作之源。近年间我意识到，不管内心是否抗拒，情感是否疏离，毕竟已进入到全新的生活中。门在某一刻开启了，深圳孕育着最富现代性的城市文学形态，它可以成为情感和想象的载体。我既是生活者也是写作者，无论生活还是写作，都需要投入地感受、体验正在发生的一切。我尝试书写与居住地有关的小说，一些具有南方气息的作品。

陈劲松：可能北上广深的不少作家都有着和你一样的心路历程吧。伴随着改革开放四十年的宏阔历程，深圳文学也取得了长足发展，先后诞生了"移民文学""打工文学""新都市文学""青春文学""新城市文学"等多种文学思潮，代表性作家作品更是相继涌现。对此，批评家李敬泽曾指出："放在全国范围去看，深圳这个群体的实力相当突出……'深圳青年作家群'确实改变了我们的文学地图。"批评家谢有顺亦认为，深圳青年作家群的写作实绩"即便放在全国的视野里来观察和定位，也是有竞争力和影响力的"。两位批评家对深圳文学的看法不谋而合。你平时关注其他深圳作家的创作吗？你眼中的深圳文学是何种样貌？当前处于怎样的发展态势？

蔡东：问题有点大。说说我的观察，十几年前刚来深圳时认识或知道的作者，大部分人仍在写，工作之余写，生活的间隙写，作品红不红都在写。在一个充满世俗焦虑的大城市里，还有一小撮人为写作焦虑，这里面孕育着文学的可能。

陈劲松："还有一小撮人为写作焦虑"，用时下流行的话说，这才是真爱啊！不知你有没有注意到，深圳近年一直在倾力打造"文学之城"。谈到一座城市的文学，我们常常会从文学生态、文学思潮、文学精神等方面予以观察。我以为，真正重视文学的城市，除了营造良好的文学生态，为作家提供更好的创作环境，同时要形成颇有创造性和生命力的文学思潮，还要塑造和城市相得益彰的文学精神。丰富的文学生态、引领时代的文学思潮、令人耳目一新的文学精神，无疑更能体现一座城市的文学格局。三者之间，文学精神尤具标杆性价值，盖因文学精神乃文学之灵魂。那么，深圳的文学精神是什么？有人说敢为天下先，也有人说兼收并蓄，你认为呢？

蔡东："敢为天下先"是深圳城市发展历程中重要的精神价值，说到文学精神，似乎还需要沉淀和成形，或者可以说，年轻、不稳定、难以概括也是深圳文学精神的棱面。最棒的是，大家生活在深圳，但大家写的小说都不一样。

陈劲松：就如那首歌所唱的："我们不一样，每个人都有不同的境遇。"当然，由于观察视角有别，咱俩关注的层面稍微有些差异，但有一点可能所见略同，那就是，看到深圳文学这些年取得一定成就的同时，我们还必须正视其可能存在的某些缺失。譬如，和北京、上海、广州、西安、武汉、南京（中国首个"世界文学之都"）等文学传统深厚的城市相比，深圳文学根基尚浅，整体较弱，尤其在全国视域下匮乏有影响力的大家名篇。有论者甚至指出，深圳文学成就和这座城市的经济发展成就严重不匹配，至今没有产生反映改革开放波澜壮阔景象的史诗性作品，更遑论具有文学史意义的传世之作。对于上述问题，我也有过一些粗疏的思考和建议（详见拙文《在传承中寻求嬗变——新都市文学的历史、现状与前瞻》《深圳文学的当下处境与前景》《当我们谈论新城市文学时我们在谈论什么？》等），综而观之，深圳文学的羽翼确实还不够丰满，但也不必妄自菲薄，若真是大鹏，终有一日同风起，扶摇直上九万里。不知你如何看待这些问题？随着深圳城市化的进一步发展，你觉得深圳文学将会面临哪些新的问题？身处其中的作家们又该如何应对？

蔡东：不好一概论之。其实邓一光已经提供了一系列城市小说文本，跟《都柏林人》放在一起，毫不逊色。不能一说经典就崇古和媚外，经典为什么不能诞生在此时此地呢？目前面临的问题，仍然是写作者感觉的钝化，对真实生活的麻木，面对复杂的现实和快速的变化，茫然迷惑，丧失了察觉能力，符号化的写作居多。这也正常，天才的发现和表达从来都是稀有的。

陈劲松：是的，对此我们要有耐心。从早期的《嘿，天堂》到后来的《净尘山》《通天桥》《出入》，再到近期的

　　　　　　　　　　　　　　寻美的批评

《来访者》《照夜白》《朋霍费尔从五楼纵身一跃》，你的小说创作多以深圳为故事背景，且深受好评，譬如，作家鲁敏就认为你是深圳城市文学的代表性作家。就你这么多年的创作实践来看，你如何看待作家与城市之间的关系？或者说，你怎样评价自己关于深圳的小说创作？

蔡东： 深圳是居住地，是工作和生活的地方。这么多年了，居住地总会对写作有所触发。《净尘山》《通天桥》《出入》《照夜白》等小说写出了深圳的某种特质，或者说，"深圳"也相当于小说里的一个重要人物，抽掉这个人物，小说可能就不存在了。在另外一些作品里，深圳虽然出现了，但只是一个单纯的地名，换成其他城市名字也未尝不可。

陈劲松： 这也许是你慢慢融入这座城市后的一种收获吧。纵观古今，一时代有一时代之青年，一时代有一时代之文学。2020年5月底，中国作家协会青年工作委员会联合《南方文坛》，以"新时代青年写作的可能性"为主题召开青年作家批评家研讨会。我比较喜欢这种"一切皆有可能"的敞开性话题，这个时代的青年（时髦的称呼谓之"后浪"）及其写作，和前辈们的写作早已有着天壤之别，因为"一切坚固的东西都烟消云散了，一切神圣的东西都被亵渎了，人们终于不得不冷静地直面他们生活的真实状况和他们的相互关系"。现代性不仅深刻影响了"后浪"们的生活和相互关系，而且极大改变了当下文学的生产和传播途径，以及"后浪"们对于文学传统的认知、接纳与承继方式。不过，在青年批评家李壮看来，"相比于中国现当代文学历史上曾有的时代，今天的青年写作者，似乎处在一种较为罕见的、与时代现状充分融洽的相处状态里"。作为青年写作者中的一员，你如何理解李壮的这一判断？进而言之，我们如何理性、客观地思考青年写作尤其是深圳青年作家的困境与未来？

　　蔡东：传播和接受方式当然不一样了，可以说发生了深层次的改变。但对我来说，困境仍然是文学本身的，也很具体，那就是怎么把一篇篇小说写出来，把触动自己的东西传达好，找到有意味的表现形式，尽可能让小说的生命力长久一些。

三、粤港澳大湾区文学现状和未来：海洋气息与开放性

　　陈劲松：从个人到深圳再到大湾区，这不仅意味着观察视角的变化，更意味着思考的深入和升华。随着"粤港澳大湾区"以国家战略的高度被提出来，"粤港澳大湾区文学"作为一个整体概念开始浮出历史地表。2017年12月21日，第一届粤港澳大湾区文学发展峰会在深圳举行，首次提出"粤港澳大湾区文学"这一概念，并从粤港历史、港澳经验、深港个案等角度对粤港澳大湾区文学的历史与现状、共性与个性深入论述。你在创作之余是否关注"粤港澳大湾区文学"？和深圳之外的其他湾区城市作家有过交流或互动吗？就当下粤港澳文学发展现状来看，你认为这一提法是否存在概念先行的问题？能否成立？如果成立，依据是什么？是否可视为新时代出现的中国当代文学的一个新品种？和过去的移民文学、打工文学有何异同？

蔡东：对文化战略和文艺批评来说，概念先行不是问题。对小说创作来说，概念不重要，概念既不是写作的障碍，也不是写作的灵丹妙药。

陈劲松：你的回答言简意赅中透着一种哲思啊。事实上，"粤港澳大湾区文学"这一概念提出三年来，粤港澳三地纷纷举办各类文学活动，以期从实质上推动大湾区文学融合发展，譬如，召开"粤港澳大湾区文学发展峰会""粤港澳大湾区文学笔会"，启动"粤港澳大湾区文学工作坊""粤港澳大湾区文学周"，成立"粤港澳大湾区文学联盟"，出版"粤港澳大湾区文学丛书"等，一定程度上促进了人们对于大湾区文学的关注和讨论。但不可否认的是，"粤港澳大湾区文学"这一概念从内涵到外延至今尚未形成共识。通行的观点有两种：有些人认为，唯有粤港澳地区作者书写的作品，才能纳入"粤港澳大湾区文学"范畴；另一些人则认为，只要是描写粤港澳大湾区人和事的作品，都应视作"粤港澳大湾区文学"。你认为"粤港澳大湾区文学"最核心的特质和要素是什么？如果可以，你能否结合自身经验对其进行界定或下一个相对确切的定义？

蔡东：我倾向于认为，描写粤港澳大湾区人事的作品，可视作"粤港澳大湾区文学"。我喜欢的美剧《亿万》，片头是湾区的场景，很现代的美，高度的城市化，湾区大概是人类城市建设最杰出的样本和形态了。《亿万》是金融题材的剧集，最初因为戴米恩·路易斯才追这部剧，后来被剧情的节奏和张力所吸引。而湾区文学的特质，也许就是海洋气息和开放性吧，人们在此聚集离散，自然也延伸了文学书写的空间。

陈劲松：延伸书写空间这一点很重要，也很有意思。2018

年举行的"第二届粤港澳大湾区文学发展峰会",一致通过了《粤港澳大湾区文学合作发展倡议书》,除了倡导建立粤港澳三地十一城市文学合作长效机制、加强文学交流互动、共建城市文学活动载体、互通文学作品发表渠道、完善文学交流平台、推进文学联动,构建粤港澳三地文学界交流合作新格局,倡议书还特别提出要"培育清新刚健、多元蓬勃的大湾区文学生态,形成粤港澳大湾区文学共同体,使之成为华语文学走向世界、走向未来的重要枢纽"。从"粤港澳大湾区文学"到"粤港澳大湾区文学共同体",这或许是粤港澳大湾区建设人文湾区的重要途径之一。你认为是否存在这种"文学共同体"?或者说,你认为建设这样一种"文学共同体"是否可行?如果可行,你能否从一个作家角度提出相关建议?

蔡东:写作说到底是个性化和创造性的劳动,但命名和交流自有其意义。

陈劲松:说得是,作家和批评家考虑的毕竟各有侧重。在批评家谢有顺看来,"粤港澳大湾区文学"概念的提出,提供了一个前瞻性的视角,去思考"现在"和"未来"。而从文学的角度来说,大湾区开创了艺术、审美和想象的空间,将会提供更多书写主题。记得你在创作手记《写作:天空之上的另一个天空》中提到,你的故事大都关乎女性,在关于《我想要的一天》创作手记《在全世界找到一张桌子》中进一步指出:"我关注的,不是一时一地的具体的困境,而是日常生活的悖论和近乎无解的精神格局。""粤港澳大湾区文学"视域下,你未来的写作有何规划?是否考虑过其他主题?变与不变之间,你内心是否有一种始终坚守的小说精神?

　　　　　　　　　　　　　　　　寻美的批评

蔡东：考虑过其他主题，比如多走出去看一看，多了解更年轻的人是怎么活着的，希望能驾驭更多样的题材。说到坚守的小说精神，似乎有悲壮感，其实也就是自己对写小说的态度吧，不粗制滥造，每一篇都细细打磨，品质好一点吧。访谈的尾声，我想谢谢劲松兄，你为访谈下了大功夫。聊的过程中一些问题想得更清楚了，很受益。

　　陈劲松：也谢谢你接受我的访谈，和你交流非常愉快，也让我深受启发。期待你写出更多好作品。

最慢的是活着

——乔叶访谈录*

陈劲松： 乔叶老师您好！很荣幸和您进行交流。就写作而言，您最初是如何走上这条路的？为何会选择文学？

乔叶： 我刚开始其实是写散文的。当时生活在一个小县城里，面对日常生活的各种委屈、困惑和挫折，觉得自己有话想说，而且必须说出来，但这些话又不能对着家人和朋友说，于是只好付诸笔墨和稿纸了。写着写着，从爱好变成了职业。先是在《中国青年报》等报纸发表，后来在各类文学期刊发表，并开了不少专栏，八年中出了七部散文集，获得了一些奖项，也因此得以调入河南省文学院当专业作家。然后就开始了小说写作。到现在为止，写小说大概快十年了吧，长、中、短篇都有写，但目前主要精力放在中短篇小说写作，因为我觉得长篇小说写作还是需要长时间的积累和沉淀。至于说为何会选择文学，我想最大的原因是，文学能带给我幸福，能表达我内心深处更柔软、更慢、更弱的东西吧，从而让我的心灵得到安慰和温暖，并获得更大的自由。

陈劲松： 据我所知，您的散文写作当时已获得认可，并取得不菲成就，怎么会想到转向自己尚未涉足的小说领域呢？

---

* 原载《芳草（经典阅读）》2015年第11期。

寻美的批评

乔叶：或许有两个方面的原因吧。一是当上专业作家后，时间比较充裕，可以更好地处理小说这一相对复杂的文学类别，多年的散文写作，已为我打下了语言表达的基础。另一方面，我的散文写作之路一直走得比较顺利，让我有了题材重复和枯竭的隐忧，写到后来，散文多成了生活哲理式的说教。因此，我转向了小说创作。现在看来，这一转向让我获得了新的写作灵感和自由。不过，尽管也已经发表了不少小说作品并获奖，但我写作小说的时间并不长，需要努力的东西还很多。

　　陈劲松：您创作小说的时间虽然不算长，成就却不算小。很多作家写到一定时候，都会有一个相同的困惑，那就是我为什么要写作？或者说写作的终极目的是什么？您怎么看待这个问题？

　　乔叶：这种困惑我当然也会有。我时常问自己，文学对我们当下的生活到底有什么意义呢？其实，我觉得这是一种比较功利的看法。文学对于生活，若从实用主义的角度出发，则是无用的，它并不会直接给我们带来物质财富。但，文学的无用就是它的最大用处。在这个物质化的时代，它能够改变我们的生命质量，让我们的心走得更远。如果一定要探究文学对于我们当下生活的意义，那就在于它可以穿透物质表层，深入我们内心世界，探测人心的秘密。生活就像一条波澜壮阔的大河，河水总是奔涌向前的，而文学则好比是河床，无论河水流向何方，河床总是长久地卧在那里。变化的是生活，不变的，则是文学给我们带来的永恒的温暖，文学写作即是挖掘人性河床中存在的宝藏——这或许就是我的写作目的。

　　陈劲松：在这个信息化时代，我们每天会接收到各种各样的信息，读到各种各样的新闻。反映到写作领域，有人就创作了新闻式小说，这类作品的特点是以新闻笔法讲述小说故事。您如何看待新闻写作与小说创作的关系？

乔叶：现实的荒诞性往往会超乎作家的想象。新闻写作毕竟有其时效性，而小说创作则是慢工出细活。犹如我们开启一瓶啤酒，新闻写作就是刹那间涌出的啤酒泡沫，只会浮在上面，而小说创作则是泡沫下面的酒，唯有经过长时间的发酵才能酿造。就好像杨贵妃和唐玄宗的故事，在今天早就失去新闻的价值，但这么多年过去了，我们还可以从文学的角度去进行书写。

陈劲松：呵呵，您这个比喻很贴切也很有意思。我想知道的是，对您个人而言，文学处于一个怎样的位置？

乔叶：如果说文学是一棵参天大树，我的创作就像是源源不断地从这棵树上获取资源，先是树叶，再是树枝，然后是树干，最后还剩下一个老树墩。而文学就是这个老树墩，让我甚至是每一个身心疲惫的路人都能坐下来休息一下，且想休息多久就可以多久。对我来说，文学是安放心灵的一种方式，也是打开心灵的另一个窗口。

陈劲松：最近从《人民文学》2011年第6期和第9期分别读到您的中篇新作《盖楼记》与《拆楼记》，我认为它们是一曲城市化进程中的乡村挽歌。在您的小说类型中，这应该属于城市题材的作品。对于城市和农村题材，您觉得自己更擅长于哪一种？

乔叶：我读了你为《盖楼记》写的评论，剖析得很到位，理解得很深刻。虽然我写了不少农村题材的小说作品，但我感觉自己还是更擅长于书写都市题材。因为面对农村，我常常有一种莫名的敬仰和畏惧。反倒是都市中的一些小情感、小事件，让我处理起来能够得心应手。

陈劲松：事实上，回望中国当代文学史和当下的小说创作，农村题材还是占据多数，而且农村题材的作品相对都市题材的作品，似乎更厚重，更容易引起读者共鸣，也更容易获奖。

乔叶：这大概和社会背景有关。中国毕竟是一个有着数千年历史的农耕社会，尽管现在都市化程度越来越高，但人们从骨子里还残留着农耕社会的影子，或者说深深打上了农耕社会的烙印。

陈劲松：的确是这样。但在很多作家那里，写到都市总是负面多于正面，或者带有某种偏见，欲望、艳遇和性充斥其中。您在写作中，会如何处理城市题材？

乔叶：我想，我可能会更多地从城与人的角度出发，去关注城市发展过程中，人们面临的生活困境和精神困惑吧。单纯地描写欲望和性，只会在城市的表层滑行，永远无法深入城市的肌理和灵魂。城市除了邪恶、灰色的一面，也还有着人与人之间的温情和美好。我希望自己能写出城市人虚伪背后的温情，挣扎背后的宁静。不过我目前还没有深入地思考过如何处理。也许只有等到要写作时才会认真考虑吧。

陈劲松：嗯，我比较认同您的这种姿态和倾向。我在阅读城市题材的小说作品时，还发现一个值得注意的问题，那就是不少作家包括著名作家都存在自我重复的现象，要么是题材的重复，要么是故事的重复，要么是人物的重复，甚至有一些小说在内容上都有重复。您怎么看待这种现象？您在创作中会遇到这种情况吗？

乔叶：你说的这种现象在某些作家那里的确存在，但我无法说出其中的原因。对我而言，不会存在这种问题。写作的价值和动力在于创新，我会不断地探索新的写作资源。

陈劲松：德国著名汉学家顾彬曾经有一个影响极广的论断，即"中国当代文学都是垃圾"。作为身处当代文学场域中的作家，您如何看待他的这一判断？

乔叶：我没有看到他的原话，不知道这句话的真实语境。因此，我无从判断这究竟是他对中国当代文学的真实看法，还是媒体断章取义的炒作。不过，据我所知，他主要针对的是莫言、卫慧、棉棉等人的小说作品而言的，也许他的本意只是就事论事，没想否定整个中国当代文学史。但我却认为，即使他的原意果真如此，对我们当代作家可看作是一种善意的提醒与鞭策吧。

陈劲松：对，任何事情都有两面性，对中国当代文学而言，旁观者的批评不一定是坏事，我们应该理性加以对待。作家们也不能只听得进表扬，而不允许批评的声音存在。文学的主观性本来就很强，仁者见仁，智者见智。譬如对于畅销书和各类书籍排行榜，有些人就持追捧的态度，有些人则取不屑一顾的态度。您会关注畅销书或者排行榜吗？

乔叶：会关注，但可能不会去阅读。我觉得我追求的写作方式和认同的文学作品，可能与畅销书会有出入，我想沉下心来，写出像阿来的《尘埃落定》一样比较深刻的作品。但畅销书之所以畅销，应该还是有其合理的因素吧。比如说《山楂树之恋》和《杜拉拉升职记》，肯定迎合了一定的社会需求和心理需求，有读者能从其中找到自己喜欢的东西。但老实说，那不是我想要写的。

陈劲松：我明白您的意思，其实从您的大部分作品可以看出您的小说追求。我们知道，您是以"美文作家"的形象深入人心的，您的文字简洁柔美。我认为这得益于您早期大量的散文创作，是这样吗？

乔叶：应该是这样。因为散文写作的影响，我会将一种类似散文的语言和感觉融入小说创作，从而让我的小说读起来很顺。不少读者反映，我的小说作品很真实，像现实生活一样。我想，这可能与我的小说充满散文化和生活化气息有关系。

陈劲松：您的小说读起来的确很顺，绝对是可以一口气读完的那种。说到散文，有人认为散文创作应该追求真实性，不能有虚构的成分，从您的散文创作经验来看，您觉得呢？

乔叶：我不这样认为。散文在情感上肯定要求真实，但在具体写作时，一些故事和细节是可以虚构的。比如说，在一篇散文中我写自己暗恋某个男人，这件事情可能是虚构的，但暗恋的那种感觉一定会很真实。

陈劲松：嗯，您这个例子很有说服力。迄今为止，您的小说作品似乎以中短篇为主，对你来说，长篇小说的写作会存在困难吗？近期是否有长篇小说的写作计划？

乔叶：事实上，我最初从事小说创作时，就是长篇。文学院的老师问我说，你没有经过中短篇的训练就写长篇，可以吗？我说可以。当时写出来后也顺利出版了，但后来回头再看时，我发现还是存在很多问题。所以，这几年我就老老实实地从中短篇写作开始，好好训练自己的语言和结构能力。当然，我现在如果写长篇，肯定会比那时要好。不过我近期没有这方面的写作计划，我认为长篇小说还是要经过长时间的积累和酝酿。我的小说《最慢的是活着》里有一句话："活着这件原本最快的事，也因此，变成了最慢。生命将因此而更加简约、博大、丰美、深邃和慈悲。这多么好。"对我而言，这既是一种生活态度，也是一种写作态度。

陈劲松：在我阅读的女性作品中，发现不少作家都在一定程度上受到张爱玲的影响，或者是语言，或者是气息。您受过哪个作家的影响吗？怎么看待张爱玲的作品？

乔叶：我主要还是自己的风格，用作家邓一光那部入围第八届茅盾文学奖的作品来说，"我是我的神"，作家形成自己的风格很重要。我也读过张爱玲的不少作品，但我认为她在二十多岁时写的东西是最好的，我比较喜欢她早期的几部小说，不太喜欢她后来的《小团圆》，有一种怨妇的感觉。此外，她的散文很不错。

陈劲松：作为70后作家，您读过80后的作品吗？有没有比较喜欢的？

乔叶：读得不多。比较喜欢韩寒，不太喜欢郭敬明。

在通往批评与写作的途中

——李德南访谈录*

一、写作根据地与小说经验

陈劲松：德南你好！很高兴和你就文学与写作的话题进行交流。作为同龄人，尤其是同为文学爱好者，我想或许我们会有着某些相似的阅读经历和写作理念。我记得批评家谢有顺说过这样一句话：一个人的写作有其根据地。按我的理解，此处所谓"根据地"，当就某个人的写作渊源而言，且带有精神烙印。古人亦云"知人论世"，因此，我想还是先从你的文学之路谈起吧。能分享一下你难忘的读书经历吗？你的文学之路有何值得铭记的？

李德南：非常高兴能有机会和你一起来聊一些彼此关心的话题，尤其是从谢老师所说的"根据地"谈起。到目前为止，读书依然是我生活里最重要的部分，我的文学之路也与它多有关联。我喜欢文学的时间比较早，可是真正开始写作，应该是在2006年。那一年我二十三岁，还在念大学，充满了写作激情，有时一天能写一个万字左右的短篇。我的短篇小说《后伊

*　原载《文学界》2013年第12期。

甸园神话》就是那一年写的，这是我写作的开端。2007年也照例如此。灵感到来时，可以写上很长时间，甚至连午饭都不愿意吃，靠吃饼干、喝牛奶来代替。我那部长篇小说《遍地伤花》的初稿，就是在这种状态中完成的。接着，我去了上海大学哲学系念书。在巨大的科研压力面前，我的写作慢了下来，最后完全中断了。那真是"痛并快乐着"的三年：哲学系的专业训练带动我去思考很多"大问题"，让我有机会越过表象，试图触摸看那更深层的所在。写作上的空白与停滞，也让我特别焦虑。我本科在政法系，硕士在哲学系，就身份而言，是游离在文学外的。这种错位给我带来了不少麻烦，主要是经常觉得"生活在别处"。现在回首再看，又觉得不算太糟。正是这种游离，使得我对文学依然充满热情与好奇。2011年对我来说，是个"幸运年"。我终于有机会回归本土，在中山大学中文系读博士。导师、学校，还有专业，都是我梦寐以求的。再有就是广东作协主办的《作品》杂志打算挖掘新人，王十月老师在众多的自由来稿中"发现"了我的作品，让我结束了"潜在写作"的状态。正是他的那句"你是可以写好小说的"，让我有勇气再度出发，慢慢回到写作的轨道上来。

陈劲松：这么说来，你的写作经历，还算顺当。文史哲本为一家，你念哲学的底子，应该会让你的写作如虎添翼。最近一段时间，关于80后作家及评论家的讨论似乎多了起来。尽管这并非什么新鲜话题，但身为80后写作者，我还是想和你先就此谈谈。几个月前，作家莫言（彼时尚未获2012年诺贝尔文学奖）出席伦敦书展时对80后作家进行了点评。他认为，目前80后的作家还没显示出大家写作风范，没有写出可以打动不同年龄读者的作品，应该扩大生活面，由关注自己到关注他人，能从小圈子里突破，开阔视野，获得宽阔视角，把作品上升到新高度。他说："我读80后的作品，觉得该痛苦的地方不痛苦，不该痛苦的地方他们哭天抢地。也许这也影响了对作品真正艺术价值的客观评价。"据我所知，近期以来，你对于80后作家有着持续关注，并先后写下了《80后作家，代际视野下的牺牲品？》《80后小说的新活力》等文章。因此，我想知道，你怎么看待莫言对于80后作家的评价？你眼中的80后作家究竟是怎样的？

李德南：如莫言所说，现在80后文学的整体实力确实是弱了一些，也还有很多问题需要克服。可是，这一代人里也有很多新生力量值得我们注意。我们现在可能更多是关注那些在文学市场上呼风唤雨的作家，比如像韩寒、郭敬明、张悦然等等。他们当然也很重要，是80后文学的重要组成部分，可绝对不是80后文学的全部。现在针对80后，有很多的总体判断，比如认为80后文学就是青春文学、网络文学、校园文学等等。从文学现场的角度来讲，这些判断早已过时。80后文学已经很多样化了，不是铁板一块，有不少作者都开始形成自己的风格。80后文学是一种"动中之在"，不管是批评家、编辑还是普通读者，都要避免过早地给他们太多的结论。个案的细读，是理解他们的有效方式。我也在试图从自己的视野出发来做一些梳理，和他们进行对话。我还在与一些刊物合作，参与栏目的主持或编辑工作，希望能通过这样一种方式来发现新人，辨析同代人所出示的文学精神。

陈劲松：我大体认同你关于80后作家和80后文学的判断。

事实上，80后作家在写作手法和文学气味上也是千差万别，谁都无法将其以一概全。这里就涉及到一个问题，写作手法和文学气味的不同，必然导致文学风格的殊异。而追根究底，源于作家在写作理念上的不同。一直以来，对于小说创作存在着"怎么写"和"写什么"的分歧。一部分作家认为，"怎么写"总比"写什么"重要；而另一部分作家则认为，"写什么"是第一位的，它能决定作品的高度和深度。以一个小说家的身份，你怎么看待这种分歧？或者说，你心目中的好小说应该是怎样的？

李德南：我们这一代作家，还有70后作家，其实大多是在先锋文学的影响下开始写作的，会特别注意文体的独立性，注重小说的形式与结构，也就是"怎么写"的问题。文体意识与写作技艺是必要的。在还没有太多生活经验的前提下，我们还可以借助"怎么写"这个手段来刷新一些旧的经验或题材。可是对于一个真正成熟的小说家而言，仅仅在"怎样写"上用力，显然是不够的。他应该有能力处理自己的经验，处理这个时代、这个世界的经验，要有新的发现。说到底，"怎么写"只能解决文学世界里的事，而"写什么"则同时关乎生活世界，关乎我们对这个变动不居的生活世界的理解与承担。"写什么"和"怎么写"也并不存在矛盾，真正好的小说，应该是两者的完美结合。

陈劲松：嗯，你说得很有道理。关于"写什么"和"怎么写"，确乎不是非此即彼的问题。我对此还有进一步的理解，不妨说出来与你探讨："写什么"，对应的是作家的生活经验；"怎么写"，关乎的则是作家的写作技巧。故而，在不少

寻美的批评

作家眼中，小说写作的个人经验很重要，因为文学来源于生活；也有一些作家认为，想象比经验更重要，因为小说是虚构的艺术，想象有多远，小说就能走多远。我觉得两者都有道理。从你自己的创作实践来看，经验和想象哪一个更重要？你如何看待这两者之间的关系？

李德南：其实经验与想象不是矛盾的，不是那种有你没我的敌对关系。经验是小说创作的源泉，也是和读者进行沟通的渠道。如果没有经验的基础，小说就没有说服力，没有可信度。可若是一味地写实，作品就成了现实的复制，缺乏艺术本身应有的灵韵。想象的重要性在于，它能够赋予经验或事实不一样的面貌，也可以说是经验的独特处理器。比如卡夫卡的《变形记》，写格雷戈尔从一串不安的梦中醒来，突然发现自己变成了大甲虫，这是非常不可思议的想象。可是我们仔细去阅读这部作品，就会发现，"人变甲虫"的想象最终令人信服，靠的是经验与细节。正是经验与想象的谐和，造就了这部作品。又比如在今天，高房价成了很多中国人的心病，"蜗居"成了一种具有普遍性的社会现实。六六的小说《蜗居》，就用非常写实的形式击中了很多人的内心——据说里面还有对真实人物的映射；而王威廉的《非法入住》，其实处理的是同样的经验，但它不是再现式的，而是借助略带夸张的想象，把现实"陌生化"。我更喜欢后者，因为有想象的融入，小说自身就能成为一个独立的世界。

二、批评的功能与生态

陈劲松：在阅读过程中，我发现一个很有意思的现象：一些小说家偶尔为之的评论，较之某些专业评论家的文字，显得更加活泼耐品，甚至更胜一筹。纵观中国现当代文学史，不乏小说和评论兼长的作家。如今你在创作小说之余，也从事着文学评论的写作。事实上，这是完全不同的两种文体，你是如何游刃有余于这两种文体之间的？在你看来，两者有无契合点？

李德南：的确，不管是在东方还是在西方，都有很多人"身兼二职"，既是作家，又是批评家。比如我们现在都很熟悉的鲁迅、周作人、废名、沈从文、李健吾、梁实秋、钱锺书、刘绍铭，还有叶芝、艾略特、庞德、本雅明、库切，等等。对我而言，更准确的定位应该是这样的：在从事文学评论之余，也在进行小说创作。我更乐于成为一个批评家，而不是作家。作家和批评家，并无高低之分，这在我纯粹是个人选择。写作与批评，是两种不同的文学活动，各有各的要求。董桥在《英华沉浮录》里说："情绪不波动的人写不出细腻的东西。不是半梦半醒的人处理不了复杂的世情。"这用来形容作家，尤其是小说家，真是体贴入微。批评家却另有要求。批评需要热情，更需要理性，还有审慎与冷静。批评与写作，也各有各的功能，在我而言，批评更多是传达我的"信"，写作则是表达我的"疑"。我通过批评来传达个人的人生意念，言路相对简单；写作则努力进入个人精神的幽暗之地，指向复杂。在两者之间游刃有余，对很多人来说，都是一种莫大的诱惑，我也无法抗拒。但我也深知，自己远远未能抵达这种理想的境

　　　　　　　　　　　　　　寻美的批评

界。起码就目前而言，清晨写作小说，下午写作学术论文，是不可想象的。我所能做到的是，集中一段时间从事学术研究与文学批评，然后尽可能忘记批评者的身份，借助阅读来进入写作。

陈劲松：读你的批评文字，让我想起了现代批评大家李健吾所倡导的一种批评品格：寻美的批评。批评家谢有顺也认为，理想的文学批评，应该渗透着批评家的心灵，"与批评对象之间进行精神上的对话，借此阐述自己内心的精神图像，对美的发现，以及对未来的全部想象"。对此，我深表赞同。但现实情形却是，和这个时代小说、散文、诗歌的大众与喧闹相比，文学批评这一原本小众且寂寞的文体，屡受诟病。大家对于文学批评的态度，颇有些模棱两可的复杂情愫。一方面，针对当下鱼龙混杂的文学现状，大家渴望听到批评家的声音；另一方面，批评家的急功近利甚或明哲保身，又难以满足大众的心理期待。凡此种种，直接带来了文学批评不如人意的矛盾局面：首先，文学批评难以让作家满意，在他们眼中，写作是个人的事情，用不着批评家说三道四，以致影响自己写作的灵感；其次，文学批评难以让读者满意，在他们眼中，阅读是个人的事情，用不着批评家指手画脚，以致左右自己读书的喜好；最后，批评家也不满意，认为自己为谁辛苦为谁忙，甘愿作嫁衣裳却落个里外不是人。就个人观察与思考而言，你认为造成今天文学批评不受待见的原因是什么？你欣赏的批评家又是怎样的？

李德南：对今天文学批评所存在的问题，谈论的人已经很多了，也很到位，我个人更愿意借此机会谈谈我欣赏的批评家。谢有顺、程光炜、陈晓明、刘再复、刘剑梅、李静、王德威、南帆、张清华、张新颖、郜元宝、耿占春、江弱水等等，我其实都敬重，也从他们身上受益良多。这名单是开不尽的。同代里面的，金理、杨庆祥、黄平、周明全、刘涛、徐刚、龙其林、韩晗、岳雯、杨荣昌，当然还有你，也给了我不少启发。之前也有朋友问我，这些批评家之间的差别这么大，我怎么会都喜欢。我并不觉得这有什么不对。我个人从事批评，其实有一个诠释学的背景。诠释学既是一种方法论，又是一种自我约束的机制。以海德格尔、伽达默尔为代表的现代诠释学都倾向于强调，人是一种有限的存在，看问题容易受自身视域的限制。从这个角度而言，批评本身就不过是为理解作品和作品中的世界提供视角；从不同的角度，能看到不同的风景。有限与无限，又是互有关联的，我们不能要求一个批评家面面俱到，但批评话语本身，拥有无穷的可能性。批评群体内部的多样性，能"在每个作品的周围维持着苏格拉底式对话的气氛"，这是理想的批评生态。因此，在读不同批评家的文章时，我会尽力理清以下问题：他们是从哪一个视点出发的？他们有怎样的"前理解"或预设？他们有怎样的洞见与盲见？我能否认同他们的观点？如果不能认同的话，我是否能够给出更有效的解读方式？……诸如此类的追问，不能保证我们永不出错，却可能让你对待同行，对待不同的学术思路与批评立场，有"同情之理解"，不至于过于武断。具体到我个人，谢有顺老师对我的影响最大，也最直接。我觉得他所赓续的，主要是中国现代文学批评史上以周作人、李长之、废名、李健吾、沈从文、傅雷、唐湜等为代表的这一脉批评传统。他们大多强调批评本身的独立性，反对把文学作品看成是理论阐释的材料与证据，而是让批评成为文学的一种形式，如周作人所主张的，"批评是主观的欣赏不是客观的检查，是抒情的论文而不是盛气的指摘"。他们注重传达批评家自身的艺术经验、审美印象和人生哲学，力求对话作家，通达时代。在"求疵的批评"和"寻美的批评"两种批评模式之间，明显倾心于后者；对相关问题的解析与辩证，则采用实证和"悟证"相结合的方式。在对文学现象进行理论归纳，对作家作品进行比较、阐释时，他们也更多是借助比喻、意象，而不是抽象的理论术语。这种批评本身，就带有"写作"的成分，与其说是论文，不如说是美文。这也是我所向往的境界。

三、我们的时代及其文学

陈劲松：不知你有没有注意到，在当下文坛，最引人关注的并非那些默默耕耘的作家，最受人瞩目的并非那些思想厚重的作品。反之，一些善于制造新闻话题的作家、一批熟谙市场潜规则的作品，受到读者盲目追捧。大众的眼球，似乎越来越热衷于一场场喧闹的文学事件，进而由此决定作家作品受认可程度的高低。譬如，文学排行榜的发布、作家富豪榜的排名、影视作品的改编、作家个人的隐私，等等。作为批评家，你对当下文坛的关注点在哪里？你评判一个作家或一部作品的标准是什么？

李德南：你提到的这些，其实都是消费社会的小诡计，文化工业的常见手段。我比较后知后觉，也偏于保守，对于日日新时时新的时尚文学，不是特别喜欢。对于一些流行话题，也不是特别愿意参与。我主要是关注一些精神体量足够大的作家，比如像莫言、格非、阎连科、刘震云、韩少功、迟子建、阿来、史铁生，等等。阅读他们的作品，是一场智力的游戏，也是审美的历险，是我保存内心那些隐秘的火焰、借以壮大自己的方式。同代人的书，我也很喜欢读，因为生活经验与文学经验都相似，容易心领神会，能借此认识自己。对于作家或作品，我没有单一的标准。可能每个批评家心里都有一种理想的文学形态，批评家也是有文学观念的，否则无以从事批评活动；但写作本身，具有无穷的可能性，一旦遇到足以震撼你的作品，原有的预设就会通通失效。

陈劲松：英国作家狄更斯曾在其小说《双城记》开篇写道："这是一个最好的时代，这是一个最坏的时代。"今天的中国，一定程度上也正处于狄更斯所说的那样一个时代。欣欣向荣的背后，光明与黑暗同在，繁华和堕落共生，真实同虚伪并存。下面，我想和你谈谈作家与时代的关系。常常听到有作家抱怨自己"生不逢时"，将写不出好作品愤世嫉俗地归咎于时代，并对所谓适合写作的黄金时代充满期许。心存这种期许，他们开始了望眼欲穿的等待。然而，令他们失望的是，白驹过隙，流年似水，等到生命渐老，那个适合写作的黄金时代还是迟迟没有到来。就像爱尔兰剧作家塞缪尔·贝克特笔下的弗拉季米尔和爱斯特拉冈，满怀希望地等待戈多，但憧憬中的戈多，却仿佛只是一个虚无缥缈的幻影，或者一处梦魇中的海市蜃楼，始终没有露面。还有一些作家，面对现实中的疼痛、忧伤和种种不幸，则干脆"躲进小楼成一统"，沉湎在一

　　　　　　　　　　　　　　寻美的批评

己之私里，以"个人写作"的名义远离时代阴暗，远离生存现场——这无异于另一种精神逃避。在我看来，好的文学写作，应记录时代并直指人心。那么，你如何看待上述两种作家？你怎样理解作家与时代的关系？

李德南：有关时代和作家的关系，你已经谈得很好了：记录时代，直指人心。这点很多作家也会同意，我想分歧或疑难，就在于"如何记录，怎样直指"。阿甘本关于何谓同时代的思考，或许能给我们一些启发。他说："同时代性也就是一种与自己时代的奇异联系，同时代性既附着于时代，同时又与时代保持距离。更确切地说，同时代是通过脱节或时代错误而附着于时代的那种联系。与时代过分契合的人，在各方面都紧系于时代的人，并非同时代人——这恰恰是因为他们（由于与时代的关系过分紧密而）无法看见时代；他们不能把自己的凝视紧紧保持在时代之上。"这意味着，我们不能刻意地让时间停留在现在，把全副精力用来照顾当下，随波逐流地内在于这个时代，而是要获得一种历史意识。我们必须站远一些，获得一个合适的视距，去深刻、辩证地看待我们的时代，而不只是沉溺其中。我们不仅要关心自己在当今时代的一得一失，也要试图理解我们父辈、祖辈的所来之路；我们不仅要关心今天的现实，也要关注已然过去但并未完全消逝的历史；不仅要关心自己在一个以娱乐化、一体化、消费主义为基本特征的时代里的小离合、小悲欢，也要对前人所经受的历史创伤有同情的理解；不仅仅是着迷于一种"欲望的叙述"，也要学会在政治史、经济史、革命史等"大历史"的视野中理解自身、照亮自身；不仅仅是要宣泄自己对当代生活的怨恨，也要有一定的预见能力和超前意识，从而有原则高度地对当下提出批判。

陈劲松：嗯，对你的解析，我深以为然。还是接着这个话题往下说吧：这些年来的文学，尤其是长篇小说创作，表面上欣欣向荣，根底上却透出一片虚幻和迷惘。充斥大众视野的，多是官场的贪腐倾轧、商场的尔虞我诈、情场的醉生梦死——无论哪一种表述，始终不厌其烦地围绕着性和欲展开。正如一篇文章所写到的："中国当下文学在善与恶、美与丑、爱与恨之间严重失衡，只剩下了恶、丑与恨。诅咒人性、夸大人性之恶，世界别无其他，唯有怨毒。"之所以出现这种现象，我以为主要还是我们的作家目光不够健全，没有写出高远的天道人心，没有表现俗世的温暖人情。由此我想起了作家贾平凹在一次讲话中所谈到的。他说："中国文学最动人的是有人情之美，在当下这个人性充分显示的年代，去叙写人与人的温暖，去叙写人心柔软的部分，应是我们文学的基本。"他进而指出："关注社会，关怀人生，关心精神是文学最基本的东西，也是文学的'大道'。"因此"我们的目光要健全，要有自己的信念，坚信有爱，有温暖，有光明，而不要笔走偏锋，只写黑暗的、丑恶的，要写出冷漠中的温暖，恶狠中的柔软，毁灭中的希望"。你认同贾平凹的观点吗？或者说你秉持一种什么样的小说写作伦理？

李德南：多年前，读昆德拉《小说的艺术》，对"小说是道德审判被悬置的领域"这个说法十分认可。认可的语境是，以往，我们强调文学服从政治，往往强调小说在政治、道德教化方面的功能，严重地损伤了小说的可能性。我现在觉得，认为小说完全与道德无关，也是有问题的。想法的改变，正是因

　　　　　　　　　　　　　　　　　　　　　寻美的批评

为你所说的种种乱象。我们是多么容易从一种偏执走向另一种偏执。中国当代文学里存在的问题，很多时候不单单是文学上的，同时也与文学背后的那个人有关。之所以有心狠手辣的写作，是因为这些作家本身就是心狠手辣的。大家自私、冷漠、狭隘，同时又自以为是。要谈文学的重建，实际上很大程度是在谈作家主体性的重建。作家首先应该是一个"现象学家"，能面向事物本身，有能力写出事物复杂、暧昧的全体，而不是以偏概全，只看到事情的一个点或面。他在面对这个参差多样的世界时，还应该有自己的伦理立场与实际承担。这并不是要求作家给出适合于所有人的答案，告诉人们应该如何做，而是将问题揭示出来，借此激起人们的伦理感受。谈到这里，我突然想起自己以前很喜欢南京一位作家的三个连续性中篇。他用一种非常锋利的语言来写一个家庭里三姐妹在不同历史时期的命运，将历史当中的恶揭示得淋漓尽致，一度让我非常着迷。可是后来，在重读这些作品时，我的感觉完全变了。因为我发现这位作家在写恶的同时，自己也被恶卷走了。你完全看不出他对善的缺席、恶的横行有什么难过的。当小说里的人物遭遇不幸，为恶的力量所挟持时，作者好像也跟着高兴起来，不自觉地走到了恶的阵营当中。这位作者在写作时，心里是扬扬自得的，可能是觉得自己看透了世事人情吧。这种写法，这种小聪明，我都不太喜欢。真正好的作家，应该是既能写出恶的可怕，而又能让人们对恶有所警惕。只有当一个作家既不刻意简化"现实的混沌"，又始终有自己的伦理立场和伦理意识，他才算是真正建立了自己的、健全的主体性。

陈劲松：和你谈了这么多，虽然都是个人之见，却让我很受启发。学界早有"一时代有一时代之文学"的说法，我想，无论时代怎样流转，总会有一种亘古不变的文学常道。作为20世纪80年代出生的一批写作者，我们身上既有着"父辈"文学的影响，又出于时代原因，与之存在某种精神气质上的断裂。因此，在赓续他们优秀的写作传统的同时，如何坚守一种文学常道并有所创新，无疑是我们这一代写作者的文学使命。所幸，在许多用心写作的80后作家那里，譬如王威廉、郑小驴、陈崇正、孙频、寒郁、郑小琼、李成恩、蔡东、陈再见、廖令鹏……当然还包括你，我看到了这种可贵的文学品质。"在路上，不孤行"——我愿就此与你，以及其他文学同道共勉。最后，介绍一下你近期的写作计划吧。

李德南： 去年我曾写过一个创作谈《我的文学生活》，先从阅读谈起，然后才是批评与写作。现在的想法照旧，主要想读书，有太多的经典著作，都还来不及读。近期精力可能还是会放在批评上，想多做些作家的个案研究。也会尝试写些散文、随笔，调节"文学生活"的节奏，借此保持陈平原所说的"人间情怀"，让自己的性情变得滋润一些。

寻美的批评

"我很庆幸把这一生交给了文学"

——陈世旭访谈录*

 陈劲松：1979年您发表了短篇小说《小镇上的将军》，并获得了同年的全国优秀小说奖，但据说小说从发表到获奖充满了戏剧性，您觉得您的人生经历是否一样具有戏剧性？您是如何走上文学道路的？

 陈世旭：我与文学结缘，有必然性也有偶然性。从儿时起我就对文学充满了崇敬和好奇。初中毕业，下乡插队八年，然后在县城小镇待了十年，经历了那个年代的所有人都经历过的物质和精神的艰辛，文学是我最重要的人生支柱之一，以至于成为我终生的一种依靠。而小说的发表和获奖，则真的与机遇有关，有很大的偶然性。

 陈劲松：您出生在江西南昌，江西地属江南，自古以来就是一方人杰地灵之土，文人墨客寄情之处，曾涌现出王安石等一批文学大家，"江西诗派"也曾名噪一时，影响深远。作为生于斯、长于斯的作家，您自然受到得天独厚的文学滋养和熏陶。您的文学创作是否继承了江西传统文学的特征？您如何在传统与现代之间搭起一座通往文学圣地的桥梁？

 陈世旭：江西文学确有过鼎盛时期，但很遥远。我在给

---

* 原载《山花》2010年第3期。

《江西文学史》写的序言中更多地给予了反思。比如，江西古代文学缺乏鲜明的纯地域性特征，并且表现出典型的迟到的辉煌；创作倾向上的正统意识，文人气质上的古朴与持重，在重大变革面前的矜持与保守等等，所有这些，在江西当代文学，尤其是新时期文学中都能找到某种遗传的影子。江西的当代文学，还没有出现过一次近似于两宋时期此起彼伏的开宗立派、独领风骚的耀眼闪光，江西作家队伍的整体艺术素质还未可乐观。这二者其实是互为因果的。列宁说过一句很有意思的话，他说："在草原地带是不会有勃朗峰的，只有在阿尔卑斯高山群中才存在勃朗峰。"（《列宁全集》第八卷第410页）我常常借用来作为江西当下文学和我个人写作的一种写照。

陈劲松：同为20世纪80年代初期成长起来的小说家，您的人生经历应该是非常丰富多彩的。您认为您的小说写作和当时的"知青文学""寻根文学"以及"先锋文学"有何异同？您早期的人生经历对您的小说创作产生了什么样的影响？

陈世旭：我在写作上是很笨拙的，缺乏灵气，对生活原型有很大的依赖。离开了自己的经历，就不知所措，只是一味低头看着自己的脚步，然后表达出来。对各种题材上的分类，无力关心，或有异同，但肯定不是刻意追求的结果。这方面我很喜欢王安忆的一句话："我把生活当小说，我用小说写生活。"

陈劲松：德国学者雷诺德·维霍夫在《大众传媒社会文学的功能和文化身份》一文中，曾尖锐地抨击了当今文学缺乏建立人文主义价值的信念与力量。他认为："文学为我们提供了经历高于我们自身生活的能力，理解高于我们自身信念，并且建构一种更为丰富的文化身份的能力。"就您自己二十多年的文学创作实践来看，当下的中国文学最缺乏的是什么？如何在文学创作中建立人文主义价值的信念与力量？

陈世旭：这个问题太大了，而且似乎我也没有资格回答。我想，作为一种精神劳动者，各人都一定会有各人的信念，无可改变，也无可强求。让各人自己的写作说话吧。

陈劲松：您的小说大多都是着力于探索当代文化人的精神问题，譬如您写于世纪之交的长篇《世纪神话》。小说中的主人公方肃所面临的精神困境，在我看来其实也正是我们人类共同面临的困境，您怎样看待这种困境？时间的隧道早已进入21世纪，您觉得人类摆脱这种困境真的只是一个神话吗？

陈世旭：是的，我对此持悲观主义。至少目前是这样。

陈劲松：德国诗人海德格尔曾说，人是诗意地栖居在大地之上的。然而在如今这个到处充斥着物欲的经济社会，人类渐渐步入了一个精神失范的境地。面对此种社会情势，许多作家也随之浮躁起来，成了物质主义的奴隶，您如何看待这种现象？您觉得作家应该坚守一种什么样的品格？

陈世旭：作家最好还是多一些文学的现实主义，少一些生活的现实主义。我自己的一贯信条是以出世的态度写入世的文章，这是我想努力坚守的，但愿不至中辍。

陈劲松：在当代作家中，您应该是特立独行的一位。这不仅表现在您的许多作品中，也表现在您的为人上。据我所知，您现在的生活方式非常有规律，每天都有自己的写作计划，也很少因外界的环境或干扰而改变自己。您似乎拥有一份陶渊明"采菊东篱下，悠然见南山"式的归隐情怀，为什么会有这种情怀？它也是您对抗现代生活的一种方式吗？

陈世旭：你说得很对。不过说"对抗"有点过奖了，说"逃避"好像更合适一些。

陈劲松：您的大多数小说作品都是以关注转型期中国知识分子的命运、成长与精神向度为内蕴的，例如早年的《裸体问题》《世纪神话》，包括2005年出版的《边走边唱》《一半是黑色一半是白色》均是如此，在我看来，这应该是一种精神焦虑与使命感促使您去写作知识分子精神成长的故事。是这样吗？为什么会有这种精神焦虑与使命感？

陈世旭：我觉得，一个国家的时代变革，能不能形成和发展一种新的文化精神，这种新的文化精神的品质如何，渗透程度如何，在很大程度上取决于知识分子的文化成色。可以说，知识分子的表情就是国民的表情。但是当下的事实却似乎与这一期望相距甚远。对当代知识分子的心灵历程加以凝视，并且尽可能深刻地揭示常常被遮蔽的现实，其实并不是一件令人愉快的事。我说不上有什么"使命感"，最多是希望自己和自己的朋友多少有几分清醒。

陈劲松：小说需要讲故事，但不能将写小说等同于讲故事；小说重视个人经验，但个人经验不是小说创作的唯一通道。能谈谈您的小说创作理念吗？文学与现实之间属于一种什么样的关系？

陈世旭：故事是载体，个人经验是资料，思想是灵魂。

陈劲松：写作在您生命中处于一个什么样的地位？写了二十多年，最深的体会是什么？

陈世旭："我很庆幸把这一生交给了文学，我很庆幸时代和社会给了我实现这种选择的可能，我很庆幸可以与文学同欢

　　　　　　　　　　　　　　　寻美的批评

乐共忧患，无论是在它轰动的日子还是在它被边缘化的日子。我喜欢文学，喜欢的是它本身，未必是它可能带来的别的什么，因为它本身已经足以使我快乐。我的生活由此而单纯、充实、从容、自在、心旷神怡、宠辱皆忘。文学丰富了我的人生和生命，使我的身心都获得相对充盈的空间。文学使我结识了一个又一个海明威这样的人类精英，我可以尽情地无拘无束地亲近他们、触摸他们、感受他们、聆听他们，由此而使自己的人格和精神世界尽可能地广大和光明。噫！微文学，吾谁与归？"这是我曾经就海明威的话题与《北京文学》杂志编辑的一段对话，照录以作回答。

陈劲松：从您的字里行间与言谈举止中可以看出您对鲁迅先生的尊崇，您为人为文受到了他的影响吗？您怎么看待鲁迅这个人？

陈世旭：鲁迅在我心里的地位是没有任何人可以替代的。如果有神，鲁迅就是我的神，无论他的伟大光辉的一面，还是他的被聪明人诟病的一面，都是。

陈劲松：您在《世纪神话》中写道："人是什么东西？或许更多的只是一种过渡，是世俗和精神之间的一座狭窄而危险的桥梁。走向精神，是最内在的命运所驱使的；陷于世俗，则是最实在的欲望所束缚的。人就是在这两者之间想入非非却又战战兢兢地摇摆。只有很少的人，能够像寂照那样怀了无限的悲悯超脱在充满了梦魇、污秽、血腥和罪恶的苦海之外，坚定不移地走完自己认定的精神历程。"您觉得您属于哪一类人？对精神的固守与探求是您始终不渝的创作追求吗？

陈世旭：我就是那个在"两者之间想入非非却又战战兢兢

地摇摆"的人，不同的是我始终向往着"对精神的固守与探求"。

陈劲松：您平时和其他作家经常交流吗？如何看待"作家明星化"现象？

陈世旭："交流"，但不"经常"，担心打扰别人。因为极少看报纸、电视、博客，在一个信息时代，几乎是个与世隔绝的人，故不知"作家明星化"为何物。

陈劲松：您对当下青年作家的文学创作状况满意吗？有什么寄语？

陈世旭：我永远相信，一个时代会有一个时代的文学，一个时代会有一个时代的作家。文学的未来同样属于青年。

陈劲松：最近有什么创作计划？

陈世旭：很悲哀，我的写作从来没有计划。这正是我至今不成气候的一个原因呢。

寻美的批评

后记：我怎么做起文学评论来

当我为自己这部才疏学浅的习作集写下这个题目时，内心突然涌起无尽的惶恐，随之而来的是汗颜，这绝不是什么虚假客套的谦辞，而是此时甚为真切的感受。我亦非刻意模仿鲁迅先生当年的文章《我怎么做起小说来》，实乃恰好在2022年第5期《小说评论》读了於可训老师的《我怎么做起小说来》，瞬间和他有着近乎相同的意绪："借用鲁迅文章的这个标题，不是拉大旗作虎皮，包着自己去吓唬别人，而是觉得这个标题亲切随意，便于实话实说。"的确，我也只是想借此随意谈谈自己的文学评论写作所为何来。诚然，就如鲁迅先生所言，第一个吃螃蟹的人是勇士，於可训老师虽是第二个吃螃蟹的人，却依然可称得上英雄，我则因为跟风，大抵只能充当狗熊罢——这正是我感到惶恐与汗颜的缘由。

秋夜回首，往事在目。成为像鲁迅一样的作家，是我高中时代开始做的梦。我至今记得，高中期间和几位热爱文学的同窗创办"五月"文学社、主编同名社刊《五月》的难忘情景。在此之余，我还写作并发表了两个短篇小说，其中一篇名曰《昔日重来》，完全属于校园青春小说的风格。以至我的高考志愿，统统填报的中文系。上大学后，我加入了学校历史悠久的"磁湖"文学社，与志同道合的朋友们继续编起了校刊。然而，也许是因为恋爱需要，抑或是因为阅读使然，我大学期间的写作兴趣很快转向了诗歌，并在毕业前编印了一部诗歌自选集《昨日的歌者》。

那么，我究竟怎么做起文学评论来？追根溯源，大学期间的两件小事，为我后来从事文学评论埋下了伏笔。一是学习"文学理论"的那个学期，我写了一篇关于《红楼梦》的评论文章，主讲该课程的胡光波老师十分赏识，谬赞我有这方面的"才华"。（2019年，当我从母校官网得知胡老师转为学报编辑后，曾冒昧向他投稿了一篇小说评论文章，没想到他很快回信，告知拙作写得不错，并一字未改地予以刊发。）二是以陈忠实《白鹿原》中的田小娥为研究对象的毕业论文，得到了指导老师杨迎平的肯定与褒扬，让我顺利通过答辩，并被评为优秀毕业论文。（杨老师乃现代文学研究专家，尤以施蛰存研究为最，2009年赴香港参加学术研讨会时，曾联系我并在深圳短暂停留，其时她已工作调动至南京晓庄学院，后来再无见面，遂失联系，殊为遗憾。）光阴荏苒二十载，不过弹指一挥间。两位老师或许早已忘记当年这两件小事，但于我而言，却是从此撒下了文学评论的种子。两位老师的鼓励与赏识，我永远铭记在心。再往后，我有幸读硕读博，拜作家南翔、批评家谢有顺为师，在他们言传身教的影响及带领下，原本就喜欢写作的我，逐步走上文学评论之路，并以中国现当代文学作为自己的研究方向。硕博期间，我对文学评论充满激情，热衷于写作及发表。收入这本集子的文字，多半都是我那个时期的习作，所谓习作者，难免捉襟见肘，俯仰局促，谈论作家浮光掠影，解读作品走马观花，稚嫩粗鄙的痕迹非常明显，远远谈不上学术文章，若有大谬或小错之处，还请师友们高抬贵手，多

　　　　　　　　　　　寻美的批评

多指教。

值得一提的是，和其他专业从事文学评论的同龄人相比，我的文学评论之路更加曲折、更加业余。研究生毕业后，我在长达十年的时间里，从事的是与文学评论毫不相关的行政工作。每天面对写不完的公文、干不完的杂事，脑海里始终有个声音在诘问：这就是你想要的生活吗？所幸，行政工作再繁忙，我都没有放弃文学评论，忙里偷闲时，断断续续写下关于当代作家作品的只言片语。直到2019年，我终于艰难实现人生转型，成为一名教书育人的大学老师，由行政到教学到科研，从而开启了真正意义上的学术工作。也因此，我的正儿八经的文学评论实践，比起同龄人晚了至少十年。

回顾过往谈不上任何成就的写作生涯，从小说到诗歌再到评论，其中滋味，冷暖自知，坚持至今，唯有热爱。之所以最终选择文学评论作为自己的写作方向，既有偶然，也是因为小说诗歌方面的禀赋不够，没法成为三栖作家或文学多面手。这让我想起了谢有顺老师谈及自己的写作转型，和我有过类似的经历：他读大学时以小说起步，还发表了几个短篇，写法上是先锋小说的路子，连责任编辑都认为他语感很好。后来却不知什么原因，专心做起了文学评论。他将其归因为"大概觉得像我这种资质的人，一生最多只能做好一件事情，若想创作和评论兼具，很可能将一事无成"。这当然是自谦之词，谢老师在文学评论方面的成就，我穷尽一生也难以望其项背，但他一生只做好一件事情的抱负，着实值得我学习。

如今，我已年过不惑，和其他成就斐然甚至著作等身的同龄人相比，我不过刚刚踏入文学评论之门，依然只能算是新人，相关创作可以忽略不计。莫言在小说集《晚熟的人》中有云：人跟人不同，有的人天生就具有一些特异的功能。我无疑不属于这一类人，在文学评论方面，我显然没有天赋异禀的本领，所以只能老老实实地多读多思多写。好在这么多年过去，无论顺境逆境，我始终知道自己想要什么，且为之不懈努力。在莫言看来，人还是晚熟点比较好，过早成熟会耗费一个人的纯真。这似乎可以成为我至今一事无成的最好注脚。莫言还说，本性善良的人都晚熟。对此，我极其认同。我不是要比肩莫言，而是希望自己历尽千帆之后，仍旧能做一个善良的人，一个对文学评论保持纯真与初心的人。

感谢现代文学大家李健吾先生，他在文学创作与批评以及法国文学研究方面的贡献毋庸赘言，而他的《咀华集》《咀华二集》，尤其让我在文学评论的道路上受益良多。大致说来，李健吾关于文学评论有两点见解让我深受启发：首先主张批评是一门独立的艺术。这从文体上强调了批评的审美属性，要求我们将"写得好"作为文学评论的重要标准，"多一些生活气息，少一些学究习气"。其次重视在文章中实现风格的表达。这从内容上强调了批评的审美属性，要求我们确立自己的批评品格，充分地表现"批评之美"。他的学生郭宏安认为："李健吾的批评是一种以个人的体验为基础，以普遍的人性为旨归，以渊博的学识为范围的潇洒的自由的批评。"我喜欢李健吾这种从个人体验出发、彰显普遍人性的随笔式的自由批评，这也是我将自己第一部评论集定名为《寻美的批评》的缘故，既是向他学习，更是向他致敬。

感谢南翔、谢有顺两位老师，他们不仅是我的学业导师，还是我的人生导师。他们的为人之磊落、为文之真诚，堪称我辈楷模，时刻激励着我、推动着我做更好的自己。在诸多同门弟子中，我的天资与能力并不出众，但两位导师从未苛责过我，也从未表达过对我成就平平的失望，相反总是给予我无微不至的关怀，让我和他们亦师亦友，相处愉快，记忆美好。没有他们一直以来的指导与提携，就不会有这本小书的面世。此外，在我求学及写作的每个阶段，非常幸运地遇到了一些于我有恩的好老师，譬如小学时期的陈武松老师，初中时期的柳雄、吴宏武、石新华老师，高中时期的雷振崇、程移民、程豪俊老师，大学时期的熊子延、陈春生、祝治国老师，研究生时期乃至今天的金文野、李云龙、陈跃红老师，等等。无论我身在何方、居于何地，他们总是牵挂并关注着我的点滴进步，在此一并表示感谢、感恩。

感谢我的家人。在今天这个物质喧嚣的时代，他们不求我大富大贵，无论我追求什么、放弃什么，总是最大限度地从精神上理解、支持我做自己喜欢做的事情，使我能够"躲进小楼成一统，管他冬夏与春秋"。他们是我生命中最重要的人，谨以这本小书回馈他们的理解、支持与真爱。

感谢广东省作家协会，让拙作荣幸忝列"广东青年批评家丛书"；感谢花城出版社，让我离青年时代的梦想又进了一步。感谢西篱、世宾、曾庆文、张懿、李谓、黎萍、肖潇雨、于爱成等诸位老师，他们亦为拙作的付梓提供了很多帮助。同时，还感谢我所在单位南方科技大学人文科学中心，以及深圳市人文社会科学重点研究基地"南方科技大学粤港澳大湾区科技人文与创新文化研究中心"，在拙作出版过程中予以大力支持。

文学评论是寻美的历程，也是寂寞的事业。希望拙作《寻美的批评》成为我告别过去、开启未来的铺路石，生命不息，评论不止。最后，引述丰子恺先生的一段话，与诸君共勉：

　　不乱于心，不困于情，不畏将来，不念过往，如此，安好。
　　深谋若谷，深交若水，深明大义，深悉小节，已然，静舒。
　　善宽以怀，善感以恩，善博以浪，善精以业，这般，最佳。
　　勿感于时，勿伤于怀，勿耽美色，勿沉虚妄，从今，进取。
　　无愧于天，无愧于地，无怍于人，无惧于鬼，这样，人生。

2022年9月30日于深圳